AF301270

Bibliografische Information der Deutschen Nationalbibliothek
Die Deutsche Nationalbibliothek verzeichnet diese Publikation in der Deutschen Nationalbibliografie, detailierte bibliografische Daten sind im Internet über http.//dnb.dnb.de abrufbar

Text © 2020 by Rolf Gänsrich
Bilder © siehe hinten
Herstellung und Verlag: BoD – Books on Demand, Norderstedt

ISBN - 9783751921992

Zwanzig Fässer Sauerkraut

- Teil 1 -

Aufbruch in Berlin 1750

von Rolf Gänsrich

Hinhaltsverzeichnis

Vorwort

Ich wollte hiermit genau das Buch schreiben, das ich schon immer mal lesen will! Es geht um das historische Berlin, es geht auf Segelschiffen in die Karibik und von dort in den damals von den Europäern noch weitestgehend unentdeckten Norden Amerikas mit seinem undurchdringlichen Dschungel und den weiten Prärien, entlang der friedlich plätschernden Nebenflüsse des Ohio-River und des strudeligen Missouri. Es geht um Liebe, um Freundschaft, auch um Erotik, es geht um Krieg und um hinterhältige Verwandtschaft. Der Protagonist bin natürlich icke selber mit all meinen Macken, meiner Feigheit, aber auch meiner Ehrlichkeit, Besonnenheit und Hilfsbereitschaft. Die Frauen in diesem Roman sind Mischungen aus mehreren Freundinnen, Bekanntinnen aus meinem Dunstkreis. Nur ein Kumpel von mir taucht hier im Klarnamen auf. Viele andere auftauchende Namen werden euch irgendwie bekannt vorkommen. Im Film „Des Königs Admiral", im Original „Captain Horatio Hornblower" von 1951 tauchte ein „Admiral Lord McCartney" auf, zu einer Zeit, also, als an den genialen Bassgitarrist Paul McCartney überhaupt noch nicht zu denken war. Das brachte mich auf die Idee, in diesem Roman insgesamt überwiegend Namen von Schauspielern, Musikern, Autoren oder fiktiven Filmfiguren zu verwenden. Also miträtseln oder mal googlen. Die Familie Beckmann aus dem ersten Absatz, gab es hingegen vermutlich wirklich um diese Zeit in Berlin. Irgendwann um 1825 herum heiratete eine Frau Beck aus Berlin ihren Mann und wurde durch diese Heirat zu Frau Beckmann. Diese Beckmanns gebaren ein paar Generationen weiter, im Jahr 1899, meine Urgroßmutter. Ich hab mir das aus einer alten Familienbibel gemerkt, die leider nicht mehr in meinem Besitz ist. Major Heyes ist dem Hauptmann Heise aus meiner NVA-Zeit nachempfungen. Joe Clark nannte ich mich, in den Geschichten, die ich als Jugendlicher schrieb. Jeff Miller war das erste Herrchen in der Fernsehserie „Lassie", jedoch nur für die ersten drei Staffeln, die im Deutschen Fernsehen nie zu sehen waren, in den ersten zwei Bänden zur Serie jedoch nachzulesen sind.

Eingeflossen sind auch Querverweise auf mein Lieblingsbuch „Blauvogel" von Anna Jürgen, erschienen 1950, sowie einige Figuren aus diesem, einschließlich dessen Helden. Ein wenig inspiriert haben mich auch die Digedags aus der Monatszeitung „Mosaik" in ihrer Amerika-Reise. Das Buch hier sollte ursprünglich „Das Fort am Schlangenfluss" heißen, aber dieses Fort taucht erst in der Fortsetzung des Romans auf. Die Idee zum Namen „Abenteuerliche Sommer" kam mir, als ich die Veröffentlichung meines dritten Buches „Sommer zwischen Backhaus und See – Kindheitserinnerungen" vorbereitete. Letztendlich aber sind es besagte zwanzig Fässer Sauerkraut die den eigentlich roten Faden des ganzen darstellen. Diese Fässer werden nie ganz leer, kommen überall hin mit, sie sind aber auch ein Symbol dafür, was die Deutschen, die damals neben den Engländern, Schotten, Iren und Holländern auf das Gebiet der heutigen USA einwanderten, darstellten: sie waren die „Krauts", die Sauerkrautesser. Und letztendlich, wer entsinnt sich nicht an Witwe Bolte aus „Max und Moritz" von Wilhelm Busch:
„... Daß sie von dem Sauerkohle
eine Portion sich hole,
wofür sie besonders schwärmt,
wenn er wieder aufgewärmt. ...."

Also auf geht's!

I. an der Panke

Das Panketal öffnete sich nach Nordosten ein wenig. Geschützt, verborgen im Schilf, lauerte er. Es konnte nun nicht mehr lang dauern. Die Sommersonne warf bereits lange Schatten. Da hörte er vor sich ein Quieken und die erwartete Rotte Wildschweine mit ihren Frischlingen näherte sich zögernd an einer Furt dem Wasser, um zu trinken. Ob sie etwas bemerkt hatten? George's Hände waren vor Anspannung feucht, als er den Pfeil an die Sehne des Bogens legte. Was er hier tat, war verboten. Wilderei konnte mit dem Tode bestraft werden. Aber was sollte er tun? Seine Lehre als Krämer, in die ihn sein Vater vor fast zweieinhalb Jahren geschickt hatte, kurz nachdem seine Mutter verstorben war, war ein Alptraum! Die Familie Beckmann, ein älteres Ehepaar, sie Ende vierzig, er Anfang fünfzig, hielt ihn bei „Kost und Logis" sehr, sehr kurz. Ihr Laden in der Georgenstraße verkaufte vom Kohlkopf bis zum Nähgarn alles. An Markttagen musste er mit zum Ochsen- oder zum Spittelmarkt.

„Lehrjahre sind keine Herrenjahre!" hatte ihm Herr Beckmann mit einer Rute oft genug eingebläut. Wenn der wüsste, wie oft, gerade an kalten Winterabenden, seine Alte, Frau Beckmann, zu ihm, zu George, Nachts heimlich ins Bett gekrochen kam, bekäme er glatt nochmals eine Tracht Prügel! George war der erste, der morgens, gemeinsam mit der Magd, aufzustehen hatte. Am Tag verkaufte er den Kunden feinste Wolle, verputzte Kohlköpfe und stampfte Sauerkraut, abends musste er der Magd, der jungen Clara, zur Hand gehen, weil die ihr eigenes Tagesgeschäfft nie schaffte und mindestens jede zweite Nacht musste er die Frau vom Alten befriedigen.

All das zehrte an seinen Kräften. Zumal ob dieser ganzen Aufgaben er dennoch kein Mehr an Essen bekam und er deshalb meistens hungrig einschlief.

Clara war das leibliche Abbild einer typischen Magd. Sie war klein, gedrungen, manche sagten „pummelig", hatte wasserblaue Augen, strohgelbes langes Haar und einen Brustumfang, der jeder Amme zur Ehre gereicht hätte.

Und genau deshalb machte George regelmäßig am Tag des Herrn, nachdem er seine Familie, die in einer kleinen Kate neben ihrer eigenen Bäckerei direkt am St.Georgenthor, im Volksmund nur Königstor genannt, lebte, besucht hatte, auf dem Rückweg zu Beckmanns einen „kleinen Umweg" an die Panke, um sich dort noch einen Hasen, eine wilde Ente oder einen Frischling zu schießen. Manchmal fing er sich auch im Bett der Panke ein paar Plötzen, die aber wegen ihrer vielen Gräten kein wirklich angenehmes Mahl waren.

George war jetzt sechzehn Jahre jung. Eigentlich hätte er einmal dereinst die elterliche Bäckerei übernehmen sollen. Aber daran war die Bedingung geküpft gewesen, die damals schon achtzehnjährige Tochter vom Müller Grams heiraten zu müssen, wenn er alt genug dazu gewesen wäre und George konnte sich damals, mit knapp vierzehn, einfach nicht vorstellen, mit dieser Dagmar, einem ständig kichernden Wesen, mal eine Familie gründen zu müssen. Es wäre ohnehin die Zweckheirat an sich gewesen. Der Bäckerssohn heiratet des Müllers Tochter! So baut man Dynastien auf! Aber gerade dies lehnte George ab.

Hinzu kam, dass er am Sterbebett seiner Mutter versprechen musste, niemals, nein wirklich niemals Bäcker zu werden. Bäcker arbeiteten ausschließlich körperlich sehr schwer und fast immer Nachts. Mutter wollte, dass er Schneider würde. „Da haste immer alles sauber, nichts kann verderben oder Schlecht werden und ständig besuchen dich reiche Leute, um sich was zum Anziehen von dir fertigen zu lassen.", so ihre Argumentation.
Genau ab dem Tag, an dem sie mit siebenunddreißig viel zu früh starb, ließ sich Vater gehen und Georges viereinhalb Jahre jungerer Bruder Gunther übernahm das Zepter im Hause, angestachelt von der damals zwölfjährigen und sehr zielstrebig arbeitenden Tochter des Bäckers an der Weidendamer Brücke, die mit Gunther techtelte.
Sie war es auch, die George die Lehre in der Backstube ihres Vaters verwehrte und die ihm den Ausbildungsplatz bei Beckmanns verschaffte, für den sein Vater nur noch zu unterschreiben und zu zahlen brauchte.
Dass sich George durchaus auch etwas an Fertigkeiten aus der heimischen Bäckerei abgeschaut hatte und wie nützlich ihm später dieses Wissen in der Fremde werden würde, ahnte er heute noch nicht.

So, jetzt war es aber soweit. Er spannte den Bogen und „zipp" schon schnellte der Pfeil von der Sehne und traf ein laut aufquiekendes, noch sehr kleines Ferkel hinter der Schulter, das sofort tot zusammenbrach, während die Rotte erschreckt im Dickicht des Waldes am anderen Ufer verschwand.

Nun ging alles sehr schnell. George köpfte das Tier und ließ das Blut in die sich dadurch leicht rot färbende Panke fließen. Während Mücken und Libellen über dem Wasser tanzten, nahm George das Tier aus, schlug es dann aus der Haut und filetierte es auf einem Stein direkt am Bach. Er nahm nur das reine Fleisch mit, das er noch in Finger dicke Streifen schnitt. Er durfte damit weder an der Akzisemauer noch bei Beckmanns auffallen. Alles, was er vom Frischling nicht verwertete, ließ er an Ort und Stelle liegen. Raben, Füchse oder Wölfe würden sich darum ohnehin mit Sicherheit kümmern.

II. Berlin-Georgenstraße

Gerade rechtzeitig vor Toresschluss schaffte er es am „Spandauer Thor" wieder in die Stadt hinein. Dreck, Lärm und Müll empfingen ihn. Dafür dass am „Tag des Herrn" in der Residenzstadt von Friedrich II, „der Große Friedrich", wie er im Volksmund genannt wurde, eigentlich kirchliche Sonntagsruhe verordnet war, war zur Zeit der Dämmerung noch immer verdammt viel los auf Berlins Straßen. Ochsenkarren mit schweren Lasten schoben sich durch schlecht gepflasterte enge Gassen. Fuhrleute fluchten. Alte Weiber, die ihre fetten Busen aus geöffneten Fensterläden hinaus hingen, keiften einander an. Betrunkene Hafenarbeiter von der Fischerinsel suchten laut krakeelend das nächste Wirtshaus und hochnäsige, preussische Soldaten in strammer Uniform das nächste Bordell. In den Rinnsteinen, in denen überall Haufen von Abfällen lagen, an denen sich eine Unzahl von Ratten labten, floss eine zähe, übel stinkende Brühe der Spree entgegen.

Und dann war alles wie immer. George schlüpfte Wiesel flink ins Haus der Beckmanns und hoffte sich schon unbeobachtet in seiner Kammer, als sich Schraubzangenartig die Finger des Hausherrn in seine linke Schulter gruben.

„George! Wieso kommst du erst jetzt? ... Und warum hast du wieder einmal die Deckel der Gurkenfässer offen gelassen?" „Aber Herr!", gab George kleinlaut zurück, dabei musste er sich beherrschen, seinen Lehrmeister nicht selber anzubrüllen, denn was der vor hatte, war Betrug am Kunden! „Aber Herr...", stammelte George, „ihr wolltet doch selbst, dass ich die Fässer offen lasse. Ich vermute", er schluckte und nahm nun seinen ganzen Mut zusammen, „weil ihr die Gurken noch mit einer Nadel anstechen wolltet, damit die sich voll Lake saugen." Er wusste, dass er da die Wahrheit sprach. Stach man die in Salzlake eingelegten Gurken an, saugten die sich mit dieser Lake voll und man verkaufte rein vom Gewicht her, mit den Salzgurken das Salzwasser mit.

„Schuft! Du lügst! Für diese Lüge bekommst du jetzt reichlich die Gerte zu spüren und danach verschwindest du bis morgen früh in deiner Kammer!", schrie ihn Herr Beckmann an.

Gehorsam, wie immer, George kannte das schon, beugte er sich über den Ladentisch, während sein Lehrmeister sein Gesäß mit Stockhieben malträtierte. Was dieser jedoch nicht wusste, war, dass George genau dort in seiner Hose die Fleischstücke des vorhin geschossenen Ferkels versteckt hatte und das nun auf diese Weise einmal gut durchgewalkt wurde. Und wie jedes mal, wenn er von seinem Dienstherrn Senge bekam, war der schon nach einem dutzend Schläge so erschöpft, dass er von seinem Lehrling ab- und diesen entließ.

Endlich in seiner Kammer angekommen, fedelte George das Fleisch auf einen Zwirnsfaden und hängte den, gut versteckt, ins Gebälk des Daches, damit es dort in den nächsten Tagen trocknete.

Die nächsten beiden Tage vergingen in dem üblichen Einerlei, wie fast alle Tage seit knapp zweieinhalb Jahren. Es war der erste Mittwoch im Juni Anno 1750, George war gerade dabei, im hinteren Teil des Ladens aus schlecht gewordenem, schimmligen und deshalb schon fast gährendem Getreide ein Fass mit Bier anzusetzen, Frau

Beckmann verkaufte im vorderen Teil des Ladens einer Stammkundin gerade „echten Stoff aus Venedig", den aber komischer Weise Herr Beckmann erst gestern aus einer Webstube im Dörfchen Bötzow abgeholt hatte, als ein junger Mann, offensichtlich ein Bote, in den Laden gestürzt kam.
Dienstbeflissen, auch ein wenig heuchlerisch und kriechend, so kam es ihm vor, nahm Georges Dienstherr die Nachricht des Boten entgegen und rief dann George zu sich nach vorn.

Blass vor Schreck hörte George von Herrn Beckmann „Dein Vater liegt im Sterben. Er möchte dich noch einmal sehen. Du kannst sofort mit dem Boten mitgehen. Alles andere regeln wir hier, wenn dein Vater unter der Erde ist."

In windeseile entledigte er sich seiner Schürze, stürmte in seine Kammer, um sich dort „etwas anderes" anzuziehen und folgte dann dem Boten durch das alltägliche berliner Verkehrschaos zum elterlichen Heim.
Dort fand er in Tränen aufgelöst seinen Bruder und seine angehende Schwägerin in der guten Stube sitzen.
Ein schneller Blick zu Gunther, der ihm mit drei Sätzen erläuterte: „Vaddern ist gestern abend, als er mal wieder sturzbetrunken aus dem Wirtshaus gegenüber kam, von einem Pferdefuhrwerk über den Haufen gefahren worden. Es war seine eigene Schuld. Er will dich allein sehen."

Mit bangem Gefühl im Bauch öffnete George die Tür zum elterlichen Schlafzimmer, in dessen Bett er den Vater und an seiner Seite einen jüdischen Medicus antraf.
Der Medicus flüsterte ihm im Hinaus gehen noch zu: „Schön dass sie es noch geschafft haben. Ich geb ihm höchstens noch eine Stunde."
George setzte sich an das Bett seines Vaters und nahm dessen Hand.
„Da bist du ja endlich, mein Großer!", flüsterte er mit brechender Stimme. Der alte Mann hüstelte, bevor er fort fuhr. „So hab ich mir mein Ende nicht vor gestellt. … George, dein Bruder erbt die

Bäckerei. Ja, ich weiß, eigentlich müsstest du sie bekommen, aber du bist nun einmal kein Bäckermeister und er könnt's werden. Gunther wird dich aber nicht auszahlen können und vor allem auch nicht auszahlen wollen, wie ich mir denken kann. Ich habe aus diesem Grunde im Kamin einen Beutel mit angesparten Talern aufgehängt. Schau gleich nach. Ich hoffe, Gunther hat den nicht schon längst entdeckt und gestohlen. Und hier im Bett, in der Ritze zwischen Mutterns und meinem Bett ist ebenfalls eine Rolle mit Talern. Aber nimm beides gleich und lass es deinen Bruder nicht wissen." Wieder hüstelte der Alte rasselnd.

George ging zum Kamin, leuchtete mit einem Fidibus in den Schlot und fand den Beutel mit dem Geld, dann betastete er die Ritze zwischen den beiden elterlichen Betten und fand am Fußende eine Rolle mit eingenähten Talern. Die Rolle schnallte er sich unter seinem Wams auf die Hüften, den Lederbeutel ließ er unauffällig in seinem Hut verschwinden, dann setzte er sich wieder zu seinem Vater ans Bett und hielt seine Hand.

Nach einem heftigen, rasselnden Hustenanfall begann der nochmals leise röchelnd zu sprechen. Er lächelte. „Ich sehe, du hast es noch gefunden, was ich dir hinterlassen wollte. Es war deine Mutter, die das als Notgroschen mal ersparte und die mir auftrug, ihn dir zu geben, bevor ich selbst sterbe. Dass das so bald geschehen würde, hätte ich selbst nicht gedacht. Nutze das Geld, vielleicht als Startkapital für dein eigenes Geschäft, mein Großer. … und lass es weder deinen Bruder noch deine angehende Schwägerin, aber auch nicht Beckmanns wissen, weil die alle es dir sonst auf die eine oder andere Art abnehmen werden. …. und jetzt hole die restliche Familie."

Tränen in den Augen tat George, wie sein Vater ihn geheißen und holte Gunther, seine Schwägerin, den Arzt, den Pfaffen, der bereits im Haus war und die Magd. Als alle bei einander rund um das Bett versammelt waren, schlug Vater noch einmal die Augen auf, blickte jeden in der Runde noch einmal persönlich an und tat dann einen

letzten Atemzug.
Und das war der letzte friedliche Moment in dieser Familie für die nächsten Tage.

Unmittelbar nach dem Tod des Alten Hungerlund wurden von Gunther der Arzt und der christliche Beistand ausbezahlt, während Georges Schwägerin begann, alle Schränke und Truhen im Haus nach möglichen Wertsachen abzusuchen.
Als sie, mittlerweile unterstützt von Gunther, erst nach zwei Stunden einen kleinen Beutel voller Silberlinge entdeckt hatte, keine zehn Taler wert, begann sie hysterisch zu schreien und Gunther und George zu verfluchen.
„Hat denn euer Alter nichts von Wert hinterlassen?", keifte sie!
George, der dem Treiben bisher still in einer Ecke sitzend gefolgt war, meinte, mit hängendem Blick: „Naja doch, die Bäckerei mit all ihren Vorräten, diese Kate hier, deren Möbel … ."
Während sie wütend den nächsten Schrank auseinander nahm und natürlich wieder nichts darin fand, giftete sie ihn an: „George, euer Vater hat nichts von Wert hinterlassen. Die Bäckerei hat er vorhin, noch vor deiner Ankunft, im Beisein des Pfaffen an Gunther übertragen. …. Pfff … Es geht jetzt nur noch darum, den Rest an Wertsachen zwischen euch beiden Brüdern aufzuteilen. Aber wie es aussieht, ist da nichts mehr. Somit kann deine Ausbildung bei Beckmanns nicht mehr bezahlt werden. Ab Montag arbeitest du deshalb als Knecht in unserer Bäckerei! Eure Bäckerei wird vorübergehend, bis Gunther so weit ist und seinen Meistertitel besitzt, von uns, von meinem Vater und mir, mitbetrieben."

Tränen schossen dem jungen Mann in die Augen. … Vor Trauer um seinen Vater, vor Wut auf die Kaltherzigkeit seiner Schwägerin und vor Verachtung auf seinen, dies alles hin nehmenden Bruder. Er verließ die Kate, ging in den Hof des kleinen, angrenzenden Gehöfts und weinte bitterlich.

Gunther fand ihn Stunden später, es dämmerte bereits, in den Türrahmen des Schweinestalls gekauert.
„George, die Beisetzung von Vater ist morgen vormittag auf dem neuen St.Marien-, St. Nicolai-Friedhof am Königstor. Am Freitag kannst du zu Beckmanns, deine restlichen Sachen holen."
Sprachs und machte auf dem Absatz kehrt.

Die Nacht verbrachte George, von ihnen unbemerkt, in seiner Kammer bei Beckmanns.

Als am nächsten Tag die Beisetzung für ihren Vater beendet war, ging George erneut zu Beckmanns, um sie nun offiziell über sein Ausscheiden aus seiner Lehre zu informieren.

„Du bist zwar ein nichtsnutziger, fauler Kerl. Ich will aber dennoch dir und deinem Bruder ein Angebot machen. Ich kann gut fünfundzwanzig unserer dreißig Fässer voll Sauerkraut an die britische Navy nach Plymouth verkaufen. Mir selbst ist dieser Weg zu beschwerlich, aber es wird für dich und deinen Bruder ein gutes Handgeld dabei heraus springen, wenn du die Ladung begleitest!"

Ohne zu zögern willigte George sofort ein. Was hatte er zu verlieren? Sollte er etwa als Knecht für seinen Bruder arbeiten? Vielleicht ergaben sich ja in England neue Möglichkeiten für ihn?

Dies schien wohl auch Herr Beckmann bedacht zu haben. Als George spät abends, kurz vor dem Schlafen gehen, noch aufs Klo im Hof ging, hörte er hinter der nur halb angelehnten Tür der Guten Stube Frau Beckmann schluchzen und ihn zetern: „...ich will diesen Scheißkerl endlich raus haben aus meinem Haus, ... am besten noch raus aus dieser Stadt. Denkst du, mir ist etwa entgangen, dass du Nacht für Nacht mit in seiner Kammer bist? ... Er verschwindet am besten von heut' auf morgen. .... Ich werde ihm für die Rückfahrt ein paar offensichtlich gefälschte Pfundnoten mitgeben. Wenn sie die in Plymouth bei ihm finden, stecken sie ihn dort ins nächste Gefängnis und pressen ihn dann aufs nächste Schiff. Vielleicht denke ich mir da auch noch etwas anderes aus und unser Auftraggeber kann uns diesbezüglich noch von Nutzen sein. …. Etwas Besseres könnte uns doch gar nicht passieren. …. und abgesehen davon, dass du mit ihm techtelst, hätte ich wirklich Angst, ihn seine Lehre hier wirklich abschließen zu lassen. Er ist ein besserer und ehrlicherer Krämer, als wir es je waren … und wenn er hier in Berlin sein eigenes Geschäft auf machte, würde er uns die Kunden nehmen ….“

Mehr brauchte George gar nicht zu hören. Er vergaß, wohin er eigentlich wollte, zog sich in seine Kammer zurück und grübelte.

III. … am Prenzlauer Berg …

Er schreckte aus seinem Grübeln auf, weil im Haus erneut eine Tür klapperte. Vorsichtig schlich George nach unten ins Lager. Dort sah er, hinter einem Butterfass versteckt, wie sein Dienstherr im Halbdunkel mit einer Person, die George leider nicht erkennen konnte, weil sie im Schatten stand, leise palaverte.
Genauso schnell, wie dieser Schatten danach das Haus verließ, genauso behände stahl George sich aus dem Fenster seiner Kammer, setzte über die Umzäunung des Gehöfts und flitzte unerkannt und lautlos hinter dem Schatten her, der wie erwartet, in der Kate seines Bruders verschwand.
Georges Herz pochte, dann folgte er ihm, genauso leise, wie bisher, auf das ehemals elterliche Anwesen hinterher. Allerdings huschte er in Richtung Hintertür und überwand dabei die Mauer des Gehöfts. Verflixt, fast wäre er auf den Wachhund getreten, der aber nicht mehr als ein freundliches Wimmern von sich gab und George mit seiner feuchten Nase in die Kniekehlen stuppste. „Bist 'ne Gute. ….. mach wieder Platz.“, zischte er, dann schlich er weiter ums Haus herum und kam gerade noch rechtzeitig um, unter einem halb erleuchteten Zimmerfenster, das nur angelehnt war, zu belauschen, wie „der Schatten“ und Gunther und seine Schwägerin miteinander redeten.

Der Schatten: „ …. Jawohl Herr, der Herr Beckmann hat mir versichert, das ihr Bruder England nicht mehr verlassen wird."
Die Schwägerin: „Er wäre eigentlich auch hier als Arbeitskraft sehr von Nutzen."
Gunther: „Aber was, wenn er dahinter kommt?"
Die Schwägerin: „Dein Bruder, mein lieber Gunther, ist doch so blöd, der kommt auf gar nichts."
Gunther: „Den Beutel mit den Goldtalern im Kamin muss er aber schon gefunden haben. Er hat mir davon nichts gesagt, aber haben muss er ihn. Es war schließlich deine Idee, den als Köder dort zu hängen zu lassen. Wer weiß, wo Vater sein restliches Gespartes Geld gelagert hat. Irgendwo hier muss es sein! Vielleicht im Brunnen.... vielleicht irgendwo in der Backstube, vielleicht sogar im Sarg unserer Mutter. … Und ich will dem Teufel meine Seele verwetten, dass, wenn George bei uns bleibt, er auch dieses Geld findet. Nein, dann schicke ich George lieber ans andere Ende der Welt.
Die Schwägerin: „Naja, irgendwie ist da was Wahres dran. Dann haben wir hier wenigstens freie Bahn. Außerdem, George mit seinem Ehrlichkeitsfimmel, der findet womoglich noch heraus, wie wir den Müller Grams bei seinen Mehllieferungen immer bescheißen und noch viel mehr."
Gunther: „Gebt Herrn Beckmann diese zwei Taler als Zeichen meines Einverstandenisses zu seinemVorschlag … und diese weiteren zwei Taler hier sollen euch vergessen machen, dass dieses Gespräch hier überhaupt statt gefunden hat."

George hatte genug gehört und verschwand genauso lautlos, wie er gekommen war. Noch vor „dem Schatten" war er wieder in seiner Kammer bei Beckmanns. Er versuchte dann zwar den Rest der Nacht zu schlafen, konnte es aber nicht.

Am nächsten Morgen, noch vor dem ersten Hahnenschrei, war er bereits auf den Füßen. Leise packte er sein Bündel „für die große Reise", bei der er wusste, dass er von ihr nicht wiederkehren würde. Allerdings musste es für Beckmanns den Anschein haben, als reise er mit leichtem Gepäck.

Neben seinen Hemden, seiner anderen Hose und seinem zweiten Paar Schuhe, deren Mitnahme er damit erklären konnte, dass er in halbwegs ordentlichen Gewändern während der Reise regelmäßig zur Kirche gehen wolle, nahm er noch ein Bund Zitronengras als Zahnbürste und seine beiden Jagdmesser mit. Die Rolle mit den Gold- und Silbertalern aus Vaterns Bett schnallte er sich wieder um die Hüften, den Beutel mit den Goldtalern nähte er in seinen Hut. Die getrockneten Fleischstücke von unter dem Dach verbarg er in seinem Bündel, dort in der guten Hose, genauso wie ein Säckchen voller Salz, dass er sich noch aus dem Lager stahl und das ihm möglicher Weise als Tauschobjekt dienen konnte. Auch Feuerstein, Stahl und Zunder packte er sich für den Notfall mit ein. Dann schlich er auf leisen Sohlen ins Zimmer der Magd, die als er eintrat bereits die Augen offen hatte. Er gab ihr das Fleisch des Wildschweins, das er erst am Sonntag geschossen hatte. „Hier … es ist noch nicht ganz getrocknet. … Heb es auf für den Notfall. ...“ Sie schaute ihn verständnislos an. „Du bist doch in spätestens zwei Wochen wieder da.“, raunte sie. Er schüttelte den Kopf: „Wenn mich der Alte“, er blickte nach unten in Richtung Guter Stube „lässt, fahr ich nach Amerika. Bloß gut, dass ich hier 'n bischen lesen und schreiben gelernt hab, so kann ich dir wenigstens mal 'n Brief schicken und berichten.“

„Ich kann aber nicht lesen. … und schreiben schon gar nicht.“

„Ist ganz einfach. Du musst nur dem Alten immer bei seinen Geschäften zuschauen und dir erklären lassen. ...Und immer wenn er 'n guten Tag erwischt hat, weil seine Olle ihn mal wieder im Ehebett ran gelassen hat, lässt du dir Schriftzeichen und sowas erklären. ....
Du wickelst doch den Alten um den Finger, oder?“

Sie nickte.

„Na dann, Clara, halt die Ohren steif und lass mal was von dir hören. Ich schreibe dir auf jeden Fall. Ich hab mich mit einem Gendarmen am Spandauer Tor angefreundet, der lesen und schreiben kann. Bring dem einen Krug Bier, bestell ihm 'n schönen Gruß von mir und lass dir von dem zur Not helfen. Er heißt Wilhelm Knesebeck.“

Eine Träne rann über ihre Nase.
„Auf wiedersehen.", flüsterte sie, dann war er verschwunden.

Genauso lautlos, wie er soeben bei der Magd gewesen war, genauso flink und ohne Aufsehen zu erregen, huschte er nun noch einmal quer durch die allmählich erwachende Stadt. Mist! Die Stadttore waren noch verschlossen, stellte er missmutig fest, als er am Spandauer Tor angelangt war. Am Wachhaus kannte er aber den diensthabenden Soldaten, wie er erleichtert feststellte. Man sah sich irgendwie halt fast an jedem Sonntag. George zögerte erst, dann spach er ihn an.
„Wann macht 'n ihr auf?"
Der Wachhabende zögerte: „Wenn die Sonne wenigstens einen Finger breit über dem Prenzlauer Berg", er zeigte nach Osten, „steht."
George tat so, als wenn er herum druckste, dann log er: „Mein Meister wünscht sich heute zum Frühstück frische Wachteleier und ich kam gestern abend nicht mehr dazu, noch welche im Panketal zu suchen … ich möchte der nächsten Dresche entgehen. … "
Der Wachhabende musterte ihn von oben bis unten, dann sagte nur: „Bring mir welche mit." … und öffnete das Stadttor einen Spalt breit.

Nun ging alles ganz schnell. Es musste schnell gehen. Erst holte aus dem Versteck, einer hohlen Weide direkt an der Panke, Bogen und Pfeile und während er aus dem Eschenholz flink eine Angel machte und von den Pfeilen wenigstens noch die knöchernen, arbeitsintensiven Spitzen aus Feuerstein rettete, suchte und fand er schnell noch zwei Wachtelgelege und nahm sie aus.
Die aufsteigenden Nebel über dem Flusstal verflüchtigten sich aber bereits, als er wieder durch das nun weit geöffnete Spandauer Tor nach Berlin zurück kam. Dem freundlichen Wachhabenden händigte er als kleinen Dank einen Teil der Wachteleier aus und verschwandt dann mehr oder weniger unbemerkt im aufkommenden Getümmel der großen Stadt.

In der Georgenstraße angekommen huschte George wieder in seine Kammer und fuhrwerkte darin so laut herum, als sei er gerade erst wach geworden.

IV. … auf nach Plymouth….

George war noch keine fünf Minuten in seiner Kammer und noch immer außer Atem ob der soeben bewältigten Strecke, als bereits Meister Beckmann in der Tür seiner Kammer stand.
„Du nichtsnutziger, fauler Gesell! Die Fuhrleute stehen schon seit mindestens Sonnenaufgang vor dem Haus und warten darauf, dass du ihnen beim beladen hilfst. Das ist alles mein Geld, verstehst du?"
George schluckte und nickte dabei.
Beckmann herrschte ihn an: „Nun hilf unten gefälligst! Wenn ihr mit dem Aufladen fertig seid, kommst du nochmal kurz zu mir in den Laden ans Kathederbrett! … nun mach schon! Hopp – hopp!"

Die Fuhrleute mit ihren zwei Ochsenkarren waren natürlich gerade erst vor dem Haus angelangt, sonst hätte George sie ja bei seiner heimlichen Wiederkehr aus dem Panketal bemerkt, und sie kamen gerade erst ins Lager, als er aus seiner Kammer herunter stieg.
Achtundzwanzig Holzfässer, jedes gefüllt mit etwa einem Zentner Sauerkraut, mussten verladen werden. Während George erst jedes einzelne Fass mit einer Holzkarre aus einer Ecke des Lagers holte, es dann auf eine Wage, wegen des zu bestimmenden Gewichts … neben der Wage standen Herr Beckmann und einer der Fuhrleute, der das Gewogene mitkontrollierte, stellte und es danach weiter zu einem der Wagen schob, wo es schließlich die Fuhrleute aufluden, fragte er sich, was zum Teufel die britische Kriegsmarine ausgerechnet mit Sauerkraut anstellen wollte. Und so fragte George schließlich einen der Fuhrleute.
„Ach weeßte, ick gloobe, det kriejen da die armen Seeleute zu fressen. Sauerkraut is wohl jut jejen Skorbut, weeßte?"

Der Vormittag war schon zu einem Teil herum, als man mit dem

Beladen der Ochsenkarren und der Sicherung der Ladung fertig war. Während die Fuhrleute sich bereits um ihre Ochsen kümmerten, holte George aus seiner Kammer schnell noch sein Bündel und wurde dann, ein letztes mal, wie er wusste, bei Meister Beckmann am Kathederbrett vorstellig. Seine Frau stand neben ihm.

Er raunzte George an:
„Hier hast du zwei Silbertaler, für den Fall, dass dir auf der Hinfahrt noch etwas zustößt. Die Ladung begleitest du bis Plymouth. Der Tranport ist bis dort hin vollkommen bezahlt. In Plymouth übergibst du dann persönlich, ich wiederhole, persönlich diesen versiegelten Brief im Hafenamt einem Major Heyes. Der wird sich dann um die Ladung und um dich kümmern. Den von dir wohl heute morgen gestohlenen Beutel Salz stelle ich dir in Rechnung, wenn du wieder zurückkommst.“

George schluckte. Woher wusste der Alte denn das nun schon wieder? Er bekam aber sogleich die Erklärung von ihm.
„Nimm nicht wieder feuchtes Salz und wenn dann nimm es mit einem Holzscheffel, wenn du mich wieder bestielst. Ich hab die Abdrücke deiner Drecksfinger im Salzfass heute morgen entdeckt.“

Frau Beckmann hatte dagegen ein mildtätiges Lächeln in ihrem Antlitz, als sie ihm sagte:
„George, ich hab dir hier noch ein Bündel mit einem Laib Brot, einem halben Ziegenkäse und einem Lederbeutel mit zwei Pint Bier als Wegzehrung geschnürt. Machs gut.“ sie schluckte nochmals.
George bedankte sich bei beiden höflichst für ihre Großzügigkeit, versprach, alles ordnungsgemäß an den entsprechenden Stellen abzuliefern, wünschte ihnen noch einen schönen Tag, drehte sich dann um, um aus dem Laden zu gehen und sah dabei aus den Augenwinkeln noch, wie die Magd auf der Treppe ins Obergeschoss stehend, ihre Hände vors Gesicht geschlagen hatte und hemmungslos weinte, was ihn dazu veranlasste, ihr im Gehen noch zu zu rufen:
„Liebe Clara! Kopf hoch! Wir sehen uns wieder! Ganz bestimmt!“

Damit ließ er die Haustür hinter sich ins Schloss fallen. Er hatte es auf einmal sehr eilig, von hier fort zu kommen.

Unter Peitschen knallen ruckten die beiden Ochsenkarren an. Es war nicht weit. Man zuckelte nur über den Mühlendamm bis in die Breite Straße. Die zwei mal zwei störrischen Ochsen wurden dabei selber von den Fuhrleuten mehr gezogen und durch Stockhiebe angetrieben, als dass sie selber die Karren in Fahrt brachten. Hinter dem Mühlendamm lagen in der Spree ein paar Fischerboote und ein kleiner Lastkahn. Seinen Mast mit dem Gaffelsegel hatte er umgelegt. Es hatte wohl vier Mann Besatzung, wovon einer der Kapitän sein musste. Der kam auch gleich auf George drauf zu. „Hello! Ich bin Käptn Henning aus Hamburch! Und sie müssen dem Bechmann sin Stift sin.", sagte er in einem Gemisch aus Platt- und Berliner Dialekt.
George bejate und fragte sogleich dienstbeflissen nach, wo er jetzt helfen könne.
„No, min Jung, denn bring mo erst dine Plünnen uff den Kohn und denn, denn kannste mine drei Jungs noch helpen, de Ladung to vertauen."

Um es gleich vorweg zu sagen, das beladen des Kahnes ging relativ schnell und problemlos. George sprang auf den Kahn, kam dabei selbst etwas ins Schwanken wegen der ungewohnten Bewegung auf dem Wasser, ließ sich von einem der Matrosen eine unter dem Achterdeck baumelnde Hängematte zuweisen, in die er seine beiden Bündel legte und war bereits wieder auf dem Deck, als das erste Sauerkrautfass von Land über eine Bohle auf das Schiff gerollt wurde. Auf dem Lastkahn ging es nun darum, die achtundzwanzig Fässer halbwegs gleichmäßig auf beiden Bootsseiten zu verstauen und so untereinander und mit dem Kahn mit Tauen zu befestigen, dass sie nicht verrutschten. Der Vormittag war noch immer jung, als man mit dem Verladen des Sauerkrauts fertig war. Aber man legte noch nicht ab.
Die Sonne stieg höher und es war bereits die Hälfte bis zur

Mittagszeit erreicht, als erneut ein paar Fuhrleute, dieses mal aber nur mit Handkarren, eintrafen. Es wurden mehrere Stapel mit Biberfellen und mit schon zu Leder verarbeiteten Rinderhäuten verladen. Zum Abschluss kam ein Ochsenkarren mit zwanzig Fass Bier.

George half beim laden, wo er nur konnte.

Erst dann, mittlerweile war es fast Mittag, legte man ab.

Die drei Matrosen lösten erst die Taue des Kahns, Käpt'n Henning stellte sich an die Pinne und steuerte den Kahn in die Strömung der Spree, während seine Männer mit Staken versuchten, den Kahn so weit wie möglich von den Ufern fern zu halten.

George versuchte, sich irgendwie nützlich zu machen, merkte aber, dass er dabei mehr im Weg herum stand und die Arbeitsabläufe eher noch behinderte, als dass er Gutes tat.

Einer der Männer erläuterte George: „Wir fahren mit der Spree. Und weil wir noch keinen eigenen Antrieb haben, zeigt die Pinne hinten so gut wie keine Lenkwirkung. Hier in der Innenstadt ist es außerdem verdammt eng, so dass wir ständig aufpassen müssen, nicht mit dem Ufer oder anderen Booten zu kollidieren. Außerhalb der Stadt geht's dann 'n bischen besser und wenn wir ab Spandau in die Havel einfahren, setzen wir das Segel und haben dann mit diesem Antrieb eine gewisse Ruderwirkung.“

George war neugierig geworden.

„Und was macht ihr, wenn ihr auf dem Rückweg von Hamburg die Spree wieder aufwärts wollt? Segelt ihr dann die ganze Strecke?“

„Nöö, min Jung. Du siehs die Bohlen, die hier auf beiden Seiten am oberen Rand des Kahns entlang führen. Auf denen staken oder treideln wir dann. Ist eine schwere Arbeit – besonders wenn sich nach Gewittern oder nach der Schneeschmelze im Winter die Strömung verstärkt. … so, ich muss aufpassen..... “

George stellte sich nach hinten zum Käpt'n und bewunderte die Stadt von der Wasserseite. Aus dieser Perspektive hatte er sie noch nie gesehen. Berlin war bereits 1750 eine Großstadt und mit fast einhundertzwanzigtausend Einwohnern kein verschlafenes

Provinznest mehr, in welchem einer den anderen noch persönlich kannte. Die Stadt war eine hektische Metropole, die Residenzstadt Preußens, mit all dem Glanz, aber auch dem Elend den dieser Glanz wie von selbst mit hervor brachte. Nachts gab es zum Beispiel bis auf ein paar wenige Fackeln an den kurfürstlichen Gebäuden und an den Stadttoren keine Beleuchtung, so daß Nachtwächter die einzigen waren, die zwischen diebischem Gesindel und dem Eigentum der städtischen Bürger standen.

Neben dem Schloss und den Palästen der Hohenzollern und der anderen Adligen, die sich in der Stadt niedergelassen hatten, gab es viele ärmliche Katen, gab es jede Menge Bettler und Diebe, sogenannte „Beutelschneider", die mit Vorliebe in Menschenansammlungen, wie zum Beispiel auf Märkten oder vor dem Schloss, „Geld umverteilten". Aus allen Gassen rannen das Abwasser und die Hinterlassenschaften von Mensch und Tier in Richtung Spree und machte aus dem einst fischreichen Fluss eine stinkende Kloake. Fischer gingen ihrem Gewerbe schon lange nicht mehr innerhalb der Stadt nach. Sie zog es stromauf, jenseits der Oberbaumbrücke nach Stralau oder gar Coepenick. Lang anhaltende Sommergewitter reinigten nicht nur die stinkende Luft, sondern vor allem die Straßen von Unrat.

George war er ja noch nie aus Berlin wirklich hinaus gekommen. Ja, halt regelmäßig an der Panke entlang, gelegentlich bis auf das Gehöft des Bauern Grams, das jenseits der Aktzisemauer direkt auf einem der Mühlen- und Weinberge lag. Einmal war er auch auf dem Gutshof in Hohen-Schoenhausen gewesen, aber weiter nie.
Und so war er gehörig aufgeregt.

Bald verließen sie die Innenstadt, rechte Hand lag das „Vorwerk der Kurfürstin" und dem gegenüber, linker Hand, die Dorotheenstadt. Die Mündung der Panke in die Spree befand sich innerhalb der Stadtmauer. Sie hieß hier bei den Berlinern „Stinke-Panke" und war nicht viel mehr als ein Jauchegraben. Ab dem Unterbaum, dem westlichen Flußtore, schlängelte sich die Spree durch die Mark. Ein paar Flußbiegungen der näheren Umgebung kannte George noch, danach war alles weitere für ihn Neuland.

Nun machten es sich Matrosen gemütlich, die Ladung als Sitzgelegenheit nutzend, teilten sie untereinander, was sie zu Essen dabei hatten und frühstückten. George gesellte sich zu ihnen.

Es ging an Feldern vorbei und an Wiesen. Wald rückte immer näher und sprang bald bis ans schilfige Ufer.

Die Sonne stand noch nicht im Zenit, als Käpt'n Henning durch einen älteren Matrosen mit Sonnen gegerbter Haut an der Pinne abgelöst wurde, um selber etwas zu essen.

Er holte George zu sich nach vorn an den Bug.

„So, min Jung. Jetzt mal rus mit der Sproache. Wat hast du anjestellt, det der olle Beckmann dich los sein will?"

George schaute verdattert. Dann stellte er die Gegenfrage: „Wie kommen sie darauf?"

„Noo ick weeß doch, det der alte Beckmann 'n Dösbaddel is. Sin letzter Lehrjung is mit den Beckmann seine Magd nach Hamburch durchgebrannt, weil er beide so schlecht behandelt hat. Die hab ich beide hier mit uff min Kohn versteckt gehabt. Den davor musste ich bis nach London mitnehmen, weil Beckmann dem wohl misstraut hat. War wohl zu ehrlich, der arme Kerl und kam mit den Geschäftmethoden derer von Beckmanns nicht kloar, wie er mir dann uff die Fahrt hier gesecht hat. Und der, davor, … ähm … da vermutete der Beckmann dass der was mit seine Ollsche gehabt haben muss, aber beweisen konnte der Beckmann dem sein Stift nichts und so musste ich den auch … mein Gott, zehn Jahre muss's wohl her sein … mit irgend 'ner Ladung bis nach Plymouth bringen und ihn da der britischen Navy übergeben, dass die ihn auf eines ihrer Schiffe pressen. Was ich aber nich gemacht hab. Bin doch kein Menschenschinder nich. Also, Jung, was haste auf'm Kerbholz, dass der Beckmann dich los werden will?"

George schluckte.

„Genau das alles, was sie sagten, Herr Kapitän."

Und dann erzählte er in wenigen Worten, was ihm in der letzten Woche alles widerfahren war.

Käpt'n Henning rieb sich nach Georges Bericht das Kinn.
„Scheinst mir 'ne ehrliche Haut zu sein, Jung. Redest nicht viel, packst an, wenn du kannst … Das Problem ist, ich muss dich in Plymouth zu Majour Heyes bringen, aber ich werd da 'n gutes Wort für dich einlegen. …. Für'n Schiffsjungen biste schon zu alt … aber …. aber als Krämer kannst du sicher mit Lebensmitteln umgehen und auch mal 'ne Speckschwarte mit'm Messer zerteilen….“
„Das Sauerkraut hier in den Fässern hab ich ganz alleine gehobelt und eingelegt!“, ergänzte eifrig George.
„Siehste, Jung, vielleicht kannste ja dem Smut auf so'nem großen Kahn zur Hand gehen. Das wäre dir doch sicher lieber, als Soldat zu spielen oder als Matrose bei Sturm in die Masten rumzukrackseln, oder? … Ich werd dich dem alten Heyes als Gehilfen für 'n Smutje empfehlen. Jao dat mach ick! … So min Jung, nun kleb mir nich weiter an die Kledage und hilf den Männern beim Aufrichten des Mastes …. wir sind gleich an der Havel. Von da an wird gesegelt.“

Vier Mann, vier Ecken. Der Mast war sauschwer. Alles mit Tauen am Rand des Kahns abspannen. George bekam seine erste Lektion in Seemannsknoten. Dann die Rah mit dem Segel hinauf ziehen und wieder alles mit Hanfseilen befestigen.

Es dauerte aber noch eine Weile und die Sonne war bereits wieder im sinken begriffen, bis sie endlich unterhalb der sich hoch auftürmenden Zitadelle Spandau ankamen, vor sich die Altstadt des Ortes. Hier musste nun George mit an die Staken und beim drehen des Kahns in die Havel und beim manövrierern in den kleinen Hafen von Spandow behilflich sein.
Man lud hier noch zwanzig Fässer mit Pökelfleisch. Das dauerte. Als man endlich wieder ablegte, warfen die Gebäude der winzigen Stadt bereits lange Schatten. Nun erst setzte man das Segel und fuhr über den heute recht windigen Wannsee bis nach Potsdam.

Durch die Stadt ging es da zum Teil weiter nur mit umgelegtem Mast.

Es dämmerte bereits, als Käpt'n Henning beschloss, vor der Insel Werder zu ankern. Es machte keinen Zweck, die Nacht über durch zu fahren. Man sah einfach nichts oder nicht genug und es bestand so die Gefahr, schnell mal auf eine Sandbank aufzulaufen oder mit Treibgut zusammen zu stoßen. George ließ sich mit in eine der Nachtwachen einteilen. Gewechselt wurde alle zwei Stunden. Er bekam die letzte. Als Zeitmesser diente eine Sanduhr.
Mit Einbruch der Dunkelheit befestigte man Achtern eine rot leuchtende und am Bug eine weiß leuchtende Öllampe, falls es doch „irgendwelche Dösbaddel" gab, die auch noch Nachts „querfeldein schipperten" und „damit wir denen nicht plötzlich quer vor der Nase liegen", wie sich Käpt'n Henning ausdrückte.
Die Männer zogen sich nach Achtern zurück und verzehrten jeder von seinem privaten Proviant. George musste etwas aus seinem Leben erzählen und so berichtete er, die Worte sorgsam abwägend, wie es ihn in diese Lage und auf diesen Kahn hier verschlagen hatte. Er berichtete auch von Beckmanns Magd Clara und dass die ihm im Herzen erst an diesem Morgen nahe gekommen sei und dass er ihr bald schreiben wolle. Der Wettergegerbte, ältere Matrose, Karl, der Käpt'n Henning gegen Mittag an der Pinne abgelöst hatte, bot sich an, George in den paar Tagen bis Plymouth wenigstens ein paar Grundbegriffe an englischen Vokabeln und in der Seemannschaft zu lehren, wenn George ihm im Gegenzug ein wenig lesen und schreiben bei bringe.

Als der erste zur Nachtwache aufzog, legte George sich in die ihm zugewiesene Hängematte. Er wollte bei diesem, seinem ersten Ausflug aus Berlin noch so vieles in sich aufnehmen, das Zirpen der Grillen am Ufer, den Duft frischen Heues von den Wiesen, der so ganz anders war, als der Kloakengestank, der ständig über ganz Berlin Sommers wie Winters waberte, den Geruch nach frischem Teer und brackigem Wasser, die Geräusche der Tiere der Nacht, wenn Wölfe heulten und geschlagenes Wild einen letzten Todesschrei ausstieß, Fische, die wieder ins Wasser plumpsten, nachdem sei vergeblich versucht hatten, etwas zu schnappen, das für sie wie ein Leckerbissen aussah, das aber in Wahrheit nur der Schein einer der Öllampen des Kahns war, der sich in den Wellen der Havel brach.

Das leichte Schaukeln und Glucksen des Bootes an seinem Anker und überwältigt von der Fülle der Eindrücke an diesem Tag, ließen George fast sofort in einen tiefen Schlummer sinken, so dass er von all dem, und auch nichts von den Heerscharen surrender Mücken mitbekam.

Als er am Morgen indes zu seiner Nachtwache geweckt wurde, fühlte er sich ausgesprochen erholt.

Käpt'n Henning war der erste, der am Morgen wach wurde. „Ick geh mal schiiten." brummelte er und hängte auch schon seinen blanken Hintern über die Bordwand.

Er hustete. „Biste'n strammer Kirchgänger, Jung?"

George nickte. Jeden Sonntag, immer vor seinem Besuch im Elternhaus, ging er in einen Gottesdienst, … meist in der Marienkirche in der Nähe des Rathauses.

„Haste schon mal 'n Dom von innen gesehen, Jung?"

„Nein Käpt'n!" antwortete George rasch.

„No denn woll'mer mal sehen, dass dieses müde Pack von Matrosen bald die Klüsen aufkriegt, damit wir es heute noch bis nach Havelberg schaffen. Da werden wir dann über Nacht ankern und da kannste dann morgen früh mit Karl zum Gottesdienst in den Dom."

Wie alle anderen, so erleichterte sich auch George über die Bordwand.

Aber da stukte ihn schon Karl zurecht: „Pass auf, dass du nicht gegen den Wind pinkelst, sonst haste die ganze Pisse in deinem Gesicht und wir in unserem Kahn! … Und wenn du hinter Hamburg reihern musste, spuckste auch schön mit dem Wind. Ist das klar? Hier geht's ja noch, ….. aber auf hoher See …."

Die Morgenverrichtungen auf so einem Kahn beschränkten sich zu jener Zeit auf die Notdurft. Purer Luxus wäre Hände waschen gewesen, aber an diesen hatte George sich bei Beckmanns gewöhnt. Bevor er mit Lebensmitteln arbeitete, wusch er sich die Hände. Auch hatte er gemerkt, dass die Kunden im Laden zu ihm freundlicher waren, wenn er sich morgens die Zähne mit Zitronengras säuberte und er sich mit seinem Messer die Bartstoppeln aus dem Gesicht kratzte.

Diese für ihn üblichen Handlungen lösten bei den Matrosen indes Heiterkeit aus. Er aber ließ sie gutmütig lachen und begann anschließend zu frühstücken.

Sie hatten heute einen leichten Nordostwind. Es wäre zu mühsam gewesen, auf der kleinen Havel dagegen an zu kreuzen und so nahmen die Männer, auch George, die Ruder und legten sich mit der Strömung an genau den Stellen, wo es notwendig war, in die Riemen.

Die Stadt Brandenburg mit ihrem schon von weitem sichtbaren Dom kam ihnen entgegen. Auf der Höhe von Rathenow machten sie Mittag. Die Havel floss immer träger. Im Schollener Land, da dämmerte es bereits ein wenig, tauschte Käpt'n Henning von einem Fischer ein paar geräucherte Aale gegen einen halben Laib Brot.

Es war schon fast dunkel, als sich im Hintergrund Havelberg mit seinem hoch gelegenen Dom aus der Finsternis schälte. Sie ankerten in der Nähe des anderen Ufers und machten die selbe Wacheinteilung, wie in der Nacht zuvor.

Am anderen Morgen setzten sie über und Karl und George krakselten auf den Berg und gingen zum Gottendienst om Dom. George staunte über die riesige Halle, über die vielen Menschen, die er in einem so abgelegenen Ort nicht erwartet hatte und insgesamt über die Lage des ganzen Ortes an der Mündung der Havel in die Elbe. Einen katholischen Gottesdienst hatte der protestantisch erzogene junge Mann bisher auch noch nicht erlebt und so bewunderte er dessen Prächtigkeit.

Auf der Elbe, nun noch eine Nummer größer, als die Havel, hatte man eine etwas größere Fließgeschwindigkeit und so kamen sie bis zum Abend nach Hamburg.

George war erneut beeindruckt. Hamburg konnte es durchaus mit Berlin aufnehmen, wenngleich Hamburg mit etwa fünfundsiebzigtausend nur gut halb so viele Einwohner, wie Berlin hatte.
In der alten Hansestadt standen viele, große, backsteinerne Speicherhäuser direkt am Ufer, wie George feststellte.
In dieser Nacht lagen sie nicht verankert in irgendeinem Fluss. Käpt'n Henning steuerte die Alster an, in der viele Frachtkähne lagen. Man fand gerade noch einen freien Liegeplatz an einem Kai. Wachen brauchte man nicht einzuteilen, denn dafür, dass hier kein Verbrechen geschah gab es eine eigene Hafenpolizei, aber verlassen durfte George den Kahn auch nicht, denn er war nach wie vor in letzter Instanz für die Ladung verantwortlich. Zwei, der drei Matrosen wurden im Hafen indes schon von ihren Weibern erwartet und würden in Folge dessen über Nacht bei diesen schlafen. Käpt'n Henning hatte noch etwas mit dem Hafenmeister zu bereden und ging danach wohl noch mit ein paar Freunden, die eher wie echte Halunken aussahen, in der Nähe in eine der Hafenkneipen.
Nur der junge Matrose Pete musste mit George gemeinsam im oder am Kahn bleiben. Doch dieser hatte sich wohl schon mit einer Dirne verabredet, holte sie, nachdem der Käpt'n weg war, mit auf das Boot und verschwand schließlich mit ihr im Achterdeck, so dass George oben allein auf der nach oben hin mit Planen gegen möglichen Regen verdeckten Ladung saß und die Athmosphäre in sich auf nahm.

Im Hafenviertel ging es, trotz guter Bewachung durch eigene Gendarmen, hier wilder zu, als in Berlin, da war er sich sicher. Aber in jeder Großstadt gab es da diese Ecken. In Berlin war es das sogenannte Scheunenviertel außerhalb der ersten Stadtmauer, in dem sich viel an Kriminalität abspielte.

Im Gegensatz zu Berlin stank aber Hamburg nicht ganz so nach Kloake. War dies der hier in Küstennähe steiferen Briese zu verdanken oder der Elbe, die ja breiter und mächtiger war, als die Spree und die somit Unrat schneller fort spülte, als diese, George wusste es nicht zu sagen.

Er roch aber auch noch anderes.

Gewürze verströmten ihren Duft aus den Lagern. Getrockneter Fisch, sogenannter Stockfisch, musste hier in der Speicherstadt in riesigen Mengen lagern und über allem waberte der Geruch nach hellem Bier. George beobachtete verstohlen ein Liebespaar auf der anderen Seite des Ufers, das sich in einer Toreinfahrt verlustierte, bekam den Krawall mit, den eine Horde betrunkener Seeleute machte, die aus einer Hafenkneipe heraus geflogen waren und die sich darauf hin mit den zu Hilfe gerufenen Stadtschergen prügelten, er sah die Hand voll junger Huren, die einige Anlegestellen weiter gerade den arroganten Kapitän einer spritzigen Yacht ausnahmen und hoffte, die Damen würden nicht auch noch über ihn herfallen und er bekam mit, wie Pete im Achterdeck auf der Hure zum finalen Endstoß ansetzte.

Das schaukeln und die immer an- und abschwellenden Geräusche machten George müde und er verkroch sich unter die Plane zur Ladung, wo er sich aus ein paar alten Wollresten und Schiffsmänteln ein Lager für diese Nacht einrichtete.

V. Abfahrt aus Hamburg

Er wurde am nächsten morgen durch einen Tritt in den Arsch geweckt. Karl stand über ihn gebeugt, das Gesicht zu einem Grinsen verzerrt. Hinter ihm der Käpt'n. „Wat denn, Jung, warste die ganze Nacht hier alleine? Warum haste dir keine Dirn geholt?"

Auch George musste grinsen und merkte beim aufstehen, wie sehr im jetzt die Knochen wegen des doch recht unbequemen Nachtlagers weh taten.

Nach den Morgenverrichtungen gab es richtige Arbeit. Als erstes musste eine lange, gebogene Bohle, von den Matrosen wurde ihm gesagt, es sei ein „Schwert", in eine entsprechende Vorrichtung hinter dem Mast in den Boden gelassen werden. Man fuhr ohne dieses „Schwert", wegen des dann geringeren Tiefganges wegen, nur auf Binnengewässern. Auf See, und da sollte es ja nun hin gehen, brauchte man es, damit bei dem dort herrschenden stärkeren Wind und den höheren Wellen der Kahn noch immer eine gewisse Stabilität aufwies und nicht gleich kenterte.

Als nächstes musste weitere Ladung verstaut werden. Man lud noch mehrere Fässer mit Bier, einige Ballen Flachs und Proviant für die Überfahrt nach Plymouth, die, wie sie George erzählt hatten, wohl an die fünf Tage dauern würde. Eine Kiste Stockfisch, etwas Schiffszwieback und zwei kleine Fässer Trinkwasser stellten das dar, was sie in den nächsten Tagen essen würden, wenn sie dazu kamen. Warum man nicht richtig koche, fragte George. „Jung, weißste, erstmal, wer soll das machen, zweitens wäre offenes Feuer hier in dieser Nussschale in der Nordsee, selbst wenn die mal ruhig ist, doch zu gefährlich und drittens ist der Ärmelkanal selber, durch den wir ja noch durch müssen, viel zu anstrengend zum segeln. Du wirst froh sein, Jung, wenn du in den nächsten Tagen überhaupt mal dazu kommen wirst, etwas zum beißen zwischen die Zähne zu bekommen.", so Käpt'n Henning.

Noch am frühen Vormittag legte man mit dem Kahn wieder ab und segelte in die Elbe. Sie begegneten vielen weiteren, auch großen Seglern die ihnen entweder entgegen kamen oder die wie sie die Elbe Abwärts in Richtung Nordsee fuhren.

Einige davon rochen ganz besonders und George fragte nach. Tja, da gab es dann Binnenkähne, die über den Rhein gekommen waren, um in Hamburg guten Wein zu entladen. Es kamen ihnen Großsegler entgegen, die wohl Kakao, unter dem sich George noch nichts vorstellen konnte und Rohkaffee geladen hatten. Rohkaffee kannte er nun wieder, denn gelegentlich landete ein kleiner Beutel davon auch bei Beckmanns und George hatte den dann in einer speziellen Pfanne über offenem Feuer zu rösten. Als er erfuhr, dass Kakao der Grundstoff für Schokolade war, konnte er auch damit etwas anfangen, obwohl er noch nie etwas davon probieren konnte.

Ein weiterer Segler mit Fässern kam ihnen entgegen. „Leckerer Rum
...". brummelte Karl und erklärte, dass dieser Zuckerrohschnaps
direkt von den Westindischen Inseln kam. Er schmeckte anders, er
schmeckte besser, als der im Binnenland in den Spelunken
ausgeschenkte Kornbrand und wurde gerade auf britischen Schiffen
gern als eine Art Belohnung an die Seemannschaften ausgeschenkt.
Whiskey, meist in Irland hergestellt, war hingegen bei den Seeleuten
eher unbeliebt. Der Käpt'n erklärte: „Weißte Jung, Whiskey ist
eigentlich auch nur 'n normaler Kornbrand, wie du ihn überall in
Preußen als billigen Schnaps bekommst, aber doch noch ganz anders.
Whiskey ist eher 'n schlechter Fusel! Er wird vom Prinzip her aus
altem, abgestandenem Bier gebrannt und das mögen die deutschen
Seeleute nicht, Jung."

Die Elbe erweiterte sich zusehends und war bald als normaler Fluss
nicht mehr zu erkennen. Der Lastkahn fuhr immer schneller. Hoch
spritzte die Gischt am Bug auf. Eine steife Brise aus Nordost, genau
aus der Richtung, in die sie wollten, fing sich im Segel und die
Männer hatten schwer zu tun, um gegen den Wind anzukreuzen.
Das zunehmende Schaukeln, das Gieren und Kränken des Kahns
nahm zu und im gleichen Maße wuchsen Georges Müdigkeit und er
bekam Kopfschmerzen.
Karl merkte es ihm an und gab ihm den Tipp, nicht mehr auf seine
Füße zu starren, sondern im Gegenteil den Horizont anzuschauen.
Obwohl George glaubte, dass ihm dadurch noch übler würde, nahm
er den Rat an und schon recht schnell ging es ihm wieder besser.
„Bist'n guter Jung, Jung. Hast ja schon Seebeine! Aber verhedder
dich da nicht drin.", lobte ihn der Käpt'n.

Gegen Mittag kam der rote Fels von Helgoland in Sicht, den sie aber
an Steuerbord liegen ließen und von hier an ihren Kurs nach west-
süd-west ausrichteten. Und hier wieder eine Antwort vom Käpt'n auf
eine Frage, die George noch gar nicht gestellt hatte. Weil sie mit
ihrem Pott fast nur in Küstennähe blieben, navigierten sie den Kahn
nur mit dem Kompass und nach Landmarken und hätten damit

keinen so großen Aufwandt mit Sextanten und geeichtem Chronometer, wie die Überseeschiffe, erklärte der Käpt'n.

Nachdem sie schließlich nun auf See waren und auf richtigem Kurs, wurde nach einem Zwei-Wachen-Zyklus gearbeitet, bei dem sich die Männer etwa alle zwei Stunden ablösten. In der ersten Wache waren der Käpt'n und der Matrose Wilhelm, in der zweiten am Ruder der alte Karl und am Segel und zuständig für den Ausguck der junge Pete. George musste immer als zusätzlicher Mann in jeder Wache mit ans Segel springen, wenn die Sache mal zu brenzlig wurde.
Zum Schlafen kam er kaum, aber mit der insgesamt höheren Geschwindigkeit und dadurch, das sie auch die Nacht durch fuhren, kamen sie ihrem Ziel schnell näher.
Auch wurde nun in internationalen Gewässern die weiß mit schwarz abgesetzte preussische Handelsflagge mit dem gekrönten Adler, in dessen Fängen Schwert und Zepter waren, gehisst. Ein Schiff mit dieser Flagge auf der Nordsee war in dieser Zeit ein eher ungewöhnlicher Anblick, da das Königreich Preußen überwiegend an der Ostsee lag, aber sowohl Schiff, als auch Besatzung, Passagier und Ladung stammten letztendlich aus Preußen und zumindest die Besatzung stand dazu.

Schon am Abend sahen sie den Leuchtturm vor Borkum. Damit näherten sie sich den holländischen Hoheitsgewässern, durch die sie bei einer steifen Brise in der Nacht fuhren. Diese frischte allerdings am kommenden Morgen so weit auf, dass sie sich für zwei Wachen ins Ijselmeer vor Amsterdam verkrochen. George lernte immer weitere englische Vokabeln. Es blieb ihm ja auch gar nichts anderes übrig.
Weil Käpt'n Henning nicht Nachts an der viel befahrenen Rheinmündung vor Rotterdam entlang segeln wollte, ankerten sie weit ab vor der Küste auf einer Sandbank vor Den Haag.
George hing die eintönige Nahrung schon jetzt förmlich aus dem Hals. Ständig Stockfisch mit Schiffszwieback. Nach dem einen musste man nachtrinken, weil es so Gott verdammt salzig war, das

andere war so trocken, dass es beim kauen, wenn man es denn zum kauen bekam, so hart war es, daß es förmlich im Mund staubte, so dass man auch da ständig nachtrinken musste. Er war heil froh, dass er noch immer ein Stück seines Ziegenkäses besaß.
Auch bildete sich, wegen der ständig schäumenden Gischt, allmählich eine dicke Salzkruste auf allem und jedem Gegenstand. Das Salzwasser verhinderte auch, dass man die eigenen Klamotten waschen konnte, denn Soda schäumte im Meerwasser nicht. Wobei das Waschen ohnehin sinnlos war, denn man bekam auf Grund der allegemeinen Feuchte seine Sachen nie trocken.
Gischt und Meer, dazu regelmäßig fieser Landregen, der durch alle Poren der Kleidung drang, machten die Fahrt in dem kleinen, niedrigen Fahrzeug sehr anstrengend.

Der Ärmelkanal, den sie einen Tag später erreichten, zeigte sich ausnahmsweise einmal von seiner ruhigen Seite. Die See spiegelglatt, dazu ein laues Lüftchen aus Nordost. Von nun an fuhren sie in britischen Hoheitsgewässern. Und so dauerte es auch gar nicht lange, bis ihnen eine britische Fregatte folgte, die offenbar auf der Jagt nach Schmugglern war. Käpt'n Henning strich darum sicherheitshalber gleich die Segel, denn schließlich hatten sie nichts zu verbergen.
George staunte beim Anblick des Kriegsschiffes. Obwohl es „nur" eine Dreimastbark war, fand er sie beeinduckend und elegant.
Als die Fregatte auf Höhe ihres Kahns war, nahm auch sie Fahrt heraus und ließ ein Beibot mit einer kleinen Besatzung zu ihnen übersetzen.
„Prussia", erklärte Käpt'n Henning auf die Frage des leitenden Seeoffiziers diesem mit Blick auf ihre Flagge.
Als die Papiere gründlich und die Ladung stichprobenartig überprüft waren, trank man noch ein Glas helles Bier auf die Gesundheit des britischen Königs Georg II., dann verabschiedete man sich, wobei der britische Offizier noch den Tipp gab, sich wegen möglicher französischer Piraten etwas dichter an der britischen Küste aufzuhalten und er erklärte, man wolle an der Küste schon einmal

nach Plymouth signalisieren lassen, dass ihr Lastkahn sich dem britischen Hauptstützpunkt der Navy nähern würde. Damit war diese Begegnung beendet, sie nahmen wieder Fahrt auf und die weißen Felsen von Dover kamen ihnen entgegen.

Es dauerte aber noch zwei volle Tage, bis sie vor die Einfahrt von Plymouth kamen. Sie waren die Nacht über durch gefahren, das Wetter war hier an der Einfahrt in den Atlantik etwas rauher geworden, als sich die beiden Leuchttürme, die gewissermaßen die Einfahrt zu diesem natürlichen Hafen bildeten, aus dem Frühnebel schälten.

Hier musste Käpt'n Henning mehr als vorsichtig fahren, denn die Schiffsbewegungen waren geradezu enorm. Für George hieß es, sich jetzt endgültig auf den Abschied von seiner bisherigen Welt einzustellen, so glaubte er.

VI. im Hafen von Plymouth

Plymouth liegt bis heute an der äußersten Südwestküste Großbrittaniens und bildet mit seinen ausgedehnten Buchten einen natürlichen Hafen und damit Schutz gegen Nordweststürme aus dem Atlantik. Bedingt durch die Lage direkt am Golfstrom ist die Bucht immer Eisfrei. Schon im neunten Jahrhundert ist an jener Stelle ein Hafen vermerkt, der selbst im einundzwanzigsten Jahrhundert noch als größter Seekriegshafen der Welt gilt.

Schon in der Zeit, als unsere Geschichte hier spielt, hatte Plymouth einen legendären Ruf, startete von hier doch 1577 Sir Francis Drake zur ersten Weltumsegelung und mit ihm 1588 die englische Flotte zum Sieg über die spanische Armada.

Schon am Eingang zur Bucht fing unseren Transport aus Berlin ein Kutter mit einem Lotsen ab. George sah mit Erstaunen den immer dichter werdenden Wald von Masten. Die Werft schien riesig, genauso wie das Trockendock, an dem am Unterboden der großen Kriegsschiffe gearbeitet werden konnte.

Commodore James Durham blickte gelangweilt aus seinem Bürofenster in der Hafenmeisterei auf das Gedränge zu seinen Füßen mit seinen -zig hundert Angestellten. Einstmals als junger Mann war er der Hoffnungsträger in der Flotte, zeichnete sich aber schon damals durch eine gewisse Sturheit aus. In der Seeschlacht beim Kap Finisterre des Jahres 1747 am 14. Mai im Rahmen des österreichischen Erbfolgekrieges war er als Commander eines Linienschiffes noch mit dabei.

Eine überlegene britische Flotte besiegte ein, dem Schutz eines Konvois dienendes, französisches Geschwader und nahm sämtliche Kriegsschiffe und einige Handelsschiffe als Prisen. Dummerweise war Durham da dann schon nicht mehr bei der Flotte, denn er hatte sein stolzes Schiff beim Schlachtbeginn versehentlich, manche vermuteten eine wenn nicht böse, so dann doch zumindest feige Absicht dahinter, auf einen anderen Kurs gesetzt und das Schlachtfeld schließlich aus den Augen verloren. Wobei niemand den angeblichen dichten Nebel gesehen hatte, von dem er immer sprach. Und so wurde James Durham nach dieser Schlacht „weg gelobt“ und zum Hafenkommandanten von Plymouth gemacht. Seine Sturheit wurde hier nur noch durch seine Inkompetenz übertroffen, wobei der Hafen nur deshalb noch halbwegs funktionierte, weil Durhams Angestellte wenigstens einen Teil seiner Befehle und Anweisungen „kreativ auslegten“.

Er nahm sein Fernglas und sah gerade noch einen tief im Wasser liegenden Lastkahn in den Hafen segeln, schwarz-weiße Flagge am Mast. Er stönte: „... diese scheiß Preussen sind mittlerweile überall hier im Norden. ...“. Dann bläkte er in Richtung der zum Vorzimmer nur angelehnten Tür: „Major Heyes! Major Heyes! Kümmern sie sich mal bitte um diesen vermaledeiten deutschen Pfeffersack, der gerade an Kai zwölf fest macht. Ich will wissen, warum der so tief im Wasser liegt und was der geladen hat!“ Dann wandte er sich desinteressiert wieder vom Fenster und seiner eigentlichen Arbeit ab und widmete sich seiner strategischen Planung auf dem Kartentisch, auf dem nicht nur die Landkarte des Hafens von Plymouth ausgebreitet lag, nein, noch auf dieser schob er nicht existierende Schiffsverbände aus Bleistücken hin und her und spielte verschiedene Manöver in verschiedenen Schlachten durch.

Major Heyes hingegen war einer der wenigen kompetenten Mitarbeiter von Commodore Durham. Heyes war ein in würde ergrauter Seebär mit langen Haaren, der auf die sonst in seiner Position üblichen Perücken nur all zu gern verzichtete. Er genoss schon seit vier Jahren hier als stellvertretender Hafenmeister sein Gnadenbrot. Er hatte als sechsjähriger noch Sir Francis Drake persönlich kennen gelernt, was ihn damals so beeindruckt hatte, dasss er unbedingt zur See fahren wollte, was er ja dann auch gemacht hatte. Allerdings war Heyes nie so ehrgeizig gewesen, ein eigenes Kommando haben zu wollen. Er begnügte sich immer mit der Stelle des ersten Offiziers. Sollten doch andere möglichen Ruhm einstecken, die wesentlich häufigere Prügel kassierten die schließlich auch.

So schnell, wie ihn seine von Gicht geplagten Beine tragen konnten, lief er hinunter zum Kai um wie befohlen den „preussischen Pfeffersack" abzufangen.

Die Männer um Käpt'n Henning waren noch dabei, den Kahn fest zu vertäuen, als Major Heyes schon mit immer schneller werdendem Schritt auf dem Landungssteg angekommen war. Henning und er kannten sich schon lang. Vor allem das Berliner Sauerkraut vom Krämer Beckmann, das seit zwei Jahren nochmals merklich besser geworden war, liebte er über alles und so begrüßten sich die beiden Männer mit herzhafter Umarmung!
„Major", fragte Käpt'n Henning in gespielter Neugier, „was verschafft uns die Ehre, dass der stellvertretende Hafenkommandant uns heute persönlich hier am Kai begrüßt und ich mir nicht erst einen Termin bei ihm in seinem Büro geben lassen muss?"
„Also Henning, jetzt übetreibst du. Einen Termin brauchst du bei mir doch nie!" Der Major grinste. „Aber dem alten Durham kam euer

Kahn hier irgendwie spanisch vor und er meinte, ihr hättet zu viel geladen und würdet deshalb zu tief im Wasser liegen, …. was ja gar nicht stimmen kann, denn sonst wärd ihr ja gar nicht hier, weil ihr abgesoffen wärd.… Habt ihr denn das von mir bestellte Sauerkraut dabei?"

„Klar doch, Major. Und noch viel mehr. Außerdem hab ich euch noch denjenigen hierher mitgebracht, der das Kraut produziert hat, wie er mir erzählte. … sitzt hinten im Achterdeck, wimmert und hat Schiss, hier an Land zu gehen, weil er glaubt, ihr würdet ihn dann auf 'ne Fregatte pressen. Dabei kann der arme Bengel überhaupt nichts dafür, dass er hier ist. Erst sind den seine Eltern gestorben, darauf hin hat ihn sein Bruder um's Erbe gebracht und wollte ihn verknechten und schließlich wollte der Beckmann ihn auch noch so weit wie möglich loswerden. Der alte Dösbaddel glaubte, das der Jung was mit seine Alte hätte. Pah! - Jung! Komm schon vor! Der Major frisst keinen nicht!"

Vorsichtig kam George an die Reeling. Von dem Garn, das der Käpt'n soeben abgespult hatte, hatte er höchstens die Hälfte verstanden. George verbeugte sich höflich vor dem Major und übergab ihm wortlos den Brief seines Berliner Lehrmeisters.

Major Heyes brach das Siegel, las schweigend, schaute dann erst George prüfend an, dann den alten Henning und sagte, der Käpt'n übersetzte: „Da bringt ihr mich ja in eine schlimme Lage. Hier in dem Brief steht, dass mir der Beckmann nicht nur diese Ladung hier auf dem Kahn zu den üblichen Bedingungen verkauft, sondern dass mit der Ladung auch noch du in den Besitz der Navy seiner Majestät Georg II übergehst und ich mit dir machen kann, was ich will, solange du nur nicht zurück nach Deutschland kommst."

George schluckte.

„Andererseits, ich glaube dem alten Henning, wenn er sagt, du seist 'ne ehrliche, arbeitsame Haut, möchte ich auch nicht auf Sauerkraut mit dieser Qualität verzichten. Erzähl doch mal, was machst du anders, als dein Lehrherr?"

George druckste herum. „Er ist noch immer mein Meister und über den red ich nicht schlecht."

Major Heyes sah ihm nun direkt in die Augen. „Das ehrt dich, Bursche. Und das macht es für mich nicht gerade einfacher. Dann frag ich mal so: wie machst du das Kraut?"

George erläuterte fließend.

Käpt'n Henning und der Major sahen sich dabei an, dann nickte der Major und sagte zu George:

„Ich bin in einem echten Dilemma, aber ich glaube, ich habe eine Lösung, denn ich will auf mein gutes Sauerkraut für unsere Schiffe nicht verzichten, möchte mir aber auch den Kontakt zu Beckmann nicht verscherzen. Ich glaube, George, als Seemann im Dienste unserer Majestät bist du eher ungeeignet. Aber wir könnten auf dem Versorgungsschiff Sweet Revange noch einen zweiten Koch gebrauchen und der Zahlmeister könnte mit ihm, als ihm unterstellten Proviantmeister, auch noch als Hilfe gebrauchen. Du hättest einen zivilen Status und dürftest in Amerika auch von Bord gehen, wenn du das willst. Leider liegt die Sweet Revenge noch für mindestens eine Woche zur Reparatur im Trockendock. Käpt'n Henning, wüssten sie, wo der Gorge in dieser Zeit unterkommen könnte?"

„Also lieber Heyes, wenn ich nicht wüsste, dass ihre Soldaten ständig die Gasthäuser hier in der Umgebung nach jungen Burschen wie ihn absuchten, um sie in die Flotte zu pressen und wenn der Junge mit dem Spargeld das er sich in seinen Hut eingenäht hat, ein bischen weniger klimpern würde, würde ich ja sagen, er soll zum alten Benned in den seine Kneipe gehen und da erstmal 'ne Woche ausruhen. Ja, das würde ich vorschlagen! Aber so, wüsste ich auch nix, lieber Major."

Heyes kratzte sich am Kinn. „Mh … wenn ihr hier entladen habt, bringt mir den Burschen mal in mein Office. Es wäre doch gelacht, wenn ich ihn nicht erstmal vorübergehend zum Proviantmeister auf der Sweet Revenge machen könnte. Der Kahn hat ja bisher weder 'n Käpt'n noch 'ne Besatzung. Und da das ja nur ein Versorgungsklipper ist, hat mir für die Bemannung des Schiffes die Admiralität im altehrwürdigen London auch nicht reinzureden. Der Bursche braucht keine Angst vor dieser Aufgabe zu haben. Ich werde dafür sorgen, dass er 'n ehrlichen Zahlmeister vor die Nase gesetzt bekommt, der ihn ordentlich einweist."

Damit verabschiedete sich Major Heyes und watschelte gemütlich zurück in sein Büro.

Nachdem Käpt'n Henning alles für George übersetzt hatte, half George noch beim entladen des Kahns und ging dann, seine Plünnen geschultert, mit dem Käpt'n ins Büro von Major Heyes.
Der hatte bereits den Überstellungsbefehl für ihn auf die Sweet Revenge ausgefüllt und wies ihn an, dieses Schreiben ständig bei sich zu führen.

Da das Schiff noch keine Besatzung hatte und obendrein noch im Trockendock lag, waren sowohl deren Kanonen, als auch Pulver und Kugeln in einem Lagerhaus untergebracht, in das jetzt auch schon allmählich erste Versorgungsgüter für die in einer Woche bevorstehende Neuausstattung des Schiffes eingelagert wurden. George hätte in diesem Lagerschuppen die Aufgabe, die dort noch in den nächsten Tagen eingehenden Waren auf ihre Vollzähligkeit hin zu überprüfen. Auf dem Schiff dann sei er für die Ausgabe der Lebensmittel verantwortlich und für deren qualitativen Erhalt. Er war damit dem Zahlmeister unter geordnet, sollte aber auch, wenn es möglich war, den Smut unterstützen. Schlafen könne George hier in Plymouth vorübergehend in dem Lagerschuppen für die Sweet Revenge in einer Ecke mit Stroh, zum essen sollte er sich den Wachmannschaften im Hafen anschließen, auch dafür machte Heyes ihm noch ein Schreiben fertig.

Käpt'n Henning begleitete George noch bis zu dem entsprechenden Lager, wo der, hoch erfreut, seine achtundzwanzig Fässer Sauerkraut aus Berlin wiederfand und sich auch gleich noch der Hafenpolizei vorstellte.

Gerne wäre George noch mit Käpt'n Henning und seinen Männern für den Abend in ein Gasthaus im Ort selbst eingekehrt, um seine bisher erfolgreiche Reise zu begießen, allein, die Männer wollten nicht, denn es bestand hier in Plymouth immer die Gefahr, von Kopfgeldjägern niedergeschlagen und auf eines der Kriegsschiffe seiner Majestät verschleppt zu werden. Innerhalb des Hafengeländes bestand diese Gefahr zwar nicht, aber hier gab es auch kein Gasthaus, in dem Bier ausgeschenkt wurde.
Und so verabschiedete sich George wortreich von seinen bisherigen Reisegefährten, bevor diese wieder, mit einer Ladung feinster britischer Stoffe, in Richtung Berlin ablegten.

Mit der Dämmerung hängte sich George an ein paar Wachsoldaten und ging mit ihnen zum Essen. In dem Speisesaal hatten wohl an die zweihundert Mann platz, allerdings wurde zu jeder Mahlzeit gewissermaßen in drei Schüben gegessen. Es gab auf einem Holzteller einen undefinierbaren, klebrigen Brei, dazu einen schweren Holzlöffel und einen Holzbecher voll Wasser.

George hatte natürlich noch Schwierigkeiten, sich zu verständigen und so erfuhr er erst nach dreimaliger Nachfrage, dass es hier im Hafen auch einen Krämer gab, der emailiertes Essbesteck, Teller und Löffel verkaufte und dass es ratsamer sei, hierher in diesen Speisesaal sein eigenes Besteck mitzunehmen, weil die Gehilfen des Smut hier nicht gerade für ihre Sauberkeit in Bezug auf das Besteck und Teller berühmt seien.

Nach dem Essen dann natürlich noch die Frage, wohin mit der Notdurft. Man hatte hier im Hafen dafür eine eigene Latrine. Eine Latrine ist ein überdimensiertes Kackhaus mit nicht nur einem Loch für den Allerwertesten, sondern mit vielen, im Falle von Plymout mindestens fünfzig Löchern dafür in einem Raum, die alle weder durch Wände noch durch Sichtblenden von einander abgetrennt waren. Hier konnten also bis zu fünfzig Mann auf einmal pissen und kacken. … und genauso roch auch die Latrine und deren Umgebung.

Allerdings war die Hinterlassenschaft der Latrine bei den Bauern der Umgebung äußerst beliebt und sorgte auf den Feldern für reiche Ernte.

Als George schließlich endlich wieder in „seinem" Lagerhaus angelangt war, machte er es sich auf dem vorhin noch von ihm vorsorglich eingerichteten Bett aus Stroh gemütlich und schlief sofort und traumlos ein.

VII.   zur selben Zeit in Berlin

Der Lärm im Hause der Hungerlunds drang bis auf die Straße.
„Wie konnten sie den George nach England schicken! Der kommt doch von da nie wieder!", kreischte hysterisch Georges Schwägerin. Und Gunther fügte hinzu: „Wir brauchen ihn, weil wir denken, dass Vater ihm bestimmt erzählt hat, wo er sein Geld eingelagert hat."
Herr Beckmann blieb die Ruhe selbst. „Verehrte Herrschaften, ihr George wird zurück kommen. Aber erst, wenn er gesehen hat, wie hart das Leben als Seemann in der britischen Marine ist. Dann wird er wirklich kleinlaut zu ihnen wiederkehren. Glauben sie mir das."
Die Schwägerin kam aber nicht zur Ruhe. „Sie sind ein Lügner! Sie wollten ihn doch von Anfang an los werden! Was ist, wenn er bei einem Sturm umkommt oder wir gar nichts mehr von ihm hören?"
„Mein Gott, ich kenne doch ihren George, der ist ein Schlappschwanz und viel zu ehrlich für diese Welt. Er wird zu ihnen zurück kommen, ganz sicher."
Aber Gunther war das nicht genug. „Und was ist mit dem Verdienstausfall, den wir jetzt haben. Herr Beckmann, sie hatten uns doch zugesichert, dass sie uns dafür einen finanziellen Ausgleich zahlen. Das hatten sie uns doch zugesichert, Herr Beckmann. Ja, das hatten sie!"
Beckmann, allmählich selber vor aufkommendem Zorn hoch rot antwortete: „Ich habe es ihnen doch versprochen, dass sie das Geld bekommen, das ich für die Sauerkraut-Lieferung nach Plymouth erhalte."

Georges Schwägerin kreischte: „Das glauben sie doch selber nicht. Ich glaube ja, unser Schatz ist bei ihnen im Haus. Wahrscheinlich hat George das Geld von Vater hier bereits gefunden und bei ihnen im Lager oder dort in seiner Kammer versteckt, sie, Herr Beckmann, wissen davon und haben ihn deshalb ans andere Ende der Welt geschickt ....“

Wie nah sie damit der Wahrheit war, wusste sie in diesem Moment überhaupt nicht. Aber sie schob noch nach: „... wir wissen doch, dass sie jeden Sonntagmorgen, statt in die Kirche ins Bordell der Madame Rouge gehen, um sich dort mit kleinen Jungen zu amüsieren. Und das kostet sie ....“
Beckmann schnappte verblüfft nach Luft.
Genau in dem Moment handelte Gunther. Spontan schob er Beckmann sein leinenes Taschentuch mit aller Gewalt in den Mund. Selbst Georges Schwägerin war von dieser Aktion überrascht. Sie handelte dann aber mindestens ebend so schnell und zielgerichtet, wie Gunther, in dem sie diesem half, Herrn Beckmann an den Stuhl, auf dem er saß, zu fesseln und ihn dann, samt Stuhl, in der großen Kleidertruhe des Zimmers einzuschließen.

„Und was jetzt?“, flüsterte sie atemlos? „Ich denke, wir werden mal Beckmanns Kate einen heimlichen Besuch abstatten.“
Gesagt, getan. Sie löschten alle Lichter in ihrem Haus und traten, nun beide in dunkle Kleider gehüllt, hinaus in die Nacht. Warmer Abendnebel waberte im Berliner Urstromtal durch die Gassen der Stadt. Ein einsamer Nachtwächter schritt schlurfend, mit schleppendem Gang um eine Ecke. Gunther und sein Liebchen schlüpften von einer dunklen Ecke zur nächsten. Vor dem Heim der Beckmanns angekommen, schlichen sie erst um das Gehöft herum und sprangen dann über einen großen Bretterzaun. Sie patschte dabei mit ihren Füßen versehentlich in eine Lache im Schweinekoben. Und genau dieses Geräusch war es, was die Magd Clara in ihrer Kammer aufhorchen ließ. So ungeschickt waren die Schweine nicht! Noch während sie die Luke ihres Fensters einen Spalt breit geöffnet hatte,

um heimlich nachzuschauen, ob es sich um Diebesgesindel oder nur um einen obdachlosen Hungerleider handelte, der Abfall von ihrem Misthaufen stehlen wollte, hörte sie von unten einen halb unterdrückten Fluch und eine erschreckt fiepende Ratte.

„Kannst du nicht aufpassen, wo du hin latschst, du Trampel?", hörte sie die Stimme von Gunther zischen. Dann quitschte unten recht unvorsichtig die Tür zum Lager.

Sie überlegte. Was machte der Bruder von George hier? … und wer war bei ihm? Bevor sie sich dazu durch ringen konnte, etwas zu tun, wollte sie die Situation weiter beobachten.

Clara nahm all ihren Mut zusammen und schlich die Stiege ein paar Stufen hinunter, um besser sehen zu können. Im Halbdunkel erkannte sie Georges Schwägerin. Ohne sie zu bemerken huschten die beiden ins Schlafgemach der Beckmanns. Clara hörte es kurz poltern und dann waren die beiden nur einen Augenblick später wieder zurück im Lager. Während Clara halb im Schatten eines Balken oben an der Treppe verschwand, hörte sie die beiden unten recht laut tuscheln. Sie schienen sich also ihrer Sache recht sicher.

„Gunther, das war aber ein sehr schwerer Schlag mit dem Nachttopf auf den Kopf der Alten." „Na du hast ihr doch die Füße so weg gezogen, dass sie auch noch auf den Bettpfosten geknallt ist. Dadurch ging das Fesseln und Knebeln für mich wesentlich leichter."

„Und du bist dir sicher, dass die Magd heute nicht da ist und uns belauscht?", zischte sie. Worauf er antwortete: „Der alte Beckmann hat mir doch immer und immer wieder erzählt, was für ein dumm-faules Ding ihre Magd ist und dass sie mindestens jeden zweiten Abend heimlich bei ihrer Tante hier um die Ecke isst und pennt. Das muss sie ja wohl auch, denn der Beckmann prahlt ja regelmäßig damit, wie kurz er seine Angestellten hält und dass die gar nicht die Möglichkeit haben, bei ihm anzusetzen. Und außerdem", er zündete jetzt eine Petroleum-Lampe an, „hätte die dusselige Kuh sicher schon längst Alarm geschlagen, wenn sie uns hier gesehen hätte. Wir können ja oben in ihrer Kammer gerne nachschauen, ob sie da ist!", sprachs und erklomm die Stiege, gefolgt von seiner Frau.

Clara huschte ungesehen hinter einen oben stehenden Schrank. Während Gunther in ihrer Kammer verschwand und seine Frau ihm davor mit der Lampe leuchtete, erklomm Clara geräuschlos einen der schrägen Dachbalken und verbarg sich auf diesem.
Unter ihr wurde es nun lauter. Sie giftete ihn an: „Was machst du denn da so lange? Willst du etwa in ihrem Bett auf die Magd warten?" „Nein, Weib! Aber ich glaubte erst, ihr Bett sei noch warm. Aber egal. Dann will ich mal bei der Gelegenheit gleich ihre Kammer auf den Kopf stellen. Vielleicht hat George bei ihr unseren Schatz versteckt und du geh schon mal in seine Kammer und sieh da nach!"

Clara hatte genug gesehen. Ängstlich und mit klopfendem Herzen rutschte sie mucksmäuschenstill von ihrem Versteck hinunter, huschte erst die Stiege hinunter und durch das Lager, durch die Hoftür ins Freie und rannte so schnell sie ihre Füße trugen zur Gendarmerie am Spandauer Tor.
Atemlos verlangte sie Wilhelm Knesebeck zu sehen, falls der da wäre. Knesebeck, der sich zu ihrem Glück gerade in seiner Freiwache befand, kam sofort angelaufen, als er mit bekam, wer da so laut an der Tür nach ihm verlangte.
„Du bist doch die Magd der Beckmanns? Hab dich 'n paar mal mit dem George beim Beladen von Handelskarren gesehn. Was bist'n so aufgeregt?"
Sie schilderte in wenigen und zusammenhang losen Brocken, was sie soeben gesehen und erlebt hatte und es brauchte darauf hin eine ganze Weile und viele beruhigende Worte, bis Wilhelm Knesebeck den Sachverhalt begriff, seinen Vorgesetzten informiert hatte und sich dann mit einer Schar Wachsoldaten auf den Weg zu Krämer Beckmanns Gehöft gemacht hatte.

Sie waren allerdings noch einen Häuserblock entfernt, als sie bereits das hoch auflodernde Feuer bei Beckmanns sahen. Die Wachmannschaft war allerdings schnell genug, um im Feuerschein den fliehenden Gunther mit seinem Liebchen zu erkennen. Während

Wilhelm Knesebeck mit einem weiteren Stadtschergen die Verfolgung der beiden Fliehenden aufnahm, versuchte der Rest der Mannschaft, das Feuer noch irgendwie zu löschen. Aber viel zu retten gab es da nicht mehr. Gunther hatte wohl ganze Arbeit geleistet.
Wilhelm Knesebeck und sein Helfer fassten die Geflohenen im Tor zu ihrem Anwesen. Die halbe Stadt war da schon auf den Beinen.
Nachdem Gunther und sein Liebchen eine kräftige Tracht Prügel bezogen hatten, wurden sie bis zu einer Gerichtsverhandlung in den Karzer gesteckt.
Das Anwesen der Beckmanns war am Morgen bis auf die Grundmauern nieder gebrannt. Beim durchstöbern der Aschereste nach etwas Verwertbarem machten die Stadtschergen dann noch eine grausige Entdeckung: den verkohlten Leichnam einer Person. Die arme Clara war es, die darauf hin wies, dass ihr Dienstherr noch immer verschwunden sei.

Für sie selbst stand jetzt das Problem, wohin sie gehen sollte, falls ihr bisheriger Dienstherr nicht wieder irgendwie auftauchte. Ihre Familie in Treuenbrietzen, im Fläming gelegen, wäre wenig erfreut darüber, sie nun wieder durchfüttern zu müssen. Und die Tante um die Ecke hatte selbst nicht genug, um eine zweite Person komplett zu ernähren.Blieben nur noch betteln oder der Gang ins Kloster.
Den ganzen Tag über trieb sie sich deshalb weiter auf dem ehemaligen Gehöft der Beckmanns herum und hoffte auf eine Nachricht.

Dort kam sie auch am Nachmittag ein Richter des preussischen Amtsgerichts besuchen, der ihr Fragen zum Tathergang und ihren Beobachtungen stellte. Von Herrn Beckmann indes noch immer keine Spur. Als es Abend wurde, bereitete sie sich ein Nachtlager aus kärglichen Resten von verkohltem Heu im Schweinestall. Wenigstens der war, wenn auch halb versengt, stehen geblieben. Auch ein kleines Schwein, das jetzt hungrig quikte und zwei Hühner, sowie ein Hahn hatten das Feuer überlebt. Das Wohn- und Lagerhaus war indes komplett abgebrannt. Die Scheune hatte es genauso erwischt und an der Stelle des Brunnens gähnte nur noch ein schwarzes Loch im Boden des Hofes.

Nachbarn brachten dem armen Mädchen am nächsten Morgen eine Schüssel Brei.
Auch an diesem Tag war Herr Beckmann nicht aufzufinden, während Clara versuchte, in dem Unheil des Gehöfts noch irgendetwas Verwertbares und sei es nur ein wenig Holz für ein kleines, die Nacht wärmendes Feuer zu finden.

Es dauerte zwei weitere Tage, bis die Stadtschergen laut richterlicher Anordnung damit begannen, das Haus der Hungerlunds genauer zu untersuchen. Dabei entdeckten sie in der großen Wäschetruhe den noch immer an den Stuhl gefesselten Beckmann und befreiten ihn.
Als sie ihn jedoch, gestützt auf zwei Männer, zu seinem Anwesen gebracht hatten, brach der schließlich vollends zusammen und weinte bitterlich.
„Meine arme Frau! … Und was wird denn nun aus Clara? Was wird aus mir? Es ist so schade, dass ich den George so weit weg geschickt habe!"
Und als Clara ihm erzählte, dass Gunther Hungerlund und sein Liebchen im Kerker säßen, weinte er noch mehr und schluchzte:
„Was hab ich nur getan? … lasst mein restliches Habe, auch den Gewinn aus meinem letzten Sauerkrautgeschäft, dem George und der Clara zukommen, damit die wenigstens etwas haben!"
Ja, so klagte er.
Die Schergen, die ihn hier stützten waren genauso ergriffen, wie Clara und die herbei geeilten Nachbarn.
Am Abend klaubte er noch gemeinsam mit Clara etwas Holz zusammen. Als es schließlich dunkel war, verschwand er. Sein Leichnam wurde am nächsten Morgen an einer Weide in der Stralauer Vorstadt gefunden, an der er sich mit seinem eigenen Hemd stranguliert hatte.

Clara lebte in den nächsten Tagen davon, dass sie frische Eier gegen Getreide bei ihren Nachbarn tauschte. Aber ihr Leben sollte sich bald ändern.

VIII.   Die Sweet Revenge

Das Lager, in dem George jetzt hauste, war sehr groß. Es war wie eine riesige Scheune nur aus Holz gebaut. Die Waren für mehrere Schiffe waren nebeneinander, nur getrennt durch niedrige und versetzbare Holzwände, in dem Gebäude gelagert. Bereits zwei Tage nachdem George hier eingezogen war, machte er die Bekanntschaft eines gewissen Joe Clark, der, zwölfjährig, als Schiffsjunge auf der Fregatte Worcester diente und hier, ebendso wie George, seine Augen auf der Ladung seines Schiffes haben sollte. Die Worcester lag noch auf Rede und sollte in den nächsten Tagen überholt werden, während der Rest deren Mannschaft endlich einmal Heimat- und Landurlaub hatte.

George stellte sich auf den neuen Lebensrythmus ein. Joe nahm er wie einen kleinen Bruder zum essen mit, und auch bei Warenanlieferungen arbeiteten sie zusammen. Vier Augen sahen schließlich mehr, als zwei. Durch diesen Kontakt konnte George auch sehr schnell sein Englisch verbessern.
Wenn es seine Zeit zuließ, ging George zum Trockendock, um zu schauen, wie weit die Arbeiten an der Sweet Revenge seien, denn er wollte weg hier aus Plymouth und war neugierig auf Amerika.

Nach einer guten Woche war es dann soweit und George sah, wie man das Dock allmählich flutete und die Sweet Revenge aufschwamm.
Ein Bote brachte dort am Kai George die Nachricht, dass er sich unverzüglich bei Major Heyes in der Kommandantur zu melden habe.
Als George das Zimmer von Major Heyes betrat, waren dort schon mehrere Personen anwesend, die George nacheinander vorgestellt

bekam. Da war zuerst der 1.Offizier McMillan mit seinem verschmitzten Lächeln. Der 2.Offizier Pomroy wirkte dagegen recht verkniffen. Der Chef der Seesoldaten, die auch ein Verpflegungsschiff der Navy mit an Bord haben musste, war ein gewisser Sgt. Whinterbottom. Der Zahlmeister und somit Georges direkter Vorgesetzter, war Dirk Summerfield, der seine Gattin Jane und seine vierzehnjährige Tochter Shirley mit hinüber nach Amerika nahm, weil er selbst dort nach fünfundzwanzig Jahren in der Navy den Dienst quittieren würde. Die Familie hatte sich schon vor zwei Jahren in der Kolonie Virginia ein Stück Land gekauft und wollte dort in Zukunft Tabak anbauen. Der Koch John Silver machte zwar einen insgesamt etwas schmuddeligen, aber nicht unfreundlichen Eindruck. Cäpt'n Collicos würde erst in ein paar Tagen zu ihnen aufs Schiff kommen, da er noch familiäre Angelegenheiten in Sussex zu erledigen habe. Man munkelte etwas von einer geschwängerten Baronin und ihrem gehörnten Ehemann, wusste aber nichts genaues.
Der Rest der Mannschaft würde im Laufe der nächsten beiden Tage aufs Schiff gelangen.
Nach dem kurzen bekannt machen aller Anwesenden untereinander wurde George von Mr. Summerfield gesagt, er möge nun sein Habe aus dem Lagerhaus holen und sich umgehend auf der Sweet Revenge melden, die an einem Pier innerhalb der Werft liege.

Schnell erledigte George diesen Weg und stand schließlich atemlos vor dem Schiff. Sergeant Whinterbottom nahm in dort in Empfang. George roch das frische Holz und das Teer und verliebte sich nun richtig in die Sweet Revenge.
„Tja, Mr. Hungerlund, ich dachte mir, es schläft sich hier auf dem Schiff vielleicht etwas weniger zugig, als in so einer Scheune.", grinste Whinterbottom. George strahlte ihn an: „Ist ja auch 'n schönes Schiff, Sir!"
Er sah sich auf dem Deck um. „Aber wo, Sir, sind die Segel?"
Whinterbottom kicherte: „Die bekommen wir erst in ein paar Tagen. Genauso wie unsere Verpflegung. Musst also erstmal weiter zum essen und zum shit an Land. Kann dir aber schon mal deinen

Liegeplatz hier zeigen. Haste denn wenigstens deine eingene Hängematte?"

George schüttelte den Kopf. „Mh … ich nehm an, Geld haste auch keins und der Zahlmeister, der dir 'n Vorschuss geben könnte, ist ja noch an Land ...“

„Sir, wenn ihr Laden hier im Hafen preussische Silbertaler akzeptiert …. ? …. Ich wusste ja auch gar nicht, dass ich 'ne Hängematte brauche, sonst hätte ich mir schon längst eine besorgt.“ „Hungerlund, wo immer du deine Silbertaler hast, lass die niemanden sehen! Und ja, die nehmen hier auch preussisches Geld. Bestell, wenn du gleich in den Laden gehst, dort dem alten McCartney 'n schönen Gruß von mir und er soll dich nicht übers Ohr hauen, hörst du! So, deine Sachen lass erstmal hier auf dem Oberdeck und flitz mal gleich los.“

George war nur Augenblicke später, wie es schien, mit einer nagelneuen Hängematte wieder auf dem Schiff. „Ich soll ihnen von Mr. McCartney bestellen, dass sie ein Gott verfluchter Eigenbrötler sind und dass er sie heute abend zu Mr. Starkey zum Würfelspiel einlädt!“, keuchte George.

Whinterbottom nickte, zeigte ein breites Grinsen und ging dann mit George unter Deck. Und gleich bekam er ein paar Lektionen. Auf das Achterdeck hatte er nur zu gehen, wenn er gerufen würde. Mit den Mitshipman und Offizieren und erst recht mit Passagieren hätte er sich nicht einzulassen. Er, George, die beiden Schiffsjungen, die zehn Seesoldaten und der Steward hätten diese Kammer hier, unter dem Achterdeck.

George wurde vom Sergeant gezeigt, wie und wo er seine Hängematte spannen sollte, wobei dem Sergeant auffiel, dass George auch noch ein richtiger Seesack für seine Plünnen fehle, aber den solle er sich getrost erst morgen holen.

Dann ging die Führung durch das Schiff rasant weiter. Im Mitteldeck wären die Mannschaftsquartiere und auch die Kanonen, erklärte der Sgt., wobei George sich beim besten Willen nicht vorstellen konnte, wo zur Hölle in dieser Enge auch noch vierzehn Kanonen, sieben auf jeder Seite, Platz finden sollten. Die Kombüse befand sich direkt vor dem mittleren Mast. George schaute hinein und stellte fest, dass es hier noch nicht einmal Töpfe und Pfannen gab. Im Bug dann das sogenannte Kabelgatt, wo sowohl der Schiffszimmermann als auch der Segelmeister ihre Arbeitsplätze mit komplett eingerichteten Werkstätten hatten. Hier war vieles vor der Reparatur in der Werft nicht ausgeräumt worden. Allerdings fehlte auch noch Material, Segelzeug, Planken, Bohlen. Auch Beiboote fehlten. Zum Schluss zeigte der Sergeant die unteren beiden Decks, die aber beide komplett für die Ladung vorgesehen waren.

Bis zum Abend erschienen die ersten fünf der zehn Seesoldaten.
George nahm wie immer Joe zum Abendessen mit.
Am nächsten morgen erschienen der Erste Steuermann Jim Reeves und ein Teil der Mannschaft. Mit denen begann das richtige Bordleben, wobei man die Mahlzeiten noch immer im Hafen einnahm. Mit Handkarren wurde in den nächsten Tagen zuerst die gehorteten Waren aus dem Speicher geholt, dann die Kanonen mit Ochsenkarren, sowie aus dem Waffenlager verschiedenste Kanonenkugeln wie normale Kugeln, Traubengeschosse oder Kettenkugeln, Pulver, Blei für die Seesoldaten, aus anderen Lagern kamen Töpfe und Pfannen für den Smut, Holz und Segeltuch. Zur Ladung mit Lebensmitteln kamen nochmals Ladungen an Uniformen für Soldaten, weiteres Pulver und Blei für die Kolonien. Und allmählich wurde es eng auf dem Schiff.

***

Zur selben Zeit in Berlin …
Käpt'n Henning legte mit seinem Lastkahn an der Fischerinsel an und machte sich sodann auf den Weg zu seinem Geschäftspartner, dem Beckmann, während seine Matrosen die Waren schon einmal ausluden. Er und seine Männer hatten geplant, für ein paar Tage in Berlin zu bleiben um sich anschließend eine neue Lieferung, egal wohin, zu suchen.
Schon eine Ecke vor seinem Ziel erkannte Henning aber, dass etwas

nicht stimmte und als er schließlich zum Gehöft der Beckmanns kam, war er einfach nur noch erschüttert. Er traf Clara dabei an, wie sie gerade versuchte, aus Holzresten ein Hühnerhaus zu bauen.

Henning trat zu ihr und ließ sich berichten.

Dabei wurde seine Miene immer ernster und er rieb sich das bärtige Kinn.

Dann sagte er: „So, Dirn, wir müssen als erstes den George unterrichten, dass seine Beckmann-Lieferung in Plymouth jetzt komplett ihm gehört. Mein Boot ist zu langsam, aber so ein Kurierschiff könnte Post von mir vorschicken. Und mit dir, Dirn, machen wir folgendes. Wenn dir das Anwesen jetzt gehört, Zeugen hast du ja dafür, verkauf es und dann bring ich dich zu George nach Plymouth. Na, was meinste?"

Clara überlegte nicht lange. Besser als hier konnte sie es überall haben. So willigte sie ein.

Noch am Abend war ein Postboot gefunden, das ihre Nachricht, mit Umladen in Hamburg, an George binnen von nur vier Tagen bis nach Plymouth bringen konnte.

Schon am nächsten Tag wurde Clara in Begleitung von Käpt'n Henning beim Berliner Magistrat vorstellig. Das Grundstück der Beckmanns sollte nächste Woche versteigert werden.

Auch die Waren, die Henning noch für seinen ehemaligen Auftraggeber mitgebracht hatte, sollten dabei mit unter den Hammer kommen.

Clara mit dem Schwein und ihren Hühnern bekam derweil Unterkunft auf dem Lastkahn.

Die Versteigerung eine Woche später, brachte zwar nicht ganz das ein, was man erhofft hatte, aber es genügte, um Clara eine wie auch immer geartete Auswanderung nach Nordamerika zu verschaffen und langte auch noch dazu, dass Henning ein paar Waren für Clara in Berlin besorgen konnte, um sie dann für sie in Plymouth Gewinn bringend zu veräußern und um so quasi ihre Fahrtkosten dorthin abzudecken.

Nur zwei Tage nach der Versteigerung machten sie sich auf den Weg nach Plymouth.

Der Prozess gegen die Hungerlunds einige Wochen später war so riesig und von den Kosten her so gewaltig, dass diese letztendlich ihre Bäckerei mit Gundstück und allem darauf befindlichen an die Stadt verkaufen mussten.Gunther starb ein Vierteljahr später an Hunger und Endkräftung. Georges Schwägerin wurde mit einem armen Fischer aus der Paddengasse von ihrem Vater zwangsverheiratet und starb einige Monate darauf nach einer Fehlgeburt. Mord hatte man ihnen nicht nachweisen können, zumal die Hauptzeugin nicht mehr in Berlin war, aber das in Brand setzen eines Bürgerhauses war ein gleichfalls schweres Delikt, das in diesem Falle „nur" durch eine harte Geldstrafe abgegolten hatte werden können, die letztendlich beiden Personen im Nachhinein das finanzielle Genick brach.

IX. auf Reede

Die Sweet Revenge war schon halb bemannt, es fehlten eigenlich nur noch die Sturmsegel, ein Teil der Mannschaft und ihr Cäpt'n, als George noch einmal zu Major Heyes ins Hafenamt beordert wurde.
Als George auf seine Aufforderung ins Office eintrat, hatte der Major einen grübelnden Gesichtausdruck.
„Setzt dich, George.", forderte Heyes ihn auf. George gehorchte.
„Ich habe vor zwei Stunden von einem Kurier aus Berlin ein Schreiben bekommen, für das ich erst einmal einen Übersetzer brauchte, bevor ich begriff, was darin stand."
Der Major stand von seinem Sessel auf, George wollte es deshalb ihm gleich tun, aber Heyes bedeutete ihm mit einem Wink, sitzen zu bleiben.
Während er nun hinter George im Office langsam auf und ab ging, sowohl das Schreiben, als auch eine Übersetzung davon in der Hand, sprach er wie zu sich selbst, wobei er an den beiden Umkehrpunkten seiner gemächlichen Wanderschaft durch das Zimmer immer wieder

George anschaute.

„Also hier steht, dass dein Dienstherr verstorben ist. Der alte Beckmann hat dir und seiner Magd all sein Habe hinterlassen, zu gleichen Teilen. … Die Magd will sich, so steht es hier, sobald als möglich auf den Weg hierher machen. … Aber, bei Gott, kein Mensch weiß, wann das sein wird. ….“ Er blieb kurz an einer Ecke des Raumes stehen und starrte ins Nichts aus dem Fenster, bevor er mit seinem Monolog fort fuhr.

„Dein Bruder ist mit deiner Schwägerin wegen Mordverdachts und Brandstiftung im Gefängnis und wird dort wohl auch nicht mehr raus kommen, … und wenn, dann nur nach dem Verlust all ihrer Habe.“

Heyes blieb nun hinter seinem Schreibtisch stehen und sah George direkt in die Augen.

„Nach hause willst du wohl nicht mehr, oder?“

George schüttelte den Kopf.

Der Major schaute weiterhin nachdenklich. Dann sagte Heyes: „Deine Lehre hast du wohl bei Beckmanns auch nicht abschließen können, oder? … Wie lange warst du bei ihm? Zweieinhalb oder drei Jahre?“

„Zweieinhalb, Sir.“

„Junge, du bist jetzt vermögend, denn die Lieferung an den alten Beckmann hat die Navy bestimmt noch nicht bezahlt. … … … .“

Auf einmal wirkte der Major sehr vital. Er rief seinen Schreiber herein, diktierte dem einen Brief ans Hauptquartier der Navy in London und der schickte damit sofort einen Reiter los. Dann widmete Heyes sich wieder George, wobei der Schreiber wieder dabei war.

„So, George, wir haben jetzt zwei Möglichkeiten. Ich habe, wie du mitbekommen hast, soeben die Bezahlung der Waren an den Beckmann gestoppt. Möglichkeit eins ist, dass ich dich hier sofort ausbezahle und du kannst als Passagier reisen, wohin du willst.“

„Und Möglichkeit zwei, Sir?“, fragte George lauernd.

„Du behältst die Waren und verhökerst die dann in Amerika selbst, denn dort bekämst du ein Vielfaches von dem, was ich dir hier zahlen darf.“

„Aber, Sir, wie komme ich dabei dann aber nach Amerika?“, hakte George nach.

„Warte, warte, mein Junge, ich denke ja noch nach. … … … .“

Der Major schaute sich nochmals den Brief aus Berlin an, bevor er fort fuhr.

„Mit diesem Schreiben hier hat dich dein Lehrherr gewissermaßen entlassen. Da er dich sogar zu einem seiner Erben macht, gehe ich jetzt mal davon aus, dass du deine Lehre mit Bravour abgeschlossen hast.“ … Der Major kicherte in sich hinein. „ … Spitzfindigkeiten vielleicht, aber so weit nicht von der Realität entfernt. Man hört hier im Hafen nur Gutes von dir, erfüllst deine Aufgaben ordentlich und vor allem selbständig.“

Er sah verschmitzt seinen Schreiber an. „Mr. Phillips, machen wir mal eine Urkunde fertig und bestätigen wir auf dieser, dass …. kommen sie mit dem Schreiben hinterher? … dass George Hungerlund, geboren am … wann sind sie geboren? … also am dreißigsten Juni 1736 … in Berlin, nehme ich an … in Preußen … hier bei uns in Plymouth am heutigen Tag, Datum bitte eintragen, bei der Navy seiner Majestät King George II seinen Berufsabschluss als Kaufmann und Konservenhersteller gemacht hat. Gibts dafür eigentlich irgendeine Gilde im Deutschen Reich, die dafür noch ein Siegel geben muss? … Mh … wissen wir nicht. … Ist ja sicher auch egal, wenn du erstmal in Amerika bist, George. So, Mr. Phillips, wenn sie die Urkunde fertig haben, bringen sie sie mir für Unterschrift und Siegel! Herzlichen Glückwunsch, mein Junge, du bist jetzt ein freier Kaufmann!“

„Aber, Sir, das wäre doch nicht nötig gewesen, Sir!“, stammelte George.

„Warte, du hast ja noch gar nicht meine Bedingungen gehört.“

George versank wieder in seinem Stuhl.

„Wenn du erst in Amerika bist, verpflichtest du dich im Gegenzug, mir dafür regelmäßig einmal pro Jahr ein Fass von deinem Sauerkraut zukommen zu lassen. … Deal?“

George schlug in die ihm dargebotene Rechte des Majors ein. „Deal!“, sagt er.

„So, Kaufmann Hungerlund,“ Heyes grinste, „jetzt bleibt nur noch die Kleinigkeit, wie wir dich über den großen Teich bringen … warte, warte, warte … bevor du was sagst, ich überlege noch. ….. Mh … also dir als Händler und stolzer Besitzer von achtundzwanzig Fass Sauerkraut und zwanzig Fass Pökelfleisch wäre es sicher ganz lieb, möglichst nah bei deiner Ware zu sein, oder?“
George nickte mit offenem Mund. Der Major fuhr fort. „Nun sind wir hier bei der Navy und nicht bei einem Handelsunternehmen. Auch befördert die Navy im allgemeinen keine Passagiere … . Dummerweise liegt das Schiff mit der Ware, bei der es sich erst jetzt heraus gestellt hat, dass sie ihnen, Mr. Hungerlund, gehört und die sich die Navy somit irrtümlich angeeignet hat, nun schon auf Reede, was die Entladung ihrer Ware, die mit Sicherheit ganz, ganz unten im Schiff steckt ...“ „Aber Sir, was erzählen sie denn da? Die Fässer meines ehemaligen Lehrherren sind im Mitteldeck und das Schiff liegt noch am Kai.“, unterbrach George ihn hastig!
„Unsinn, Junge!“, brummte Major Heyes. „Ich bastel dir doch gerade 'ne Brücke. Also an deine Fässer kommst du nicht so ohne weiteres mehr heran, weil sie unten im Schiff eingebaut sind und das Schiff schon auf dem Meer liegt, also müssen die auf dem Schiff bleiben! Verstehst du? Wie kriege ich dich jetzt aufs Schiff? Als Schiffsjunge bist du zu alt. Als freien Kaufmann kann ich dich nicht zu den Matrosen pressen lassen oder dich weiterhin dem Zahlmeister unterstellen. … mh … Weißte was? Du wirst hiermit zum dritten Mitshipman!“
„Sir, ich dachte, bei der Schiffbesetzung hat der Cäpt'n das letzte Wort, Sir!“
„Ich, als der stellvertretende Hafenkommandant und zuständig für die Verpflegung des übernächsten Schiffskonvois nach Amerika habe dabei das letzte Wort. Ich habe schließlich den Rang eines Commodore. … und außerdem ist mir Cäpt'n Collicos mehr als einen Gefallen schuldig.“
George schluckte, wurde rot und sagte verlegen: „Sir, in Ordnung, Sir! … Und danke, Sir! Das werde ich ihnen mein Lebtag nicht vergessen, Sir.“

Der Major winkte ab. „Phillips macht dir noch das Schreiben fertig und bringt es Dir umgehend aufs Schiff. Und nun verschwinde!"

Commodore James Durham im Nebenzimmer hatte sich gelangweilt. Eigentlich wollte er Heyes zu einer Partie Blackjack einladen, war dann aber in der nur angelehnten Tür zu seinem Untergebenen stehen geblieben und hatte unabsichtlich gelauscht.
So ein Fidibus, dachte sich Durham. Da macht der alte Heyes hier Geschäfte schon halb im Abseits des Erlaubten. Wer weiß, was Heyes noch so alles für krumme Dinger drehte, wenn er, Durham, nicht hier war.
Das würde der Heyes nicht noch einmal machen, schwor sich Durham und setzte in aller Ruhe ein Schreiben an die Admiralität in London auf.

George hüpfte indes fröhlich zur Sweet Revenge, nicht ohne vorher noch einen Abstecher zu Joe Clark zu machen und dem zu erzählen, was ihm so widerfahren war. Auch dessen Schiff lag mittlerweile an einem Pier im Hafen und wurde beladen.

Auf der Sweet Revenge war der Buschfunk mal wieder schneller, als jedes offizielle Dokument und so wurde George bei seiner Rückkehr auf das Schiff schon vom Ersten Steuermann Jim Reeves empfangen und in sein neues Quartier gebracht. Die Mitshipman, oder auch Seekadetten genannt, waren in der Royal Navy meist die Söhne kleinerer Emporkömmlinge oder des niederen Adels, deren Eltern sich dadurch, dass sie ihre Kinder auf Dienst in der Marine schickten, eine Steigerung ihres Ansehens und einen weiteren gesellschaftlichen Aufstieg erhofften, was oft genug gelang. Auf Grund ihrer von Geburt an etwas gehobenen Kaste, dienten diese Söhne, meist begann deren Ausbildung schon mit zwölf, sich nicht erst vom Schiffsjungen zum normalen Matrosen hoch, um dann weiter befördert zu werden, nein, sie bestiegen schon wegen ihrer Herkunft so ein Schiff mit einem höheren Dienstrang, als jeder andere Matrose, der zum Beispiel in die Marine gepresst wurde.

Dieses „in die Marine pressen" war eine der üblichen Methoden jener Zeit, um Schiffsbesatzungen zu vervollkommnen. Rund um die Hafenstädte, fast überall entlang der britischen Süd- und Westküste, wurden zum Beispiel Bettler von den Straßen einfach weggefangen. Es war auch beliebt, Wirten ein Kopfgeld zu zahlen, wenn die es schafften, junge Männer entweder betrunken genug zu machen, dass sie von einer Horde Seesoldaten einfach auf ein Schiff verschleppt werden konnten oder indem die Wirte heimlich den entsprechend Gästen einfach K.-O.-Tropfen ins Bier schütteten. Wirklich niemand von der normalen männlichen Bevölkerung war davor gefeit. Auch konnten Straftäter oft ihre Strafen verkürzen, indem sie sich zum Dienst in der Marine verpflichteten. Entsprechend viel Gesindel fand sich danach oft auf den Schiffen, die nur durch feste Zucht und Ordnung und harte Disziplin geführt werden konnten.

George war jetzt also in gehobener Position. Die Mitshipman hatten ihre Hängematten zwar im normalen Mannschaftsquartier, aber kurz vor dem Achterdeck neben denen der Offiziere, also quasi in der Mitte zwischen beiden, daher der Name für die Seekadetten.

Am Abend dieses Tages kam endlich Cäpt'n Collicos mit seiner Order. Er war offenbar nicht sehr erfreut über den neuen Mitshipman, von dem er erst hier im Hafen unterrichtet worden war.
Die nun schon fast vollständige Mannschaft bekam ein letztes mal Landurlaub und auch die Offiziere, Passagiere und Zivilisten durften an diesem Abend nochmals im Hafen an Land.
In den frühen Morgenstunden des nächsten Tages kamen der Rest der Mannschaft und des noch zu ladenden Geräts an Bord. Von nun an begann das geregelte Bordleben. Die Wachen wurden in ein sogenanntes Drei-Wachen-System mit sieben Wachen eingeteilt. Die erste Wache von 0.oo bis 4.oo Uhr, zweite bis 8.oo, dritte bis 12.oo, vierte bis 16.oo, fünfte bis 20.oo, sechste nur bis 22.oo Uhr, siebente bis 2.oo Uhr und so weiter. Bei diesem, einmal um zwei Stunden verkürzten System, kam jede Wachen einmal in den „Genuss" der unangenehmen Wachzeiten. Mit nur etwa einhundertzwanzig Mann

war die Besatzung der Sweet Revenge im Gegensatz zu den sie umgebenden Kriegsschiffen relativ gering. Auch die sogenannten Backschafften wurden eingeteilt. Die hatten dem Smut zu zu arbeiten und sich am Kartoffeln schälen, Brot backen, Mehl mahlen, der Essensausgabe und dem Töpfe spühlen zu beteiligen. Auf der Sweet Revenge wurde meist fünf Mann jeder Wache für sieben Tage zur Backschaft eingeteilt, so dass der Smut und seine beiden Schiffsjungen mit diesen Helfern rechnen konnte. Waren die Mitshipman auf diesem Schiff von jeder Wache und Backschaft ausgeschlossen, so waren es die Offiziere nur von der Backschaft.

Wieder hatte George eine Sonderstellung. Auf der einen Seite wollte er vom Seemannshandwerk genug lernen, auf der anderen Seite gab er sich selbst die Aufgabe, die Lebensmittel, auch seine Fässer, von der Qualität her so gut wie möglich zu erhalten.

Die Kutter waren bereits fest vertäut, um die Sweet Revenge auf Reede zu schleppen, als noch ein kleines, fipsiges Männlein mit einer riesigen Seekiste im Gepäck, getragen von vier Soldaten, auf dem Pier angerannt kam. Er löste so viel Aufregung aus, dass sogar Cäpt'n Collicos, der achtern auf der Brücke stand, um das Ablegemanöver gut beobachten zu können, auf ihn aufmerksam wurde.
„Na, da sind sie ja endlich, Dr. Robert. Beeilen sie sich! Mr.Pomroy! Schnell sechs Mann zur Hilfe an die Bordwand!"

Mit Beginn der Ebbe wurde die Sweet Revenge vor den Hafen von Plymouth geschleppt und ankerte dort. Hier begann man nun mit dem Exerzieren. Während die eine Wache an den Segeln gedrillt wurde, musste die andere Wache an den Kanonen üben. Nur die Wache, die die Backschafft stellte, hatte frei.
Hatte es für George bei der ersten Übung noch für ein unüberwindliches Hindernis gehalten, in dem einsetztenden Gewusel noch irgendeinen Plan zu entdecken, so ordnete sich das für ihn im Laufe des Tages.
Allerdings war er bei seiner Höhenangst heil froh, dass er nicht

hinauf in die Wanten musste. Er nahm er indes mit freuden wahr, dass er, im Gegensatz zu manch neuem Matrosen, wohl schon so eine Art „Seebeine" hatte, denn ihm machte das Geschaukel des Schiffes, dass bei etwas härterer See schon auch sehr an seiner Ankerkette zerrte, keine Probleme mehr bereitete.

Mit dem gleichfalls sechzehnjährigen Mitshipman Jeff Miller freundete sich George sofort an. Zum vierzehnjährigen Tiberius McCoy fand er indes leider keinen Draht und wie sich innerhalb der paar Tage heraus stellte, auch niemand anderes auf dem Schiff.

Von den beiden weiblichen Passagieren ließ sich in diesen Tagen niemand sehen.
Man blieb auf Reede etwa fünf Tage, dann hieß es eines Morgens plötzlich „all hands". Der Signalgast im „Krähennest" hatte von Land die erwartete Order zum Auslaufen bekommen.
Die Angerkette wurde gehoben, die Segel gesetzt und man nahm Fahrt in Richtung südwest auf.

***

Die Masten der Sweet Revenge waren noch nicht ganz hinter dem Horizont verschwunden, als ein Lastkahn mit preussischer Flagge und kaum Ladung an Bord den Hafen von Plymouth ansteuerte.

Zur gleichen Zeit wurde Major Heyes zu Commodore Durham ins Büro gerufen.
„Hallo Heyes!", knurrte Durham ihn grimmig und ohne die Form zu wahren, an.
„Sind ihre Bekannten jetzt endlich außer Sichtweite?"
„Wie meinen, Commodore?", fragte Heyes leicht verunsichert.
„Na ihre Bekannten? Sind die jetzt endlich weg?", giftete Durham.
„Also wenn sie Summerfield und seine Familie meinen, ja, Sir. Die Sweet Revenge ist gerade außer Sichtweite, Sir.", sagte Heyes sehr förmlich.

„Mir ist aufgefallen, Heyes, dass sie schon sehr lange hier auf diesem Posten sind!“

„Also Commodore Durham, ich weiß zwar nicht, worauf sie hier eigentlich hinaus wollen, aber, ja, ich bin schon seit einer ganzen Weile hier. Länger, als sie, wenn ich das mal mit Verlaub sagen darf.“

„Und da ist ihnen, Heyes, nie in den Sinn gekommen, vielleicht mal einen höheren militärischen Rang zu bekleiden … oder ein eigenes Kommando? Warum?“

„Commodore, ich liebe diese Arbeit hier, ich mag die Menschen, ich bin hier sehr glücklich ...“

„... und sie bescheißen hier mich und die Marine nach Strich und Faden!“, unterbrach ihn Durham.

Heyes schüttelte erst verwirrt den Kopf, dann starrte er verdattert Durham an.

„Wie meinen, Sir?“

„Major Heyes, mir ist in den letzten Tagen aufgefallen, dass sie hier mehr oder weniger an mir vorbei regieren und einzig sie allein ihre Vorstellungen von Hafenbetrieb durchsetzen.“

Heyes kochte hoch. „Sir, wenn ich das nicht machen würde, würde hier in Plymouth bald gar nichts mehr laufen, … Sir!“

„Werden sie jetzt bloß nicht frech, Heyes, sonst kommen sie doch noch vor das Kriegsgericht!“, brüllte Durham ihn an. Wieder leise werdend schob er nach: „Ich habe mitbekommen, wie sie mit diesem frechen peussischen Lausebengel umgegangen sind und wie sie dem bescheinigt haben, dass der seine Ausbildung, wohlgemerkt bei ihnen, Sir, abgeschlossen hat und dass er jetzt ein freier Mann sei. Außerdem haben sie ihm die Waren zurück gegeben, die eigentlich die Navy bekommen und bezahlen sollte. Und obendrein haben sie ihm eine kostenlose Schiffspassage zu den Kolonien in Amerika verschafft. Und das alles nur für ein Fass Sauerkraut? Das können sie mir doch nicht erzählen.“

„Sir, wenn ich kurz erklären darf, Sir …..“ „Dürfen sie nicht, Heyes, denn ich habe den ganzen Vorgang mit eigenen Ohren angehört. Wer weiß, was sie hier noch alles verschieben! Wahrscheinlich machen sie noch einen von den verarmten Landadligen zu richtigen Lords

oder zum Cäpt'n eines Kaperschiffes, mit Kaperbrief, wenn der ihnen zehn Prozent seines Anteils zukommen lässt. Ich weiß nur, sie haben mich hier einmal und damit einmal zu viel betrogen und das genügt."
Major Heyes verstand die Welt nicht mehr. Leben und leben lassen, war immer seine Devise gewesen, er hatte sich aber nie in die eigene Tasche gewirtschaftet!
Weil Heyes auf diese Vorwürfe nicht antwortete, glaubte Durham, ihn jetzt in die Enge getrieben zu haben und setzte zum finalen Todesstoß an.

„Major Heyes, ich habe schon vor zwei Tagen Post vom Navy Hauptquartier in London bekommen. Meiner Bitte, sie unverzüglich aus der Navy zu entfernen, wurde leider nicht entsprochen, denn man ist in London der Meinung, dass sie bisher in ihrem Dienst immer außerordentlich gute Arbeit geleistet hätten. … Schade, schade! … Aber London ist auch durch meinen Brief an die Navy, den ich ihnen vor etwa einer Woche habe zukommen lassen, misstrauisch geworden und möchte sie hier aus Plymouth weg haben."

Heyes starrte Durham mit offenem Mund an und Durham genoss es, ihn weiterhin sprachlos zu sehen, bevor er weiter redete.
„Major Heyes, ich soll sie hiermit zum Kommandanten des Forts am Biberfluss befördern! Dummerweise ist dieses Fort im Ohio-Tal zwischen den Appalachen, den Ausläufern des Alleghany-Gebirges und dem Eriesee!" Zynisch und mit einem süffisanten Lächeln um die Mundwinkel fuhr Durham fort: „Herzlichen Glückwunsch zu ihrem neuen Kommando, Heyes! … Und damit sie dort nicht gleich wieder ihre guten Kontakte ausnutzen können, um sich in die eigene Tasche zu wirtschaften, hab ich ihnen für die Passage über den Atlantik auf dem Kriegsschiff Dolphin eine Koje als Passagier besorgt. Leider segelt die jedoch erst in circa vier Wochen von hier ab, so dass sie bis dahin noch genügend Zeit haben, sich um ihre privaten Angelegenheiten zu kümmern. Von heute bis zu ihrem Dienstbeginn, also ihrer Ankunft, im Fort am Biberfluss, gibt ihnen die Navy großzügig unbezahlten Urlaub. Räumen sie also

unverzüglich ihr Büro, Heyes. Guten Tag!"
Durham wandte sich angewidert von Heyes ab, der diesen Vorfall
soeben einfach nur unfassbar fand.

Rachedurstig dachte er im Aufstehen ein: sie werden sich wundern,
Durham, wie schnell ich in Amerika sein kann. Als er die Tür zum
Nebenraum, zu seinem Büro, öffnete, stand dort Käpt'n Henning mit
einer jungen Frau.

X.   Flucht zu zweit

Seine Wut verrauchte sofort. Die beiden Männer lagen sich in den
Armen. „Schon wieder hier, Henning? So schnell hab ich dich nicht
zurück erwartet. Und wer ist denn diese junge Frau bei dir?"
Käpt'n Henning hüstelte. „Darf ich vorstellen, Major, das ist Clara
Pruz. Wir hatten unser kommen avisiert."
„Dann sind sie also die mutige, junge Frau, die unbedingt mit George
Hungerlund nach Amerika reisen will.", der Major verbeugte sich
vor Clara und die wurde ganz rot vor Verlegenheit. Dann sprach
Heyes weiter. „Leider sind die Umstände etwas ungünstiger, als
erwartet. Zum einen ist der Konvoi mit ihrem George vorhin
ausgelaufen, zum anderen .... aber das muss ich euch unter vier
Augen erzählen. Treffen wir uns doch in zwei Stunden in
Mr.Starkeys Wirtshaus, außerhalb des Hafens. Abgemacht?"
Hennning und Clara willigten ein.

Heyes verschnürte als erstes seinen Marschbefehl für das Fort am
Biberfluss in einer Ledermappe, ließ sich dann vom Schreiber
Phillips eine Holzkiste geben, in die er all sein persönliches Habe aus
dem Büro, darunter auch seine Tinte und Federn, eine Liste mit
Adressen, einige Seefahrtsbücher und seine zwei lästigen
Pflichtperücken packte und verließ dann unverzüglich das Office in
Richtung der Herberge von Mrs. Taylor, bei der er seit er hier in
Plymouth diente, ein überaus großzügiges, wenn auch nicht ganz
billiges Zimmer bewohnte.

Phillips feixte sich eins, als er Heyes mit seiner Kiste das Office verlassen sah. Der Major war ihm schon seit langem ein Dorn im Auge. Ständig musste Phillips bei seinen ganzen kleinen Nebenbeigeschäftchen Angst haben und aufpassen, dass Heyes ihm dabei nicht auf die Schliche kam, denn der war ja nicht blöd, im Gegensatz zu Durham.

Nachdem Major Heyes sich Zivilkleidung übergezogen und seine aus dem Büro mitgenommenen Sachen nochmals auf Vollzähligkeit kontrolliert hatte, machte er sich auf den Weg zu Starkeys.
Dort lud er Henning und Clara zum Essen ein und erzählte ihnen nebenbei, was sich soeben im Hafenamt zugetragen hatte, wie es George ging, und er ließ sich von den beiden über die Ereignisse in Berlin berichten.
„Miss Pruz, ich darf doch Miss sagen? Wir beide haben das gleiche Problem. Wir wollen beide möglichst schnell nach Nordamerika, wobei ich den Vorteil ihnen gegenüber habe, dass ich weiß, über welche Stationen der Konvoi, in dem sich ihr George befindet, dort hin fährt. Was halten sie davon, wenn wir uns beide für die Fahrt zusammen tun?“
Major Heyes nahm sehr wohl den etwas befremdlichen Gesichtsausdruck in ihrem Gesicht wahr. Käpt'n Henning kam ihr zuvor. „Sie ist keine Hure, Sir!“
Heyes wiegelte ab: „Nein, nein, missverstehen sie mich bitte nicht. Ich suche keine junge Frau, die mir das Bett wärmt. Ich habe nur soeben festgestellt, dass wir beide das gleiche Reiseziel haben.“ Er nickte ihr nochmals freundlich zu. „Miss, sie sind viel zu jung für mich als alten Zausel.“

Clara entgegnete: „Ich habe auch noch zwei Schweine und meine fünf Hühner dabei. Die würde ich auch gerne mitnehmen.“
„Na, sehen sie, da haben wir es doch. Sie reisen mit mir als meine Magd. Das macht den Transport Ihrer Tiere gleich auch einfacher, denn ich bestehe jeden Morgen auf mein persönliches Frühstücksei. Und außerdem, ganz ehrlich, ich könnte schon jemanden

gebrauchen, der mir während der Überfahrt mal meine Socken richtig stopft, der endlich mal meine ganzen Uniformen in Form bringt. Was halten sie davon?"

Käpt'n Henning stupste sie mit dem Ellenbogen in die Seite. „Los, Mädchen, schlag schon ein. Ich vertrau dem Major."
Sie überlegte nochmals kurz und nickte dann kurz zustimmend.

Bis sie ein Schiff gefunden hatten, dass sie beide mit über den großen Teich nahm, musste sie mit ihrem Viehzeugs irgendwo unterkommen. In die Herberge zu Mrs. Taylor konnte sie nicht. Auf dem Lastkahn von Käpt'n Henning konnte sie auch nicht bleiben, denn der hatte ja nun schon eine Tour wegen ihr fast ohne Fracht gefahren und musste Geld verdienen, damit er seine Matrosen bezahlen konnte.
Mr. Starkey brachte sie auf die richtige Idee, als Heyes das Essen bei ihm bezahlte. „Fragen sie doch mal bei Mr. McCartney in dem Laden im Hafen nach. Bei dem kann sie bestimmt für ein paar Nächte mit ihren Tieren in der Scheune übernachten."

Das erwies sich als Glücksgriff, denn Mr. McCartney, der natürlich auch mit Major Heyes bekannt war, konnte Clara mit ihren Tieren nicht nur die Übernachtung in seiner Scheune ermöglichen, nein, er hatte auch noch einen Tipp für eine Fracht für Käpt'n Henning.

Es war kurz vor der Sperrstunde, als Major Heyes endlich wieder sein Zimmer bei Mrs. Taylor betrat.

Das, was er am nächsten Morgen als erstes tat, war auf dem Weg zum Hafen hinunter nach Clara zu sehen. Ihr ging es gut. Das Problem war die Unterbringung und die Verpflegung der beiden Schweine und fünf Hühner. Clara hatte zwar die volle Summe aus der Lieferung von Käpt'n Henning nach Berlin erhalten, die dieser, weil sein Abnehmer Beckmann ja nun verstorben war, an andere Hänlder in der Stadt hatte verkaufen müssen, aber das dürfte gerade

so noch für die Passage von ihr und den Tieren nach Amerika reichen. Wobei es da nun wirklich ein Glücksfall war, dass Major Heyes ihr selbst die Überfahrt bezahlen würde. Dabei gab es dann aber noch das Problem, dass sie halt auch Futter für die Tiere für sechzig bis siebzig, besser für achtzig Tage erwerben musste. Nun war es zwar allgemein üblich, Kleinvieh bis hin zu Schweinen auf so einer Überfahrt mit zu nehmen, allerdings dienten diese Tiere als Frischfleisch für die Bordküche, was einschloss, dass diese Tiere mit Abfällen aus der Bordküche gemästet wurden, bis sie dann selbst im Suppentopf landeten. Sie musste etwa mit einen halben Eimer voll Futter pro Tag für ihre Tiere rechnen, was sich somit auf die nicht unerhebliche Menge von etwa acht Zentnern, also mindestens sechs, für den Fall, dass eines verdarb besser sieben Sack Getreide, Roggen, rechnen. Hier in Plymouth war das noch das kleinere Problem. Mr. Starkey hatte ihr angeboten, bei täglicher Lieferung von vier Eiern ihr einen Becher voll Getreide dafür zu geben. Das reichte für die Hühner, die sie recht eng in der Scheune von Mr. McCartney hinter Kaninchendraht einpferchen konnte. Um ihre Schweine zu ernähren, musste sie sich etwas einfallen lassen. Und so kam sie auf die Idee, die beiden langsam und gemächlich entlang der Hafenanlagen und über die Schiffsanlegestellen zu treiben. Die beiden Tiere fanden dabei schon genug, sei es von Matrosen oder Soldaten achtlos weg geworfene Essensreste, seien es Würmer, Schnecken oder gar angelandete Muscheln und Krebse die die gleichfalls gierigen Möwen noch nicht entdeckt hatten.
Da sie schon von vielen am letzten Nachmittag in Begleitung von Major Heyes gesehen worden war, stellte auch niemand dumme Fragen oder belästigte sie.

Major Heyes hingegen verkniff es sich, in Uniform über das Gelände zu marschieren. Er hatte hier offiziell nichts mehr zu sagen und war sich bewusst, dass dies sich nur allzu schnell herum sprechen würde. Viele der Matrosen, Angestellten und Arbeiter wunderten sich zwar über sein ziviles Erscheinungsbild, andererseits hatte er sich hier im Hafen seit Jahren durch seine Kompetenz und seine unkomplizierte

Art und Weise viele Freunde gemacht, die ihn Respektierten. Jetzt kam es auf die Freundschaftsdienste an, die er bekam.

Falls es einen Nachfolger für ihn in seinem bisherigen Office gab, so hatte der sich garantiert noch nicht in die Unterlagen eingelesen und in Folge dessen konnte Heyes noch auf sein Wissen über die Schiffsbewegungen zumindest für die nächsten zwei Wochen bauen. Er hatte da auch eine Idee. Commander Straw von der Excelsior, einer Fregatte, die schon vor einer Woche im Hafen angelegt und die bereits in den nächsten Tagen wieder zu den Westindischen Inseln auslaufen sollte, war sein erstes Ziel. Aber Straw winkte ab. Der Kahn ziehe irgendwo Wasser und müsse zur Untersuchung wohl doch erst noch ins Trockendock. Und wie lange das dann wieder dauern würde, gerade wenn noch etwas zu reparieren sei, wisse Heyes ja selbst.

Beim Navyfrachter Liverpool hatte er auch kein Glück, denn dem war beim letzten Landurlaub die halbe Mannschaft getürmt. Beim Frachter Lüneburg des Kurfürstentums Hannover machte es keinen Sinn, zu fragen, denn mit dem kam man höchstens bis zu den Kanalinseln.

Aber dann fiel ihm das Postschiff Eagle ein, ein zweimastiger Schoner, der eigentlich schon überfällig war und auf dem ihr Cäpt'n Jim Hawkins ihn sicher gern mitnahm.

Dem Botenjungen in McCartney Laden versprach er einen ganzen schilling, wenn der ihm in der Herberge von Mrs. Taylor und in der Wirtschaft von Mr. Starkey eine Nachricht hinterließ, falls er etwas vom Einlaufen der Eagle erfahre.

Heyes zog sich darauf hin auf sein Zimmer in der Herberge zurück und vergrub sich in seiner Fachliteratur, von der er nur dann aufstand, wenn er bei Starkey's zum Essen ging oder wenn er sich morgens nach dem Wohlergehen von Clara erkundigte.

Am späten Nachmittag des übernächsten Tages wurde er von der Ankunft der Eagle informiert, woraufhin er sich unverzüglich zum Hafen begab.

Die kam, das sah Heyes gleich, ziemlich zerfleddert herein. Als sie am Pier anlegten, war Heyes schon dort. Jim Hawkins, der Kommandant des zweimastigen Schoners sprang sofort an Land und begrüßte seinen alten Freund.

„Was ist denn mit dir geschehen, du alter Haudegen? … in Zivil … ziehst du dich auf dein Altenteil zurück? “, begrüßte ihn Hawkins und der Angesprochene antwortete: „Na deine Eagle sieht ja auch ganz schön mitgenommen aus. Von einem Sturm ist doch weit und breit nichts zu sehen! …. Französische Freibeuter?“ „Nein!“, sagte Hawkins, „Vor der portugiesischen Küste haben uns ein paar Barbaresken aus Tunis aufgelauert und ich konnte mich nicht erst auf eine lange Schießerei mit denen einlassen, wir wären sowieso unterlegen gewesen, denn wir haben mal wieder äußerste eilige Post ans Hauptquartier. Aber komm, während meine Männer das Boot vertäuen und die Post entladen, erzähle, was bei dir passiert ist.“

Nach einer halben Stunde war Hawkins über Heyes Lage informiert und bot, ohne dass der Major ihn erst darum bitten musste, seine Hilfe an.
„Aber, mein Guter, ich brauche wenigstens fünf, besser sechs Tage. Zum einen muss ich ja auch erst die neue Ladung bekommen, aber ich muss auch neue Segel anschlagen lassen. Und dann müssen meine Männer ganz dringend mal in den Puff, die gehen sich sonst noch gegenseitig an die Eier.“ „Ist schon klar, Jim. Das wäre auch für die junge Lady in meiner Begleitung nicht ganz ohne, wenn deine Leute zu sehr unter Dampf stehen. Aber, kannst du uns denn überhaupt mitnehmen? … ich weiß, du darfst es eigentlich nicht, zu mal Durham mir ja schon eine Passage auf einer Fregatte besorgt hat. … auf der dürfte ich aber auch nicht die Lady mit ihren Tieren mitnehmen.“

„Du hast mir vorhin gesagt, dass der Klipper, auf dem der Junge drauf ist, zu dem die junge Frau will, im Verband mit der Worcester segelt?“, fragte Hawkins.

„Ja, soweit ich weiß, und falls das noch aktuell ist, sollen die erst einen Besuch in Gibraltar machen, um die Spanier etwas einzuschüchtern. Anschließend sollen sie ab den Kapverdischen Inseln, wo sie nochmal Frischwasser fassen sollen, über die südliche Monsunroute bis in die Karibik, dort dann entlang von Trinidad, Barbados und den Bahamas, immer schön in Sichtweite der Spanier, bis nach Philadelphia! Wieso fragst du?“
„Weil ich denk, Major, dass wir den Konvoi bis zu den Kapverden eingeholt haben müssten. Nur für diesen Umweg brauche ich 'ne triftige Begründung.“
„Ich weiß, was du meinst, Jim. Irgendeine schriftliche Order oder einen versiegelten Brief an den Commodore des Konvois oder sowas. Andererseits, was hindert dich daran, deine übliche Nordroute über den Atlantik zu segeln?“
„Heyes, ich seh das doch immer in Philadelphia und in Charlestown, wenn sich Leute dort verabreden, die auf unterschiedlichen Schiffen zu unterschiedlichen Abfahrtszeiten da angekommen sind. Die suchen sich manchmal Jahre und finden sich nicht mehr … weil eines der Schiffe auf dem Weg in die Kolonien wegen eines Sturms in einer anderen der dreizehn Kolonien anlandete, weil die Post dort noch nicht und überhaupt nicht zwischen den Kolonien funktioniert, weil …. also da gibt's mindestens tausend Gründe, die ich dir erzählen könnte. Daher wäre mein Vorschlag, ich bring euch auf die Worcester!“

Major Heyes grübelte. „Ideal wäre es natürlich, wenn dic Eagle Teil des Konvois werden würde, oder?“
Hawkins nickte.
„Ich lasse mir was einfallen, Jim. … Ach, siehst du, die junge Frau, die dort die beiden Schweine hütet? Das ist die Lady, die unter meiner Obhut steht. … Clara! … Clara! … Kommen sie!“

Clara, die bisher relativ hilflos am Kai herum gestanden und ihre Schweine ausgeführt hatte, hörte den Ruf von Heyes und kam mit ihren Tieren auf den Pier.

„Hallo Major!", lächelte sie, „Unser Junge berichtete mir, dass sie sich hier mitten im Hafen herum treiben, weil sie möglicher Weise eine Mitfahrgelegenheit hätten!"
Heyes nickte und stellte die Herrschaften unter einander vor. Während Clara mit Hawkins redete, verabschiedete sich Heyes schnell, denn er hatte eine Idee.

Normalerweise tat Heyes ja nie etwas Unrechtes, aber in diesem Falle sah er es nur als kleine Mogelei an.
Er ging zu seinem ehemaligen Arbeitsplatz, zum Hafenamt. Im Vorzimmer seines einstigen Büros traf er wie erwartet den Schreiber an.
„Na, Phillips? Meinen Nachfolger schon eingearbeitet?"
Mr. Phillips zog ein Gesicht, als habe er soeben auf eine Zitrone gebissen.
„Phillips, ich habe ein Problem. Beim räumen meines Büros hab ich doch glatt mein Säckchen badisches Soda vergessen, dass ich einer Schublade des Sekretärs für den Fall einer schnellen Fleckbeseitigung an meiner Uniform deponiert hatte."
„Sir, sie wissen, sie dürfen ihr Büro nicht mehr betreten. Wenn ich das zulasse, steigt mir Durham persönlich aufs Dach und ich will nicht auch in die Kolonien strafversetzt", das „strafversetzt" betonte er besonders, „werden. … Aber ich könnte mal selber nachschauen. Sir, ich lasse dabei aber die Tür auf und sehe, wenn sie hier an meinem Schreibtisch etwas Unrechtes machen."

Major Heyes war indes schneller, als er selbst gedacht hatte. Noch während Phillips sich im Stuhl umdrehte, hatte Heyes bereits eines der Dienstsiegel, die auf Phillips Tisch herum standen, im weiten Saum seines linken Ärmels verschwinden lassen.
Während seiner Suche am Sekretär ließ Phillips ihn aber nicht aus den Augen.
„Sind sie sicher, Sir, dass sie hier badisches Soda überhaupt eingelagert hatten?", fragte er nach fünf Minuten vergeblicher Suche.
„Wo ist eigentlich mein Nachfolger, Mr. Phillips?", lenkte Heyes ab.

„Durham hat sich mit dem vorhin in sein Office eingeschlossen, Sir.
… Nein, Sir, ich finde ihr Soda nicht."

Heyes tat so, als überlege er. Dann sagte er: „Na, wenn sie es nicht
selbst schon gestohlen haben, Phillips ..." „Sir, Major Heyes, das ist
eine unverschämte Verleumdung, Sir!" rief Phillips wütend!

Gut so, dachte Heyes, um so mehr du dich aufregst, um so
unachtsamer wirst du und schon hatte er ein weiteres Dienstsiegel,
dieses mal aus einer unteren Schreibtischschublade von Mr. Phillips
gestohlen.

„Mr. Phillips", sagte er mit beruhigender Stimme, „sie merken, ich
werde wohl doch langsam alt. Bitte verzeihen sie mir meine
Unterstellung. Vermutlich habe ich das Soda gemeinsam mit meinen
Briefen in die Kiste geworfen, als ich das Büro vor zwei Tagen
räumte. Ich werde in meinem Zimmer bei Mrs. Taylor gleich
nachschauen und mich dann sofort für Ihren berechtigten Unmut mit
ein paar Sandwiches bei ihnen entschuldigen. … Ich werde wohl
langsam alt und wunderlich. Bitte sehen sie es mir nach."

Phillips verbeugte sich, als Zeichen dafür, dass er die Entschuldigung
annahm und Heyes verließ darauf hin sofort das Hafenamt und begab
sich zu Mrs. Taylor.

In seinem Zimmer machte er sich sofort an die Arbeit. In einem
ersten Brief, den er an die Admiralität in London adressierte und den
er auf zwei Tage zurück datierte, zu einem Zeitpunkt also, als er
selbst noch nicht seines Amtes enthoben war, wies er auf die Eagle
hin. Nach ihrer Ankunft in Plymouth habe ihm der Cäpt'n der Eagle
auf eine drohende Hungersnot in ihrem Stützpunkt auf Barbados
hingewiesen, die garantiert kommen würde, wenn nicht bis
spätestens ende September wenigstens zwanzig Sack Winter-
Saatgetreide dort angekommen seien. Er, Heyes, als stellvertretender
Hafenkommandant, habe deshalb entschieden, dem in die Karibik
auslaufenden Konvoi der Worcester, genauer gesagt der HMS Lydia
unter der Leitung des Cäpt'n Hornblower, diese erbetenen zwanzig
Sack plus weiteren zehn Sack Saatgetreides mitzugeben. Leider sei
der besagte Konvoi bei Ankunft der Eagle aber schon unterwegs

gewesen, deshalb habe er, als stellvertretender Hafenkommandant, entschieden, das Getreide auf die Eagle zu laden und diese in .... Heyes rechnete: zwei Tage brauchte die Post bis London, zwei Tage brauchte dort mindestens die Bürokratie, noch einen Tag für die Entscheidung, zwei Tage zurück für die Antwort von der Admiralität – bis dahin musste er mit der Eagle bereits auf See sein … und diese dann in, Datum von in sechs Tagen, der Hornblower und dem Konvoi bis auf die Kanaren nach zu schicken, wo man dann das Getreide entweder umladen könne oder wo sich die Eagle je nach Lage dem Konvoi anschließen könne. Und da er, Heyes, ja um die Mühlen der Bürokratie in London wisse, habe er das Getreide von seinem Privatvermögen für die Navy verauslagt und er hoffe nun auf einen baldigen Scheck für sich selbst. Punkt.
Das Schreiben versah er mit einem ordentlichen Dienstsiegel, dann machte er sich an das nächste Schriftstück heran. Darin erteilte er sich selbst die Vollmacht, aus einem Depot hier im Hafen dreißig Sack Getreide gegen Bargeld entnehmen zu dürfen. Prima, dachte er, damit war dann auch für die Bürokratie sauber erklärt, warum die Eagle so viel Getreide mitnahm. Dass ein Teil davon für Claras Tiere gedacht war, brauchte ja niemand zu erfahren, so lange alles ordentlich bezahlt war. Und seine Lüge mit der drohenden Hungersnot würde man sowieso vergessen, sobald er erst auf seinem Posten in Amerika war.
In einem dritten Schreiben, gleichfalls zwei Tage zurück datiert, wies er die Eagle an, besagtes Wintersaatgetreide schnellst möglich zu bunkern und in sechs Tagen von heute an, anzulaufen.

Nun kamen Siegelwachs und die „geborgten" Amtssiegel zum Einsatz.

Als Heyes das erledigt hatte, ging er als nächstes zu Starkey's und ließ sich von dem einen Teller voll Sandwiches machen, sowie ein Pint Ale geben.
Damit nun wiederum lief Heyes ins Hafenamt und entschuldigte sich nochmals wortreich für seine Unterstellung und wies darauf hin, dass

er das Soda wie erwartet doch noch bei Mrs. Taylor gefunden habe.
Die Ablenkung, die Heyes nun noch brauchte, um die Dienstsiegel
wieder an ihre richtigen Stellen und das Schreiben an die Admiralität
in London mitten in die Ausgangspost in der Satteltasche, die für den
Kurier schon bereit lag, zu schmuggeln, gelang Heyes allein dadurch,
dass er die Sandwiches und das Pint Bier mitten auf Mr. Phillips
Schreibtisch stellte.
„Meine Unterlagen, Sir!", fluchte der kurz auf und stellte beides auf
ein Fensterbrett weiter vorn in der Stube, neben dem schon ein Stuhl
für Mr. Phillips Mittagspause bereit stand.

Als nächstes führte Major Heyes Weg zur Eagle, wo er mit Cäpt'n
Hawkins sprach und ihm das „amtliche Schreiben", das er soeben
vorhin verfasst hatte, übergab.
„Hawkins, schwören sie ihre Männer darauf ein, dass sie hier schon
vor zwei Tagen eingelaufen sind. Durham wird es dann schwerer
fallen, zu erklären, warum sie erst heute in die Bücher im Hafenamt
eingetragen wurden."

Nachdem sie weitere Worte gewechselt hatten, suchte Heyes Clara
und fand sie mit ihren Schweinen auf einem anderen Pier, an dem
soeben ein Fischerboot angelegt hatte und von dem sie sich einige
Fischabfälle geben ließ. Er erzählte ihr kurz von den Dingen, die er
in Bewegung gesetzt hatte und nahm sie dann mit zum Depot, um die
Bestellung für die dreißig Kornsäcke aufzugeben und zu bezahlen,
wobei Clara ihren Anteil selbst beisteuerte.
Danach trennten sich ihre Wege.

Die nächsten fünf Tage gingen sie sich alle, so gut es ging, aus dem
Weg, damit einer ja nicht in der Nähe des anderen gesehen werden
konnte. Einen Tag vor dem geplanten Ablegen der Eagle war deren
Mannschaft endlich wieder vollzählig und das Korn wurde aus dem
Depot geliefert und auf dem Schiff verstaut.

Die Dunkelheit der Nacht ausnutzend, kam Clara wenige Stunden vor ihrer Abreise ihrem Getier an Bord. Die Hühner kamen alle samt in einen mit Stroh ausgelegten Holzkäfig auf dem Oberdeck, die Schweine in einen Koben im Unterdeck, der gleichfalls mit Stroh ausgelegt war. Wobei Clara innigst hoffte, dass die beiden Strohballen, die sie gekauft hatte, für die Überfahrt ausreichen würden.

Kurz vor ihrem Auslaufen am nächsten Morgen kam auch die eigentliche, die Dienstfracht, zehn Postsäcke, auf das Schiff. Schwierigkeiten, seine Abreise so weit wie möglich zu verbergen, hatte lediglich Major Heyes. Mrs Taylor erzählte er in seiner Pension nur eine Halbwahrheit. Seiner alten Tante in St. Ives, an der gleichnamigen Bucht im äußersten südwesten der britischen Insel gelegen, gehe es nicht gut und so werde er, ihr Neffe, bis zu seiner von Durham eingefädelten Abfahrt in vier Wochen auf der HMS Enterprise bis dahin bei der wohnen. Das Postschiff Eagle werde ihn und sein weniges Habe bis dorthin mitnehmen. Er bezahlte Mrs. Taylor großzügig und lieh sich für den Transport seiner Seekiste und seiner anderen persönlichen Habe zur Eagle noch Mrs Taylors Botenjungen Roger aus.

Die Nebel des Morgens waren längst verschwunden, als die Eagle mit ihren Passagieren in Richtung Kanaren davon segelte.

Sie hätten sich indes nicht ganz so zu beeilen brauchen, denn die Admiraltität in London lag mal wieder im Streit mit King George und beantwortete Major Heyes Brief erst nach zwei Wochen, wobei sie ihm vorschlugen, so schnell er nur konnte, seinen Posten in Amerika anzutreten. Den Scheck für das von ihm verauslagte Saatgetreide würde man mit dem nächsten Postschiff direkt dort hin schicken.

XI. Gibraltar

Hoch wogte der Atlantik, als sich zur gleichen Zeit die Sweet Revenge in dem Konvoi der spanischen Nordwestküste näherte. Der Golf von Biskaya war berüchtigt für seine Stürme, die hier oft aus allen Richtungen gleichzeitig zu kommen schienen. Nordostwinde aus den Eisgebieten des Nordpolarmeeres brachen sich an Spaniens Nordküste genauso wie das Meer. Die ohnehin feuchte Luft wurde dabei noch Energie geladener durch die Wärme des Golfstroms. Die so erzeugten Wellen hatten dabei teils gewaltige Größen.

Allmählich lebte sich George auf dem Schiff ein. Immer am Abend eines Tages sprach er mit John Silver, dem ersten Smutje, ab, was am nächsten Tag die Mannschaft zu Essen bekäme. Dabei musste George die Haltbarkeit der Lebensmittel stets im Auge behalten. Noch hatte man genügend Frischfleisch und in Plymouth gebackenes Brot, aber das blieb natürlich während der Fahrt nicht immer so. Jeder Seemann fürchtete den Augenblick, wenn es nur noch Dörrfleisch und Schiffszwieback mit Mehlmadeneinlage gab.

George fand es sehr angenehm, dass er nicht in den allgemeinen Wachdienst mit eingeplant war. Wenn es seine Zeit erlaubte, nahm er an der Ausbildung der beiden anderen Mitshipman teil und lernte etwas über den Umgang mit dem Sextanten und ganz allgemein über Navigation. Er nahm sich fest vor, noch ganz allgemein etwas über das Segelhandwerk zu lernen und hatte sich schon mit ein paar Matrosen einer der beiden Backbordwachen angefreundet.
Die Takelage des Schiffes zu erklimmen, konnte er sich indes jedoch nicht entschließen.

Der Konvoi stampfte derweil in der aufgewühlten See voran. Zu ihm gehörten: HMS Lydia, HMS Worcester, HMS Sweet Revenge, HMS Queen Anne, HMS Voyager und die HMS Blackbird (HMS = Her Majesty Ship), insgesamt fünf Fregatten und ein Versorger.
Bei diesem Wetter wurden die Abstände zwischen den einzelnen

Schiffen des Konvois weiter auseinander gezogen und so sah man oft nur in der Ferne mal eine Mastspitze am dunkel umwölkten Himmel aufblitzen, ansonsten war man fast ganz allein.

Das Leben bei einem Sturm war für alle eine Tortur. Es gab nur noch ein paar Klüver-, ein Besan- und ein Großsegel, die gesetzt waren. Überall auf den Oberdecks entlang waren Sicherungsleinen gespannt. Der undankbarste Posten war der Ausguck im Krähnennest, denn zum einen war es sehr schwer, dort bei Sturm überhaupt hinauf zu entern und dann war es etwas noch anderes, in dieser Situation dort oben eine halbwegs vernünftige Wachablösung hin zu bekommen. Bei diesem Schiff war das Krähennest in ca. vierzig Metern Höhe über dem Deck. Schon bei spiegelglatter See, wenn sich das Schiff unten nur um kaum ein paar Hand breit hob und senkte, waren dies dort oben mehrere Meter, die der Seemann durch die Gegend geschaukelt wurde. Ließ man dort versehentlich etwas senkrecht hinunter fallen, landete es in den allerwenigsten der Fälle auf dem Deck, sondern meinst im Meer.

Und so wie der im Krähennest, so waren auch alle anderen Matrosen, sowie der wachhabende Offizier und der Steuermann angeleint.

Wer aber glaubte, im inneren des Schiffes, sei es erträglicher gewesen, irrt. Um ja kein Wasser eindringen zu lassen, waren alle Luken nach außen geschlossen. Das Schiff schoss in einem Winkel zwischen dreißig und sechzig Grad dahin. Damit wurden die Gänge innerhalb des Schiffes zu Schrägen, an denen man sich nur mit Mühe mit Hilfe dort gespannter Taue entlang hangeln konnte. Einzig die Hängematten der Schlafenden blieben halbwegs im Lot. Alles, was es unten gab, musste irgendwie festgezurrt werden, sonst hätte es fliegende Tassen, fliegende Seesäcke, fliegende Töpfe gegeben. Die Matrosen verkniffen sich möglichst so lange das Urinieren, bis sie auf Deck auf Wache waren und hängten dabei dann auch gleich für den Schiet den blanken Arsch mitten ins Meer.

Auf Grund der geschlossenen Luken sammelten sich unter Deck alle möglichen „Wohlgerüche“ nach verschwitzten Männern, Erbrochenem, nach Tierfläkalien, nach Teer und nach abgestandenem Bilgenwasser.

Auch die Verpflegung litt bei einem Sturm unter den Umständen. So war es schlicht und ergreifend zu gefährlich, ein Feuer bei Sturm an zu lassen, denn Glut könnte möglicher Weise beim Stampfen des Schiffes in die Kombüse hinaus springen und Rauch nicht ordentlich abziehen, da man ja alle Luken, auch die Schlote für die Küchenherde, schloss. Und außerdem, wie sollte man auf einem schrägen Herd die Töpfe halten sollen, bzw. wie sollte man solch schräge Herde heizen, denn die zum Kochen nötige Hitze ging ja immer nach oben, bei einem schrägen Schiff also dann auch schräg am Topf vorbei.

Deshalb wurde ab einer Krängung des Schiffes schon ab dreißig Grad gegen den Horizont des Feuer in den Öfen geschlöscht und es gab für alle nur noch Kaltverpflegung, in Form von Schiffszwieback, Stockfisch und Trockenfleisch.

George hatte wohl mittlerweile echte Seebeine, denn ihm machte der Sturm nichts aus. Aber den Summerfield Ladys offenbar schon. Sie waren bereits kurz nach dem Ablegen in Plymouth in ihren Kojen verschwunden. Ihn verwunderte hier, dass Offiziere, Passagiere und der Käpt'n in diesen längs der Schiffswand eingebauten festen Betten schlafen konnten und die frei schwingenden Hängematten nur für die unteren Dienstgrade vorgesehen waren. In so einer Koje mussste man sich festschnallen, damit man bei Seegang nicht aus ihnen hinaus fiel und man purzelte trotzdem beim Schlaf hin und her. Außerdem machte man in so einer Koje wirklich jedes Schlingern des Schiffes mit, das bei einer Hängematte meistens abgefedert, ausgependelt wurde. Aber gut, andererseits hatte man bei ruhigem Wetter auch mal die Möglichkeit, in einer Koje auf dem Bauch liegend zu schlafen. Es hatte halt alles seine Vor- und Nachteile. In so einer Koje konnte man sich auch ein wenig abschotten und hatte somit zumindest ein Geringstmaß an Privatsphäre, was man im normalen Mannschaftsquartier ja nun überhaupt nicht hatte. Außerdem waren die Quartiere im Achterdeck für die Offiziere und Gäste zwar nicht üppig ausgestattet, zum sich hinsetzen musste man dann schon in die Messe, aber sie waren dennoch so groß, dass jede

Person ihre eigene Seekiste und noch Koffer verstauen konnte. Der gemeine Matrose bis hin zu den Mitshipman konnte sich dagegen höchstens seinen Seesack leisten, der als Bündel immer am Kopfende einer jeden Hängematte mit aufgehängt war.

George sorgte sich also um Lady Jane und Lady Shirley, zumal sein Quasivorgesetzter, Mr. Summerfield, wohl auch keine echten Seebeine hatte.
Doch bevor er sich auch an diesem Tag zu den beiden an ihre Kojen stahl, um ihnen wenigstens etwas kalten Grog einzuflößen, musste er noch zu den anderen Mitshipman an Deck, denn der 1.Offizier McMillan wiederholte heute das „Koppeln". Konnte man, wie bei diesem Wetter üblich, den Sonnenstand nicht einmal mehr erahnen, so war es unmöglich, den Sextanten für genaue Messungen einzusetzen. Mit Hilfe der Logleine, in die in regelmäßigen Abständen Knoten eingeflochten waren, ermittelte man mehrfach am Tag die Geschwindigkeit, mit Hilfe des Kompass' die Richtung, in die das Schiff fuhr.
Der Steuermann „koppelte" dann den Kurs, heißt, vom letzten errechneten Standort aus konnte er mit diesen beiden Größen, Geschwindigkeit und Winkel zu Nord, den neuen Punkt in der See berechnen, an dem sich das Schiff nun befand. Man koppelte also an die letzte Position an. Nun war die Positionsbestimmung mit Hilfe des Sextanten natürlich die weitaus genauere Methode. Aber ein guter Steuermann und Navigator vertraute auch auf seine Intuition und Erfahrung und schätzte die Position manchmal genauer, als es jede noch so gute Berechnung sein konnte.

„Zwölf Knoten, Sir!", rief Mitshipman Tiberius McCoy. „Rudergänger! Kurs?", bläkte McMillan nach achtern." „süd-südost ....", die genaue Gradeinteilung ging scheppernd in einer riesigen Wasserfontäne unter und McMillan sah nun selbst auf den Kompass. „Kurs beibehalten, Rudergänger!", rief er. Seinen Mitshipman schrie er nach einer kurzen Berechnng durch den Sturm zu „Wir müssten bald auf Höhe von Santiago de Compostella sein! Das ist ein bekannter Wallfahrtsort. Dort drehen wir direkt nach Süden und segeln an der portugiesischen Küste entlang … aber vor allem müssten wir dann auch aus dem Schlamassel hier raus sein!"

McMillan hatte sich nicht getäuscht. Schon am Abend ließ der Sturm merklich nach. Man konnte davon ausgehen, dass sie am morgigen Tag in der Kombüse wieder kochen konnten und so inspizierten George und John Silver die Vorräte.
Trotz des vier Tage andauernden Sturms war nicht ein Fass angeschlagern oder durch eindringendes Meerwasser unbrauchbar geworden.

Der nächste Morgen begann mit einem atemberaubenden Sonnenaufgang bei ruhiger See. „Land in fünfundvierzig Grad an Backbord!" rief der Mann im Krähennest dem Rudergänger zu. McMillan war zufrieden und rief durch seine Sprechtrompete zurück: „Ist was von den anderen Schiffen zu sehen?" Der Mann im Krähennest blickte sich in alle Richtungen um und rief etwas zurück, wovon George, der gerade mit half, auf dem Oberdeck die erste warme Mahlzeit an die Matrosen der Freiwache zu verteilen, nur verstand: „...die Lydia sieht ziemlich mitgenommen aus ...“
McMillan enterte nun selbst hinauf, suchte mit seinem Feldstecher die Kimm ab und nickte zufrieden.

Als er wieder auf dem Oberdeck angekommen war, ging er zu George.
„Mr. Hungerlund, mir scheint, wir werden heute noch schönes Wetter bekommen."
George nickte: „Sir, wenn sie das glauben, Sir. … Den Passagieren sei es zu gönnen, Sir."
„Genau deshalb komme ich zu ihnen, Mr. Hungerlund. Unser Zahlmeister, so ehrlich, wie er auch ist, ich kenne ihn schon sehr lange, aber in all den Jahren hat er es noch nie geschafft, sich mal Seebeine wachsen zu lassen. Sie werden ihn aus der Messe und vom Schitt-Topp wohl auch bis zum Ende unserer Reise nicht hinaus

bekommen. Aber seine Frau und seine Tochter, Mr. Hungerlund, …
ähm … wie ich in den letzten Tagen merkte, haben sie einen relativ
guten Draht zu den beiden. Wie kam es dazu, wenn ich fragen darf?“
„Also, Sir, es war noch am ersten Tag nach unserer Abfahrt von
Plymouth, da sah ich den beiden Ladys schon ihre etwas eigenartige
Gesichtsfarbe an. Der Käpt'n auf dem Lastkahn, der mich nach
Plymouth gebracht hat, gab mir auf der Reise von Berlin über die
Nordsee einige Tipps, wie man sich gegen die Seekrankheit wehren
kann. Unter anderem gab er mir einige Stangen Süßholz, auf denen
ich dann herum kaute. Das hat mich von der Seekrankheit ein wenig
abgelenkt, Sir, so dass es mir nach zwei Tagen wieder besser ging.
Und genau das habe ich den Lady's Summerfield jetzt während des
Sturms mit ihrem Grog gegeben: etwas Süßholz zum drauf herum
knabbern, Sir.“
„Guter Mann, Mr. Hungerlund!“, lobte ihn McMillan, „Meinen sie,
sie könnten die Lady's auch dazu bewegen, etwas an Deck zu
kommen? Vielleicht vergeht ihnen die Seekrankheit dann ja ganz.“
„Sir, sicher, Sir. Ich kann es gern versuchen.“
„Und noch eins, Mr. Hungerlund, Cäpt'n Collocos hat mich vorhin
angewiesen, anzuordnen, dass von der Mannschaft heute jeder einen
halben Becher Rum zusätzlich bekommt, als Belohnung für den
durchgestandenen Sturm. Wenn sie sich auch noch darum kümmern
könnten.“
„Sicher, Sir.“

George ging nach Achtern und dort zuerst in die Offiziersmesse, wo
er, wie erwartet, Mr. Summerfield traf.
Wie immer, bevor er die Kabine der Familie betrat, fragte George als
erstes das Familienoberhaupt, ob es gestattet sei, seine beiden Frauen
zu besuchen. Und so tat er es auch heute und wie immer willigte Mr.
Summerfield selbstverständlich ein.
George machte sich mit einem Klopfen an ihre Kabinentür
bemerkbar.
„Lady's, ihr Mann schickt mich!“, log er.
Von drinnen hörte er erst ein Stöhnen, dann polterte etwas.

Lady Jane antwortete: „Unser guter Geist wieder da." Und Lady Shirley stöhnte: „Muss ich denn wirklich was essen?"
George antwortete von draußen: „Lady's, ich soll sie mit an Deck nehmen. Ziehen sie sich etwas an, ich warte derweil hier draußen. Wir haben eine Therapie für sie!"
„Mama, muss ich wirklich aufstehen? Das Schiff schwankt doch noch!", maulte von drinnen Lady Shirley und Lady Jane gab ein „ist vielleicht gar nicht so schlecht" zurück.

Nach relativ kurzer Zeit waren die beiden angzogen und zeigten sich in der Tür. „Mr. Hungerlund", sagte Miss Summerfield , „ich kann mich überhaupt nicht daran erinnern, wie wir vom Oberdeck hierher nach unten gekommen sind. Hier sieht alles so gleich aus!"
„Lady's, merken sie sich nur, der Gang mit dem Kokosläufer, dann noch oben über diese Treppe, das war es schon. Die Messe, wo sie nachher noch etwas essen können, liegt direkt an der Treppe."
die Damen nickten, hatten ihn aber wohl nicht wirklich verstanden.
So ging George ihnen beiden voran und schon standen sie auf dem Achterdeck.

Die Ladys kniffen ihre Augen zusammen. Die Helligkeit hier oben stand in krassem Gegensatz zu ihrer halb abgedunkelten Kabine. Die Sweet Revenge trug heute wieder volle Segel und pflügte nur so durch das Wasser. Die Sonne glitzerte auf dem Wasser und das Schiff schwankte nur leicht.

„So, Lady's!", schlug George vor, nachdem er ihnen erklärt hatte, wie er selbst mit der Seekrankheit fertig geworden war und dass es dabei hilfreich sei, eine Zeit lang den Horizont zu beobachten, „Mitshipman Miller hat ihnen schon ein paar Stühle hier nach oben gebracht, wenn sie wollen, setzen sie sich und beobachten ein wenig das Geschehen hier auf dem Schiff. Das wird sie ablenken und auf andere Gedanken bringen. Falls sie etwas benötigen, schicken sie nach mir."

Gleich neben ihnen stellten sich nun die Mitshipman auf, denn Cäpt'n Collicos und Steuermann Jim Reeves gaben heute gemeinsam eine Einweisung in Navigation. Während Jim Reeves mit den Kadetten nochmals den Kurs koppelte, wiederholte Collicos mit ihnen anschließend die Positionsbestimmung mit Hilfe des Sextanten. Beide errechneten Werte wurden dann miteinander verglichen und es stellte sich dabei heraus, dass Jim Reeves errechneter und über den Daumen gepeilter Kurs gar nicht so weit von der Positionsbestimmung mit dem Sextanten war. Um aber ganz genaue Werte zu bekommen, brauchte man noch eine verlässliche Landmarke.

Kaum waren die Mitshipman mit ihrer Unterrichtseinheit fertig, begann Sgt. Whinterbottom schon mit seinen Seesoldaten auf dem Oberdeck zu exerzieren, was wiederum die Aufmerksamkeit der Ladys in Anspruch nahm.
Die beiden Lady's waren von dem Geschehen auf Deck so sehr gefesselt, dass sie erst der Hunger zum Mittagesssen in die Messe trieb, wo sie mit einem gesegneten Appetit die kleinen Köstlichkeiten verzehrten, die ihnen John Silver auf Bitten von George persönlich zubereitet hatte, wie zum Beispiel echten Liverpooler Flaming Pie – Flammkuchen.

Aber auch am Abend und bis zur einbrechenden Dunkelheit blieben die beiden Damen auf Deck.
Als sie sich endlich in ihre Kabine zurück zogen, bedankten sie sich sehr wortreich bei George für die gute Idee und den gelungenen Tag.

Am nächsten morgen, kamen die Lady's ganz freiwillig von sich aus aufs Deck. Auch an diesem Tag gab es wieder ruhige See, indes, ein fieser, feiner Landregen durchnässte alles und jeden, weshalb man auf dem Achterdeck ein Segeltuch als Schutz für die Offizier und den Rudergänger gespannt hatte, unter dem sich nun auch die Damen niederließen.
Es war am späten Nachmittag dieses Tages, als ein Ruf von

Mitshipman Jeff Miller die Lady's zum Bug kommen ließ. Er hatte eine Delfin-Schule entdeckt, die vor ihnen und um das Schiff herum, munter durch das Meer sprangen. Der gleichfalls herbei geeilte Dr. Robert gab unverzüglich sowohl den Damen, als auch den Mitshipman eine spontane Unterrichtsstunde in die besondere Biologie dieser Tiere.

In dieser Art vergingen die Tage. Allmählich gewöhnten sich die Ladys an etwas rauhere Winde. Dabei freuten sich bereits auf ihre Tabakplantage, die Mr. Summerfield zwar schon gekauft hatte, auch hatte er dort schon einen Aufseher, erste Sklaven und die erste Saat im Boden, dennoch kannten die Lady's die Pflanzung noch nicht, denn sie verließen England hier zum ersten mal. Lady Shirley wusste schon jetzt, was sie an England nicht vermissen würde: das Wetter. Und je weiter südlich sie in ihrem Konvoi kamen, um so fröhlicher wurde sie. Selbst Mr. Summerfield ließ sich von seinen beiden Frauen anstecken und kam nun auch mal gelegentlich mit an Deck.

Irgendwann bog der Konvoi nach Ost ab. Man segelte am sagenumwobenen Cadiz vorbei, von wo aus einst, vor gut zweihundertfünzig Jahren, Columbus mit seiner Armada von drei Schiffen in Richtung Westen gestartet war und dabei rein zufällig Amerika entdeckt hatte.
Unser britischer Konvoi segelte absichtlich in Sichtweite an Cadiz vorbei. Wessen Dienst es auf dem Schiff erlaubte, stand deshalb an der Reeling und schaute. In Cadiz schien die Zeit fast stehen geblieben zu sein. Mittelalterliche Zinnen, arabisch geprägte Giebel, Ornamente und Verzierungen, dicke Mauern von denen urtümliche Bombarden in aller Eile, vorsorglich, von Bedienmannschaften auf ihren Konvoi ausgerichtet wurden.

Am sehr frühen Morgen des nächsten Tages kam der Affenfelsen, das Wahrzeichen von Gibraltar, in Sicht. Als sie schließlich im Hafen ankerten, bekam George von Cäpt'n Collicos den Auftrag, sich um Frischwasser zu kümmern. Er stellte ihm dafür die beiden anderen

Mitshipman und zehn Matrosen zur Verfügung. Gleichzeitig bekam George von Mr. Summerfield die Order, seinen beiden Ladys die Stadt zu zeigen.

George hatte sich so direkt noch nie um Proviant gekümmert und zählte daher auf das know-how seiner ihm zugeteilten Matrosen.

Da immer nur ein paar Mann jeder Freiwache Landgang gewährt bekamen und dann auch nur für diese eine Wache, waren die Matrosen, die George zugeteilt waren, sehr darum bemüht, ihre Aufgabe sehr schnell zu erledigen. Ein Mann kannte zum Beispiel einen kleinen Fuhrunternehmer, der nächste Mann wusste, an welcher Stelle des Felsens die Quelle mit dem besten Wasser war und wieder ein anderer kannte einen Böttcher, der sich auf die Schnelle noch ihre Wasserfässer anschauen und notfalls reparieren konnte.

Lady Shirley nahm er auf ihre direkte Frage, ob sie beim Wasser fassen dabei sein könne, sie wolle sich mal ebend die Beine vertreten, mit.

Am Abend waren der Cäpt'n gemeinsam mit den anderen Kapitänen und Offizieren des Konvois beim Gouverneur zum Essen eingeladen. Auch Lady Jane war dabei mit von der Partie. Auf die Frage ihrer Tochter, ob da auch wieder nur „die alten, notgeilen Säcke von der Marine dabei wären, die ihr andauernd in den Ausschnitt starrten", wurde Lady Shirley bedeutet, dass sie sich auch gern den Mitshipman ihres Schiffes anschließen dürfe, so lange sie keine Dummheiten mache.

George nahm sie nur allzu bereitwillig mit. Ihr Steuermann Jim Reeves war vom Kapitän extra abgestellt wurden, um sich um die Kadetten ein wenig zu kümmern und da wurde Lady Shirley einfach nur noch mit dazu genommen.

Während die normalen Matrosen und Seesoldaten ihre erste Heuer und ersten Sold in zwielichtigen Spelunken versoffen und verhurten, wusste selbst Reeves erst einmal nicht welches Wirtshaus denn nun geeignet für sie sei.

Es war Georges Freund Joe Clark aus Plymouth, der jetzt auf der Worcester diente, indirekt zu verdanken, dass sie einen guten Tipp bekamen. Joe Clark hatte auf der Mole des Hafens George erkannt und wollte schnell zu ihm hin laufen, um ihn zu begrüßen. Da stieß er am Ende der Mole versehentlich mit dem Cäpt'n der Lydia, Hornblower, zusammen, der gerade in diesem Moment auf die Truppe von der Sweet Revenge traf. Joe Clark entschuldigte sich, Jim Reeves salutierte ordnungsgemäß und wie nebenbei fragte Hornblower, der gerade selbst auf dem Weg zum Gouverneur war, wohin die Schar denn unterwegs sei.

Jim Reeves druckste etwas herum, so von wegen, sie wüssten noch nicht ganz genau und wollten sich ersteinmal im Ort umschauen. Da nahm sich Hornblower ihrer an, erläuterte, wo genau das Wirtshaus „Zum Admiral Benbow" zu finden sei, wünschte ihnen viel Glück und verabschiedete sich höflich.

„So locker ist unser Alter nicht.", bemerkte Joe Clark, der sich ihnen einfach anschloss und Jim Reeves sagte: „Meinst du nicht, dass auch euer Alter in seiner Freizeit ganz nett sein kann?"

Das von Hornblower empfohlene Wirtshaus war wirklich gut. Es war innen hell, es trieben sich keine zwielichtigen Gestalten herum, der Rum war nicht gepantscht und das Essen war lecker.

Während Joe erst noch sehr viel mit seinem Freund George geredet hatte, unterhielt er sich im Verlauf des Abends zunehmend mit Lady Shirley.

George bekam das schon mit, fand aber, die beiden gäben, trotz Standesunterschiedes, ein hüpsches Pärchen ab.

Als sich schließlich auf dem Rückweg von diesem gelungenen Abend ihre Wege an der Mole trennten, nahm Joe ihr das Versprechen ab, sie wieder sehen zu dürfen. Doch das dauerte eine Weile. Am Morgen des übernächsten Tages lichtete der Konvoi die Anker und setzte Kurs auf die Kanaren, von wo aus man mit Rückenwind aus der Sahara den weiten Weg über den Atlantik wagte.

XII. die Kanarischen Inseln

Der Weg Richtung Atlantik war sehr anstrengend. Lag es an der Jahreszeit oder nur an der ungünstigen Witterung, jedenfalls hatten sie einen fortwährenden, schwül-heißen Wind aus südost. Sie brauchten einen ganzen verdammt langen Tag bis sie vor Tanger in Marokko lagen. Ständig mussten die Matrosen in die Takelage und andauernd hieß es „all hands". Dann waren alle ohne Ausnahme, von der Freiwache bis zum Mitshipman, auch George, daran beteiligt, Taue zu ziehen und Segel zu trimmen. Bei direktem Gegenwind half nur, ständig dagegen anzukreuzen. Da sie aber als britischer Navyverband fuhren, verblieben sie auch auf ihren Schiffspositionenen, gesehen zum nächsten Ziel, mussten sich dabei aber an die Geschwindigkeit des langsamsten Schiffes anpassen, in ihrem Falle war das die Altersschwache Queen Anne, die zwar mit einer hervorragenden Besatzung aber mit einem nicht weniger alten Kapitän bemannt war. Und so musste die Sweet Revenge immer wieder auch Fahrt heraus nehmen, um auf ihrer Position zu bleiben. Das hieß dann Segel kürzen. … „all hands!" …
Der warme und stete Wind, der vom Meer mit Wasser aufgeladen war, die hohe Luftfeuchte merkte man, machte ihnen hier im Süden, im Sommer, zusätzlich das Leben schwer. Die Luft lag teilweise wie Blei auf ihren Lungen und erschwerte das Atmen. Nach fünf Tagen waren sie erst auf der Höhe von Casa Branca (das heutige: Casablanca), von wo aus sie die afrikanische Küste verließen und es dauerte fünf weitere Tage, bis sie endlich vor der Hauptinsel der Kanaren, Gran Canaria, mit ihrer Hauptstadt Las Palmas, ankerten.
Der Flottenverband sollte hier noch einmal Frischwasser und neue Nahrungsmittel aufnehmen. Die Sweet Revenge als Versorger, in Begleitung ihres Flagschiffes, der Worcester fuhren direkt in den Hafen, der Rest der Schiffe ankerte vor dem Hafen.
Hier auf den Kanarischen Inseln wehte der Wind aus einer ganz anderen Richtung, als noch vor Casa Branca. Es wehte ein ständiger Passatwind in Richtung Ost, der direkt aus der Hölle, aus der Sahara, zu kommen schien. Genau dieser Passatwind aber war es, auf den die

schweren Schiffe auf ihrem Weg über den Atlantik bauten. Er schob sie direkt in die Karibik! Deshalb war diese Route südlich des dreißigsten Breitengrades so beliebt. Der Wind blies in die richtige Richtung, man brauchte also nicht mühsam gegen ihn anzukreuzen und mit einer Flaute war kaum zu rechnen.

***

Ein paar hundert Kilometer nordlich von ihnen hatte aber die Eagle ein Problem. Der Nordostpassat über dem dreißigsten Breitengrad fing sich zwar in ihren Segeln, aber Cäpt'n Jim Hawkins hatte dennoch Befürchtungen, sie würden den Verband mit der Worcester nicht rechtzeitig genug erreichen. Und so setzte er alle Segel, die machbar waren.

Der Schweinekoben war auf dem Oberdeck des Schiffes errichtet worden. Jeden Tag schaufelte Clara verkotetes Stroh über Bord, streute aber immer nur relativ sparsam nach. Bei nicht all zu schwerer See trieb sie die Schweine auch mehrfach über's Deck, damit die auch möglichst gesund blieben. Ihre Hühner in den kleinen Käfigen, die auch nur mit Stroh ausgelegt waren, brauchten fünf Tage, bis auch sie sich an das Schwanken des Schiffes und an den Seegang gewöhnt hatten. Erst dann legten sie wieder die ersten Eier.

Auch auf der Eagle war es üblich, dass immer eine Backschafft Küchendienst hatte und dem Smutje zuarbeitete. Clara hatte indes beschlossen, ihm täglich zur Hand zu gehen und so wurde auf der Eagle fast schon deutsch gekocht. Ihr Status gegenüber den Matrosen war allerdings der, dass sie offiziell die Dienerin von Major Heyes war.

Endlich, nach Tagen atemloser Fahrt, in der Cäpt'n Hawkins seine Mannschaft noch weniger geschont hatte, als sonst, kam schließlich die große nördliche Insel der Kanaren, Lanzarote, in Sicht und einen knappen halben Tag später Gran Canaria, vor deren Hafen noch immer der Flottenverband rund um die Worcester ankerte.

Die Eagle gab Signal, dass der Flottenadmiral des Verbandes, Allan Williams, unverzüglich zum Rapport auf der Eagle zu erscheinen habe. Etwas unwirsch und auch misstrauisch, ließ sich Williams in einer Barkasse mit zehn seiner Seesoldaten zur Eagle hinüber rudern. Aber schon von weitem erkannte er den grauhaarigen Heyes mit seinem dicken Bauch, wie der sich über die Verschanzung der Eagle lehnte.

Nachdem Williams mit allen bei deren dünner Bemannung überhaupt möglichen Ehrenbezeugungen an Bord der Eagle begrüßt worden war, bat Heyes ihn in die Kapitänskajüte. Und erst hier legten sie alle Formalitäten beiseite und begrüßten sich herzlich, wie es Männer untereinander tun, die sich schon ein halbes Leben lang kennen.

„Heyes, du alter Gauner, was treibt dich denn mit neuer Order hierher? Oder hast du uns nur zufällig gefunden?", strahlte ihn Williams an.

„Ach, weißt du, alter Freund, die Zeiten sind auch nicht mehr das, was sie mal waren.", gab Heyes zurück. „Ich bin wohl dem Durham einmal zu oft auf die Füße getreten und so hat der mich in die Neue Welt versetzt. Das alles ist eine längere Geschichte, die ich dir gern heute abend in einem Wirtshaus erzählen werde."

„Du als Noch-Commodore stehst selbstverständlich hier vom Rang her über mir und bekommst natürlich meine Kabine auf der Worcester!"

„Auf gar keinen Fall. Sieh, ich fühl mich hier ganz wohl auf der Eagle. Außerdem hab ich einem anderen alten Freund in Plymouth versprochen, mich bis Amerika um sein Mündel aus Berlin zu kümmern, die hier auf der Eagle als meine Magd mit an Bord gekommen ist. Sie ist übrigens die Verlobte des Proviantmeisters der Sweet Revenge."

Williams überlegte kurz. „Heyes, willst du dich mit der Eagle dem Verband anschließen, oder warum seid ihr diesen Umweg gefahren?"

„Sowohl, als auch.", sagte der Major. „Aber auch das erzähle ich dir gern nachher beim Essen. Meine offizielle Order lautet, dass die Eagle den Verband begleitet und dann in der Karibik Ausschau nach möglichen Piratennestern hält, die der Verband dann auch angreifen

soll. Als kleines, schnelles Schiff sind wir ja regelrecht prädestiniert für diese Aufgabe. Außerdem haben wir noch mehrere Sack Saatgetreide für Barbados, die wir da auch abliefern müssen. So die offizielle Order des ehemaligen stellvertretenden Hafenmeisters von Plymouth für die Eagle. Wobei du das Kommando über den Verband behältst. Wir müssen mit der Eagle aber hier in Gran Canaria noch unser Proviant und unser Frischwasser ergänzen. Und wenn du alter Haudegen zwei junge Leute glücklich machen willst, setzt du mich nachher mal mit meinem Mündel für eine halbe Stunde auf der Sweet Revenge ab. … Aber, wo ist die eigentlich?"
Williams antwortete: „Die hat hier im Hafen angelegt, wegen Proviant und Wasser. Wenn ihr wollt, könnt ihr gleich hinterher. Ist es ihrem Cäpt'n recht, wenn ich bis dahin hier mit an Bord bleibe?"
Jim Hawkins, der erst jetzt in das Gespräch mit einbezogen wurde, nickte, verließ die Kabine und bellte auf Deck seine ersten Befehle. Der Anker wurde wieder gehoben, die Männer kletterten in die Wanten und der Signalgast gab Nachricht an den Beobachtungsposten in der Hafeneinfahrt. Die Eagle setzte sich in Bewegung, schob sich mit leichter Fahrt nach Gran Canaria hinein und legte schließlich im Hafen an.

Cäpt'n Collicos war sehr verwundert, als er ein weiteres britisches Schiff einlaufen sah. Noch verwunderter war er, als er per Feldstecher erkannt hatte, dass sich der Flottenadmiral und der Commodore auf dem kleinen Schiff befanden.
Noch merkwürdiger wurde es, als er schließlich nach dem Anlegen der Eagle von einem Boten Nachricht bekam, er und sein Proviantmeister sollen sich so schnell es geht beim Admiral melden.

George war gerade dabei, mit einem Händler um den Preis für ein paar Kisten überreife Bananen zu feilschen, als er darüber informiert wurde, sich unverzüglich bei Cäpt'n Collicos zu melden.
Das tat er und ging dann mit ihm gemeinsam zur Eagle.
Heyes begrüßte sie an Bord. Der Admiral stand schweigend daneben.
„Collicos! Schön dass sie kommen konnten. Wir werden uns gleich

mit ihnen unterhalten. Aber vorher, schickt mal bitte nach meiner Magd. Sie soll uns allen einen Becher Rum bringen."
George fühlte sich unwohl. Warum wurde er zu dieser Versammlung der hohen Herren mit dazu gerufen?
In dem Augenblick öffnete sich die Kabinentür und Clara kam mit einem Tablett voller Rumbecher herein. Als sie George sah, ließ sie es fallen und die kunstvoll geschnitzten Holzkrüge ergossen ihren Inhalt auf den Boden.
Heyes grinste! Dann lachte er laut. „So, das erste Ziel unserer Reise haben wir erreicht!"

George war wie zu einer Salzsäule erstarrt, dann lag Clara auch schon in seinen Armen!
Der Admiral lächelte: „Das ist doch wahrlich ein viel schönerer Anblick, als eine Horde sich raufender Piraten!

Während George versuchte, irgendeinen Dank zu stammeln und dabei Clara half, die Rumbecher wieder aufzusammeln, sagte Heyes zu ihnen: „Ich denke, wir können den beiden heute für den Rest des Tages frei und Landurlaub geben. Was meinen sie, meine Herren?"
Collicos, Hawkins und der Admiral nickten. Dann schob Heyes nach: „Bevor sie sich aber heimlich ein Zimmer im Wirtshaus nehmen, möchte ich ihnen zu bedenken geben, dass es jedem unserer Cäptn's hier im Verband eine Ehre wäre, sie vorher noch zu trauen."
George antwortete: „Sir, ich glaube, das kann noch warten, bis wir in der neuen Welt sind." Und Clara ergänzte: „Aber vielen Dank, für ihr Angebot, verehrte Herren. Das hier werden wir ihnen nie vergessen."
Major Heyes wiegte mit dem Kopf: „Sie kennen ja noch gar nicht unsere Bedingungen!"
George antwortete: „Ich glaube, schon, Major und ich möchte ihnen entgegen kommen. Ich möchte gerne meine Arbeit als Proviantmeister auf der Sweet Revenge weiter führen und sie, Major, möchten nicht gern auf die sicher angenehme Reisebegleitung durch Miss Pruz verzichten."
Heyes schwieg erst, bevor er entgegnete: „Ja, so ungefähr hatte ich

mir das gedacht.“

Collicos schüttelte dagegen energisch den Kopf: „Nein, Heyes! Der Junge mit seiner Angebeteten auf einem anderen Schiff, sie ständig in Sichtweite, aber sie dennoch nicht sehen zu können, das wird doch nichts. Ich krieg den ja nie wieder runter von Deck und ins Proviantlager.“

„Das ist ein gutes Argument, Cäpt'n. Aber haben sie denn noch Platz an Deck für die Lady und ihre Tiere, einschließlich deren Futter?“

„Sir, ich glaube...“, wollte George an seiner dessen antworten, aber da schnauzte ihn auch schon Collicos an: „Sei ruhig, Bengel. Ja, Major, wir haben noch Platz für all das bei uns, unter der Auflage, dass Mr. Hungerlund während des Rests der Überfahrt die Finger von Lady Pruz lässt und seiner Arbeit ordentlich nach geht.“

Freudig schmiegte sich Clara in Georges Arme.

Collicos hob wieder an: „Sie, Miss Clara, lassen aber auch die Finger von ihm.“ Sie wurde hoch rot, küsste George auf die Wange und nahm dann einen „Sicherheitsabstand“ von mehr als zwei Armlängen in dem engen Raum zu ihm ein.

Eine Pause entstand. Nach ein paar Augenblicken sprach Collicos weiter, ohne George dabei anzusehen: „Mir ist durch meinen Proviantmeister im übrigen auch zu Ohren gekommen, dass eine unserer Pasagierinnen, die zwölfjährige Miss Schirley Summerfield, ...“, jetzt glühte Georges Kopf in peinlichstem Rot, „von einem der Schiffsjungen auf der Worcester schwärmt. Sie haben sich angeblich bei einem Landgang auf Gibraltar kennen gelernt, und ich fürchte, dass Miss Summerfield, auch wenn der Umgang mit einem Schiffsjungen sicher nicht standesgemäß ist, unter Umständen auf der langen Überfahrt in die Karibik schwermütig werden könnte. Außerdem könnte unser Proviantmeister sich noch einen Handlanger gebrauchen.“

Admiral Allan Williams nickte. „Cäpt'n ist bei mir eingegangen und von mir genehmigt. Die Papiere lasse ich unverzüglich fertig machen. Den Jungen können sie dann auf See von uns übenehmen.“

Heyes nickte George und Clara zu: „So, ich glaube, das war es.

Organisieren sie ihren Umzug auf die Sweet Revenge, Miss Pruz und ich glaube, ihr neuer Cäpt'n wird seiner neuen Stewardess für seine weiblichen Passagiere denn den Rest des Tages auch frei geben."
Collicos nickte: „... ab mit ihnen ..."

Die beiden jungen Leute sahen sich und huschten dann so schnell wie möglich aus der Kabine. Als sie beide auf dem Oberdeck standen, nahmen sie sich wieder in die Arme und George sagte zu ihr: „Ich wollte Dir mit dem Heiraten keine Abfuhr erteilen, aber obwohl wir beide ja nun schon unter einem Dach gelebt haben, möchte ich erst einmal die Überfahrt nach Amerika abwarten. .... Und dann kam das ganze auch so überraschend ..." Clara nickte ihm zu: „Das ist doch vollkommen vernünftig, lieber George und ich sehe es genauso. Aber ich freue mich, in dir hier und in der Neuen Welt einen Vertrauten gefunden zu haben." Er antwortete: „Offiziell verloben würde ich mich schon ganz gern mit dir." „Lieber George, da geht es dir, wie mir. ... Und ich sage dazu JA! Aber lass uns erst Beckmanns Schweine, Hühner und mein Heu, Stroh und Getreide auf dein Schiff umladen. Danach können wir uns in Ruhe über das unterhalten, was dir und mir in den letzten Tagen widerfahren ist.", sprach Clara und gab ihm vor versammelter Mannschaft einen dicken Schmatzer auf die Wange. Die umstehenden Matrosen jubelten.

„Na, die Herren, ich denke, sie haben das ja soeben mitbekommen. Mögen mir denn einige von Ihnen dabei helfen, Claras Sachen auf die Sweet Revenge zu schaffen? Ich spendiere dafür auch einen halben Schinken aus meinem persönlichen Bestand."
Vier Matrosen der Eagle waren sofort bereit und schleppten Säcke, Heu und Stroh.

Auf der Sweet Revenge musste George als erstes mal den Wachhabenden Offizier, es war gerade Mr. McMillan, von dem neuen Passagier und ihrem „Gepäck" unterrichten.
Mit Hilfe so vieler Hände war der Umzug schnell getan und George

spendierte den versprochenen halben Schinken und zusätzlich einen Krug voll Cidre, den er schnell noch auf dem Markt des Hafens erwarb.

Es war später Nachmittag, als sie mit all dem fertig waren und sich zusammen zurückziehen konnten. John Silver, der alte Haudegen, der schon unzählige Male hier auf Gran Canaria an Land gewesen war, kannte eine kleine Bodega, westlich an einem Hang gelegen, von der aus man einen hervorragenden Blick auf den Sonnenuntergang hatte und wo die beiden bis zum Abend ungestört verweilen konnten.

„Lieber George", hauchte sie, als sie endlich außer Hör- und Sichtweite des Hafens waren. „Ich hätte nicht gedacht, dass ich mich nach dir einmal so sehnen würde! Aber die letzten Wochen waren so Ereignisreich und wir sind jetzt so sehr auf einander angewiesen."

„Gewiss, liebe Clara.", sagte er. „Ich sah in dir vor allem ersteinmal meinen besten Kameraden bei den Beckmanns, habe aber in den letzten Wochen so viel an dich gedacht, dass du mir bis heute genauso gefehlt und meine Sehnsucht entfacht hast."

… und als die Sonne sich glutrot ins Meer ergoss, kuschelten sie zusammen auf einer Bank bei einem guten Wein und einem leckeren Hasenbraten vor der Bodega in Gran Canaria.

## XIII.	Über den Atlantik

Schon am Mittag des nächsten Tages verließen die Schiffe, nachdem vor allem Frischwasser gebunkert worden war, den Hafen und gesellten sich zum Konvoi. Beim Umladen zusätzlicher Wasserfässer von der Sweet Revenge auf die anderen Schiffe, legten diese sich immer nebeneinander. Man hatte nicht mit dem kompletten Verband in den Hafen segeln wollen, weil man die Behörden der Inseln nicht militärisch provozieren wollte. Als die Worcester beidrehte, wurde auch in aller Heimlichkeit noch Joe Clark auf die Sweet Revenge gebracht, der schon vorher die Versetzungsorder von seinem Diensthabenden bekommen hatte.

Erst am Nachmittag setzte sich der Konvoi in Bewegung. Vorab sicherte die Eagle, dahinter die HMS Lydia unter Hornblower, dann die Worcester, flankiert von der Queen Anne an Backbord und der HMS Voyager an Steuerbord, hinter der Worcester die Sweet Revenge und den Abschluss bildete als Rückendeckung die Blackbird.

Ein leichter Passatwind trieb den Verband von achtern mühelos voran. Die weite, leichte Dünung blieb regelmäßig.
Clara war schon am Morgen den Summerfield-Ladys als ihr persönlicher Steward vorgestellt worden. Als sich die Lady's am Abend in ihren Liegestühlen auf dem Achterdeck niederließen, war die Freude von Lady Shirley riesig groß, als sie Joe Clark bemerkte, der als Schiffsjunge mit einigen Matrosen Seile spleißte.
Als George, der sich zu diesem Zeitpunkt gerade mit Clara gleichfalls auf dem Achterdeck aufhielt, Joe sah, ließ er ihn kurz zu sich rufen und stellte sich mit Joe demonstrativ neben den Stuhl von Lady Shirley.

„Mr. Clark, ich hoffe, sie sind mit ihrer Umsetzung auf unser Schiff halbwegs klar gekommen?"
„Jawohl, Mr. Hungerlund!" „Mr. Clark, in Lady Summerfields Kabine sind zwei Seesäcke und noch ein paar weitere Dinge an andere Stellen zu räumen. Würden sie dies freundlicher Weise tun?"
„Zu Befehl, Mr. Hungerlund!"
„Lady Shirley wird ihnen zeigen, wo ihre Kabine ist und was da wohin geräumt werden muss!", bellte George nochmals laut. Dann flüsterte er so leise, das nur die Umstehenden es hören konnten: „Los, verschwindet … aber macht keine Dummheiten ...“

Joe und Shirley sahen ihn beide dankbar an, gingen ins Unterdeck und kamen erst nach Sonnenuntergang, als es Zeit zum Abendessen war, wieder auf Deck.
Clara, fütterte noch ein letztes mal ihre Schweine, die auf dem Oberdeck in einem wiederum mit einem Segeltuch überdachten

Koben untergebracht waren. Man hatte ihr zum Schlafen eine eigene Hängematte in der Kabine der Summerfields mit aufgehängt.

Nach zwei Tagen normalisierte sich das Bordleben wieder auf der Sweet Revenge. Um ja keine Langeweile unter der Besatzung aufkommen zu lassen, wurde trotz der tropischen Temperaturen regelmäßig exerziert. Sgt. Whinterbottom drillte seine Seesoldaten sowohl im Nahkampf, als auch bei Schießübungen. Die Matrosen der Freiwachen mussten an den Kanonen die gleichen Handgriffe immer und immer wieder üben. Man konnte schließlich nicht sicher sein, ob in einer gegnerischen Auseinandersetzung mit Piraten, Freibeutern oder mit abtrünnigen Spaniern die Sweet Revenge sich nicht unter Umständen selber verteidigen müsste.
Für die Schießübungen von Soldaten und Matrosen wurden vom Schiffszimmermann und seinen Gehilfen aus Bruchholz, alten Fässern und Segeltuch simple Floße gezimmert, die neben der Sweet Revenge her geschleppt wurden und als Zielscheibe dienten.

Der Verband zog sich jetzt so weit aus einander, dass man nur noch die Mastspitzen der andern Schiffe sah. Am Kanonendonnder hörte man aber, dass auf den anderen Schiffen ebenfalls exerziert wurde. Das ganze übte die Mannschaften einerseits, andererseits konnte es sich auch kein Kapitän leisten, auf einem seiner Schiffe Langeweile aufkommen zu lassen, denn die hätte die Männer nur auf dumme Gedanken gebracht.

Es war am fünften Tag nach ihrer Abreise von den Kanaren, als die Sweet Revenge plötzlich Nachricht bekam, dass sie innerhalb des Verbandes zu einander aufschließen sollten. Als die Schiffe sich jeweils auf eine knappe Viertelmeile einander angenähert hatten, wurde die Fahrt aus ihnen heraus genommen.

Cäpt'n Collicos nahm sich auf dem Achterdeck seine Sprechtrompete und rief zur Mannschaft: „Männer! Admiral Williams hat angeordnet, wenn es das Wetter so wie heute zu lässt, einmal pro

Woche am Tag des Herrn einen Badetag für alle Besatzungen anzuordnen. Das dient der Reinlichkeit und Hygiene von uns allen. Wer von ihnen Schwimmen kann, darf über das Fallreep ins Meer, wer nicht, wäscht sich hier auf dem Deck. Die Lady's schwimmern auf der Steuerbordseite, alle anderen Backbords. Die aktuelle Wache achtet auf Haie. Sie wird davon in einer halben Stunde durch die nächst folgende Wache vorübergehend abgelöst. Mr. McMillan, bitte achten sie auf die Durchführung."

Das war ein Getümmel. Die Lady's, auch Clara, zogen sich in ihrer Kabine bis auf ihre Unterwäsche aus und kletterten dann gesittet ins Wasser. Die Matrosen der beiden Freiwachen waren dagegen nicht so zimperlich. Sie zogen oft nur ihr Hemd über ihren Kopf, stellten ihre Schuhe, falls sie überhaupt welche trugen, hinter die Verschanzung und sprangen Kopf über ins Meer. George war allerdings erschreckt, dass nur etwa die Hälfte der Männer ins Wasser ging. Er hatte immer gedacht, Matrosen müssten gewissermaßen automatisch schwimmen können. Dem war aber offensichtlich nicht so. Er selbst hatte es einmal von einem Kumpel in der Spree gelernt und so traute sich George auch hier das Fallreep hinunter, um sich im warmen Atlantikwasser treiben zu lassen. Die Wache war indes auf besonderem Posten und wurde im Krähennest gar verdoppelt. Nach etwa einer halben Stunde durften diese Männer das kühlende Nass genießen. Dadurch, dass der Flottenverband räumlich zusammengerückt war, passten die Hai-Wachen auch ein wenig gegenseitig auf einander auf.

Nach dem Bad zog sich der Konvoi wieder auseinander.

So schön, wie des Wetter auch war, es machte den Lebensmitteln zu schaffen. Das merkte George einige Tage später. Das letzte frische Brot und der letzte Grünkohl kam dieser Tage auf den Tisch, das letzte Frischfleisch kochte der Smut heute. Nun gab es nur noch Säckeweise Korn und in unzähligen Kisten gelagerte Pastinaken, Topinambur und Weißkohl, ansonsten Pökelfleisch, Käse und geräucherten Speck. Der Schiffszwieback lagerte für den äußersten Notfall. Wie auf den Schiffen üblich, so gestattete auch hier der Cäpt'n das Angeln der Freiwache. Wobei die Fänge jedoch in erster Linie ihm selbst, seinen Offizieren, den Lady's und den Mitshipman zur Verfügung gestellt werden mussten und erst wenn die gewissermaßen „abgefrühstückt" waren, blieb auch etwas im Essen der restlichen Mannschaft.

Das feuchtheiße Klima indes, der Wind, der zwar die Segel blähte, aber auf Deck und schon gar nicht im Schiff selbst zu spüren war, machte es, dass alles mögliche an Lebensmitteln zu schimmeln begann. Täglich waren nun Clara, George selbst und der dazu abkommandierte Joe dazu verdammt, Käse, Fleisch und Speck mit Meerwasser abzureiben und neu zu pökeln, und auch das Gemüse musste täglich auf Schimmelnester untersucht werden. Eine Rattenplage, wie auf den meisten anderen Schiffen des Verbandes, hatte man auf der Sweet Revenge bisher noch nicht, was sicher zum Teil daran lag, dass sie ja Wochen lang vollkommen ausgeräumt im Trockendock gelegen hatte.
Von nun an wurde zusätzlich zur Backschaft, die dem Smut direkt unterstellt war, auch täglich eine weitere Backschaft zum Mehl mahlen abkommandiert.
So floss das Leben friedlich dahin, auf ihrer Reise über den Ozean. Seesoldaten und Matrosen exerzierten und der Rest der Mannschaft war mehr oder weniger damit beschäftigt, Lebensmittel
zu erhalten oder zuzubereiten.

Es war etwa zehn Tage später, als überraschend, mitten in der Woche, das Signal zum „Verband dicht aufschließen", kam. Als die Schiffe, nur noch eine zehntel Meile, also in Sprechtrompetenreichweite zu einander entfernt fuhren, kam von vorn die Eagle dazu gestoßen. Der Flottenadmiral bat die Kapitäne und Schiffsärzte zum Rapport auf die Worcester.
Als die schließlich alle in dessen Kabine angelangt waren, eröffnete Admiral Allen Williams ihnen: „Die Eagle hat vor uns ein voll

getakeltes, italienisches Schiff mit der Flagge von Venedig entdeckt, aber es treibt anscheinend Steuerlos dahin, denn eine Mannschaft ist an Bord offenbar nicht auszumachen. Was halten sie davon, meine Herren?"

Hornblower meldete sich: „Also wenn ich Freibeuter wäre, würde ich mich genau so verhalten. Ich würde vorgeben, ich sei eine leichte Prise und würde mich dann Nachts unbeleuchtet in so einen Verband wie den unseren hinein sacken lassen und dann das dickste Schiff heimlich entern. … Wenn ich ein Freibeuter wäre."

Admiral Williams meinte dazu: „Cäpt'n Hornblower, wir kennen mittlerweile wohl alle in der Flotte ihr Genie, sich in den Gegner hinein zu versetzen. Und ich nehme ihre Idee auch zur Kenntnis, aber ein Pirat müsste von hier aus mindestens drei Wochen gegen den Passat ankreuzen, um sich zwischen Inseln mit seiner Beute verstecken zu können. Daher halte ich ihre Idee für bedenkenswert und interessant, aber in Anbetracht der Lage für eher unwahrscheinlich. … Ja, bitte..."

„Ich bin Doctor Robert von der Sweet Revenge ..." „Sie sind mir bekannt, Sir.", fuhr ihm Williams dazwischen. „In Ordnung, Sir, aber den meisten anderen hier Anwesenden sicher nicht. Also neuesten Forschungen zu Folge ist bisher fast jede Pestepedemie aus Florenz oder Venedig kommend über uns herein gebrochen. Ich würde mir ganz gern zu einem genaueren Urteil das Schiff einmal aus der Nähe ansehen wollen, Sir."

„Eine gute Idee, Mr. Robert. Wer hat eine weitere Idee? Cäpt'n Jacobs?"

„Ich muss Dr. Robert widersprechen. Aus der Sicht eines Cäptn's muss ich sowohl an meine, als auch an die Sicherheit dieses und aller anderen nachfolgenden Schiffsverbände denken. Ich schlage daher vor, das unbekannte Schiff, so wie es ist, einfach zu versenken, Mr. Williams, Sir."

„Gutes Argument, Jacobs. Was meinen sie da hinten. Sie sind doch der Schiffsarzt der Blackbird, wenn ich mich nicht irre..."

„Jawohl, Sir. Doctor Who mein Name. Ich muss meinem Kollegen von der Sweet Revenge beipflichten, Sir. Wir sollten den

>Fliegenden Holländer< erst einmal untersuchen, denn nur dann können wir sicher sein, dass für uns keine Gefahr besteht. ...“

So kontrovers wurde auch in der nächsten Stunde weiter argumentiert.
Die Ärzte waren allesamt der Meinung, man müsse so dicht wie möglich an das komische Schiff heran und erst einmal schauen. Es vielleicht sogar betreten. Ob man es danach versenken oder ins Schlepp nehmen sollte, könne man dann immer noch entscheiden.
Die Kapitäne, bis auf Hawkins von der Eagle, waren der Meinung, das Schiff ungesehen sofort zu versenken, da von ihm eine Gefahr für den Verband und für nachfolgende Schiffe ausgehe.
Flottenadmiral Williams und Commodore Heyes hörten sich alle Argumente an, besprachen sich dann noch einmal kurz und beschlossen schließlich, den Argumenten der Ärzte zu folgen. Die Eagle sollte mit zwei Schiffsärzten voran fahren, die gleichfalls schnelle und wendige Lydia unter Hornblower als Sicherung hinterher.
Wütend schnaubte Dr. Who: „Hätte ich doch nur nicht diesen Vorschlag gemacht.“ „Lassen sie mal, Kollege, wir zwei werden der Wissenschaft sicher einen unschätzbaren Dienst erweisen.“, grinste ihn Dr. Robert an.

So wurden die beiden auf die Eagle befördert und die setzte alles an Tuch, was sie hatte und stob durch aufschäumende Gischt davon.
Es dauerte aber den halben Vormittag, bis das unbekannte Schiff mit der Venezianischen Flagge in Sicht kam.

Cäpt'n Hawkins, die Ärzte, sowie sein erster und zweiter Offizier, Johnny Rotten und Danny Laine diskutierten eifrig.
„Ist ja komisch.“, sagte Laine, „Das Ding macht volle Fahrt, aber ich sehe mit meinem Feldstecher niemanden am Ruder.“
„Ausguck im Krähennest! Was sehen sie von da oben?“, bläkte Rotten.
Von dort kam ein: „Kann noch nichts erkennen, Sir, kommt mir so

vor, als hätten die ihre Segel bis ganz auf das Deck herunter gelassen. Wir müssen noch viel, viel näher ran, Sir, damit ich mehr sehe, Sir!"

„Was meinen denn unsere beiden Ärzte?", fragte Hawkins und Dr. Who antwortete: „Es gibt ja dieses Gerücht von dem Fliegenden Holländer, einem unbemannten und verfluchten Schiff, das ums Kap der Guten Hoffnung herum angeblich immer mal gesehen wird. Soll sich um 'n Geisterschiff handeln. Aber Sir, ich glaube nicht an Geister."

„Meine Herren, schauen wir mal gemeinsam durch unsere Fernrohre und ordnen wir den Typ ein.", schlug Rotten vor. Gesagt, getan, alle fünf stellten sich am Bug der Eagle auf und diskutierten eifrig, einander ins Wort fallend, weiter.

„...italienischer Schiffstyp...", „...heißt >Santa-Maria-Luciene-Antoinette< ... das klingt doch eher spanisch ..." „... genauer gesagt, venezianischer Typ ...." „... aber die Beseglung eher von 'nem Genuesen oder Araber ...." „ .... was machen die hier draußen? ... hier ist doch nichts ...." „...entweder haben die einen verdammt schlechten Steuermann, oder die pennen alle ..." „...oder da ist wirklich niemand an Bord ..." „... ja, jetzt sehe ich sie auch, die flatternden Segel. ...." „Hilft alles nichts, wir müssen da näher ran ..."

„Steuermann!", bläkte Hawkins mit seiner Sprechtrompete nach hinten, „Gehen sie mal auf gleiche Höhe mit dem Kahn da vor uns und dabei dann von der Luv-Seite aus ran, um dem den Wind aus den Segeln zu nehmen. Ruhig bis auf zehn Fuß dicht! Aber passen sie auf, dass sich dabei dann unsere Masten nicht in deren Kledage verheddern!"

Zoll für Zoll schob sich die Eagle näher an das fremde Schiff heran. Als sie an einem bestimmten Punkt schräg hinter ihm waren, nahmen ihre Segel dem fremden Schiff den Wind. Das war die Luv-Seite. Nun musste es auf der Eagle ganz schnell gehen, denn das ander Schiffe verlor nun an Fahrt. Holten sie ihre Segel ein, nahm das

andere Schiff wieder Fahrt auf. Steuermann und Matrosen versuchten ein fragiles Gleichgewicht aus gesetzten und eingeholten Segeln so lang wie möglich zu halten. Das schafften sie aber auf Dauer nicht. Und noch immer war relativ wenig zu erkennen. Dr. Robert entschied sich deshalb, auf die Verschanzung der Eagle zu klettern, um besser sehen zu können. Jedoch nicht ohne sich von zwei Männern und einem Seil sichern zu lassen.
Aber der erste Hinweis kam aus dem Krähennest: „Da liegen zwei!"

Es half nichts. Sie mussten noch dichter heran. Zwanzig Fuß, fünfzehn Fuß, zehn Fuß … Nur eine einzige kleine Windböe und sie hingen mit ihren Masten in der Takelage des fremden Schiffes fest! Aber der Passatwind blies kontinuierlich.
Die beiden Doktoren kletterten jetzt von der Verschanzung aus so gar noch ein paar Handbreit die Wanten hinauf.
„Sehen sie das auch, Herr Kollege?", fragte Dr. Who. Dr. Robert nickte und brüllte zum Deck hinunter: „Das Ruder dort drüben ist durch Seile festgezurrt und an ihm hat sich ein Mann noch ein Mann an seinem Gürtel angeschnallt...." Auf einmal bekam Dr. Robert einen fast schon gehetzten Blick. Dr. Who stieß ihm mit dem Ellenbogen in die Seiten und sagte leise flüsternd zu ihm: „Wenn es das ist, was ich glaube zu sehen, was es ist, müssen wir hier sofort weg!"
Mit panikartig überschnappender Stimme schrie Dr.Robert nach achtern zum Steuermann:
„Fünfzig Yard Abstand mindestens! Schnell, Mann, sonst sind wir alle verloren!"
Hastig reagierte der Angesprochene.
Die beiden Doktoren sprangen auf das Deck und berichteten dann beide, einer dem anderen ins Wort fallend: „ … dort drüben..." „... mindestens zehn Mann auf Deck ..." „... alle Tod ..." „ …. dicke, gelbe Eiterbeulen an ihren Körpern ..." „ …. vermutlich erst zwei Tage tot ..." „... ist garantiert die Beulenpest...." „ ….sofort auf Abstand ...." „ … Schiff so schnell es geht versenken..."

Hawkins reagierte und leitete sofort eine Wende ein. Nach einer Stunde erreichten sie die Lydia und informierten diese über ihren Fund. Während die Eagle sich dem Totenschiff wieder an die Fersen heftete, fuhr die Lydia dem Konvoi entgegen und unterrichtete den Flottenadmiral.

Während dessen hatte sich die Eagle wieder bis auf 50 Yards dem fremden Schiff genähert. Versenken konnten sie es mit ihrem kleinen Schiff nicht. Die Eagle war auf Schnelligkeit und nicht auf Kampfkraft ausgelegt. Ihre Kanonen wurden mit Hagelgeschossen bestückt und damit zerfetzten sie die Segel und Takellage des fremden Schiffes, wodurch es merklich langsamer wurde.

Erst am frühen Abend kam der komplette Flottenverband in Sicht. Admiral Williams hatte entschieden. Das fremde Schiff als Zielscheibe zu benutzen. Ein Schiff nach dem anderen passierte es und gab jeweils eine Breitseite darauf ab. Als es schließlich sank, salutierten die Männer.

Die Flotte nahm danach wieder Fahrt auf, das Leben ging geregelt weiter. Faszinierend war, dass man sich mit der Zeit ganz allein und unbedeutend vorkam. Es existierte nichts weiter, als der riesige Ozean, das eigene und die beiden nächsten anderen Schiffe, von denen man meist nicht viel mehr als eine Mastspitze am Horizont sah.

Jeweils morgens um neun und mittags um eins, also zwei Glasen am Vor- und am Mittag wurde exerziert, die andere Zeit über wurden die Männer mit Deck schrubben und Segel flicken beschäftigt.

Etwa zwei Wochen später und ziemlich in der Mitte des Atlantik merkte es der Ausguck im Krähennest als erster, kurze Zeit später dann auch der Steuermann. Es wurde drückender, heißer und der Wind schlief allmählich ein.

Zuerst flatterten die oberen Segel an den Masten in immer schwächer werdenden Windböen. Bald hingen sie nur noch schlapp und mussten von den Matrosen nachgespannt werden, dann flatterten die darunter

liegenden Segel.
Der Steuermann hatte schon beim ersten Anzeichen den Kapitän informiert.
Bis zum Abend schlief der Wind schließlich gänzlich ein.

Der Admiral versuchte, den Verband wieder zusammen zu ziehen. Die Ruderboote wurden zu Wasser gelassen und mit Seilen an ihren jeweiligen Schiffen vertäut. Für die Wachen hieß es: eine Stunde Rudern, eine Stunde Pause.

Es schien so, als sei das ganze Leben auf dem Ozean erstorben. Es war eigentlich zu heiß, um sich körperlich zu betätigen. Dem armen George verdarben die Lebensmittel quasi unter der Hand und so wies er bald an, den Männern vorüber gehend doppelte Portionen beim Essen auszugeben.
Trotzdem aber die Männer so weit es ging durch das Rudern ausgepowert wurden, machte sich dann nach ein paar Tagen doch eine gewisse Gereiztheit breit. Die Männer nörgelten mit sich und ihren Kameraden herum, sonst Hand in Hand arbeitende Backschafften waren sich plötzlich Spinne feind und selbst die Ladys keiften plötzlich miteinander herum.

Als es schließlich zu einem ersten Fall von Befehlsverweigerung kam, ließ Cäpt'n Collicos den ersten Mann mit der neunschwänzigen Katze auspeitschen.

Gut zwei Wochen dauerte diese erste Windstille, der sich bald darauf eine kleine, kürzere anschloss, dann blies der Passat wieder ordentlich.
Der Schimmel breitete sich unter den Lebensmitteln immer häufiger aus. Selbst Claras Getreidesäcke schienen bald nicht mehr sicher.

Dann ging plötzlich alles ganz schnell. Der Signalgast der Blackbird, die ganz am Ende des Verbandes fuhr, meldete dunkle Wolken von achtern. Da waren die auch schon über ihnen. Alles im und auf dem

Schiff wurde fest vertäut, die Passagiere und alle, die nicht unbedingt auf dem Deck sein mussten, wurden nach unten gebracht. An der Verschanzung wurden die „Leichenfänger" gespannt. Claras Hühner wurden in ihren Käfigen nach unten in den Laderaum gebracht, ihre Schweine oben im Koben wurden mit ihren Oberkörpern an Seilen gefesselt, damit sie nicht über Bord gingen. Sie quitschten anfangs erbarmungswürdig, wurden aber mit zunehmender Windstärke immer ruhiger. Bei geschlossenen Luken wurde es unter Deck bald unerträglich stickig. George bot sich an, in eine Wache eingeteilt zu werden, um den Mann am Ruder zu unterstützen. Der 1.Offizier McMillan gewährte ihm den Wunsch. So hatte George das Gefühl, wenigstens ein bischen was in ihrer Lage tun zu können. Unter Deck gab es dagegen für ihn nichts zu tun. Der Smut gab als Verpflegung nur Schiffszwieback und schimmligen Dörrfisch aus, bei dem man jede Menge Wasser nachtrinken musste.

Bevor George zum ersten mal auf Deck zu seiner Wache ging, hatte er sich von den Matrosen seiner befreundeten Backschaft noch Ratschläge eingeholt, an die er sich jetzt hielt. Als er gemeinsam mit dem regulären Rudergänger Namens Pete die Luke zum Oberdeck öffnete, war es von der Luft her im ersten Moment erleichternd. Im zweiten Moment aber spühlte ihn ein Wasserschwall wieder fast die Stufen der Treppe hinunter. Mühsam hangelten er und Pete sich an Seilen entlang bis zum Steuerrad. Als sie dort angekommen waren, sicherten sie sich zuerst durch Leinen, bevor sie die ordentliche Übergabe mit Wiederholung des Kurses durchführten. Bis auf ein Sturmsegel waren alle anderen gerefft. Das Krähennest war bei dieser Witterung nicht besetzt. Dafür waren die Männer auf Deck angeleint. Zwei Mann vorn am Bugsprit, die anderen der Wache verteilten sich und warteten auf Befehle oder dass etwas geschah. Man musste bei einem Orkan wie diesem immer wieder mit splitternden Masten oder sich zerfetztenden Segeln rechnen. Und da geschah es auch schon. Eines der Beiboote hatte sich etwas gelöst und schwang nun hin und her, wobei der Kiel den Kopf eines danebenstehenden Matrosen wirklich nur um Haaresbreite verfehlte.

106

Auch ohne Befehl vom Diensthabenden vertäuten die Männer das schlagende Boot sofort wieder. Auch unter Deck bestand die Gefahr, dass sich beispielsweise mal eine Kanone aus ihrer Verankerung löste und auf der Lafette quer durch den Raum jagte. Auch da waren dann mutige Männer gefragt, die Schlimmeres verhinderten.

Es dauerte eine Weile, bis George am Ruder die innere Ruhe fand, die er sich hier draußen erhofft hatte. Eine Unterhaltung mit Pete wäre bei dem Lärm eh nicht möglich gewesen. Nun nahm er auch seine Umwelt wahr. Regen und Wind schienen aus allen Richtungen gleichzeitig zu kommen. Es war aber kein kühler Regen, sondern er war angenehm warm. Die Gischt schäumte um sie herum. Immer und immer wieder schossen Brecher über die Verschanzung bis aufs Achterdeck hinauf und machten das Atmen schwer. Und schon wieder schoss eine Wasserfontäne auf sie zu. George hatte Schwierigkeiten, sich auf den Beinen zu halten und klammerte sich schließlich fest ins Ruder. Pete schrie ihn an: „LASS LOS! EY DU IDIOT, LASS DAS RUDER LOS, DIR GESCHIEHT HIER SCHON NIX! BIST JA FEST GEBUNDEN! HÄHÄ!" George besann sich und versuchte locker zu bleiben, was ihm aber nicht wirklich gelang.

Zum Glück hatte Cäpt'n Collicos angewiesen, die Wachen bei diesem Sauwetter auf zwei Stunden zu verkürzen.

Als George nach diesen zwei Stunden abgelöst wurde, fühlte er sich wie gerädert. Als er aber unter Deck ging, verschlug es ihm dort fast den Atem wegen der stickigen Hitze und üblen Gerüche. Seinen ihm zustehenden Schiffszwieback und seinen Dörrfisch nahm er sich mit in seine Hängematte, versuchte daran auch etwas herum zu knabbern, schlief aber sofort ein. Er kam sich vor, als sei er gerade erst eingenickt, als er bereits wieder zu seiner Freiwache geweckt wurde. Im Laderaum erwarteten ihn Clara und der Smut, um mit ihm abzusprechen, welche Kisten an Zwieback, Dörrfisch und Trockenfleisch als nächstes ausgeben sollte. Kaum war dies erledigt, stand George bereits wieder am Ruder auf Deck.

Der Sturm dauerte knapp drei Tage und endete bei ruhiger See in einem durchnässenden Landregen. Alles, was man an leeren Fässern aufbieten konnte, wurde dabei auf Deck geschafft, um sich so mit Frischwasser zu versorgen. Das auf den Kanaren gebunkerte konnte man derzeit nur noch mit einem gehörigen Schuss Rum genießen. Vom Rest ihres Schiffsverbandes war indes leider weit und breit keine Spur zu sehen. Wie in diesem Falle vorgesehen, schlugen sie einen Kurs zum neutralen Trinidad ein. Es dauerte noch ein paar Tage, bis die Mitshipman mit dem Sextaten wieder eine halbwegs korrekte Positionsbestimmung machen konnten. Der Sturm hatte sie sehr weit nach Süden getrieben, so weit, dass das Land, dass sie ein paar Tage später sahen, von Cäpt'n Collicos als in Guyana in Südamerika erkannt wurde.

Meeresströmungen und der noch immer von Afrika her wehende Passatwind halfen ihnen, in den nächsten Tagen bis zum neutralen Trinidad zu segeln, wo sie den Hafen von Port of Spain anliefen.

Bis dahin hatte man auf der Sweet Revenge Taue ausgetauscht und zum Teil neue Segel angeschlagen. Im Hafen von Port of Spain erwartete sie die Eagel. Man legte die Schiffe an der Mole auf Ankerplätze direkt neben einander. Cäpt'n Hawkins konnte berichten, dass sie mit ihrer schnellen Eagle dem Sturm fast davon gelaufen wären, er sie aber dennoch kurz vor Tobago dennoch erwischt hätte und letztendlich im Hafen von Scarborough Schutz gesucht hätten. Bereits seit einer Wocher seien sie bereits hier auf Trinidad.

Am Abend dieses Tages lief die Blackbird mit reichlich zerfetzten Segeln in den Hafen ein und innerhalb der nächsten Woche erschien ein Schiff ihres Verbandes nach dem anderen, alle ähnlich gerupft, wie die Sweet Revenge. Nur die Queen Anne blieb verschollen. Auf den Schiffen wurde derweil viel gehandwerkelt. Auch musste Proviant und Wasser ergänzt werden. Als nach einer weiteren Woche die Queen Anne noch immer nicht aufgetaucht war, verließ der Verband schließlich Trinidad und fuhr zu seinem nächsten Ziel, nach

Grenada. Was für George die Reise interessant machte, fast ständig kam neues Land in Sicht, war für die Mannschaft eine elende Schinderei, und manch einer von den Männern wünschte sich das eine oder andere mal eine schöne Flaute vom Atlantik zurück.
Hier in diesen Gewässern musste man sehr genau navigieren. Teils kaum kartographierte Unterwasserriffe, winzige Inselchen, nach jedem neuen Sturm wechselnde Sandbänke machten das Fahren recht anspruchsvoll. Im Krähennest und am Bug wurden teilweise doppelte Wachen aufgestellt, die dem Steuermann jede Farbänderung des Meeres sofort zu melden hatten. Der Verband ankerte meist auch Nachts vor irgendeiner der vielen Inseln, damit in der Dunkelheit auch ja kein Schiff auf ein Riff auflief.

Nach Barbados machten sie sich auf den Weg nach St.Kitts & Nevis. Es war in dcr Nähe des französischen Guadeloupe, südlich der nahe von ihr gelegenen Insel Marie-Galante, als sie am späten Nachmittag eines Tages plötzlich von hinter dieser Insel Geschützdonner wahr nahmen.

Sofort ließ Flottenadmiral Williams den Verband in Schlachtformation um die Insel herum laufen. Was sie dann sahen war, wie noch vor ihren Augen eine französisch beflaggte Brigantine mit zerfetzten Segeln sank und sich eine Zweimastbark mit dem Jolly Roger am Mast eiligst davon machte. Die Eagle gab Signal, den Piraten nicht entkommen zu lassen.
Die Blackbird und die Sweet Revengc wurden mit der Bergung von Material und der Schiffbrüchigen beauftragt, der Rest der Flotte nahm unter der Leitung der Lydia die Verfolgung auf.

Am Unglücksort fischte man als erstes die fremden Matrosen aus dem Wasser, die sich vielfach und wortreich bedankten. Leider verstand George nicht ein Wort französisch. Und damit war er nicht allein. Aber Lady Shirley konnte es und so musste sie für die Leute übersetzen.

Auch barg man noch das eine oder andere Gut, wie z.B. Seekisten und Teile der Ladung wie Rum. Die Zuckersäcke hingegen waren hinüber.

Es dämmerte bereits, als sie vom Signalgast der Blackbird verständigt wurden, bei dieser Längsseits zu kommen.
Dort unterhielten sich die beiden Kapitäne und schließlich sah man Collicos nicken. Der schickte nach zu George.
„Mr. Hungerlund, wie geht es denn der Frauen auf unserem Schiff?“, fragte Collicos.
„Sir, hervorragend, Sir. Und was mich besonders freut, Sir, ist, dass die Mannschaft wohl in den Frauen keine Gefahr für das Schiff sieht, Sir.“, antwortete George.
„In Ordnung, Mr. Hungerlund. Dann schaffen sie mal Platz für eine weitere Frau bei uns. Ich nehme an, die Kabine der Lady's Summerfield ist bereits voll. Außerdem ist es für die beiden Ladys sicher nicht tragbar, mit einer weiteren Magd ihre Kabine teilen zu müssen. Also überlegen sie sich etwas, Mr. Hungerlund. In etwa zehn Minuten haben sie eine Unterkunft für die beiden Mägde. Wegtreten.“ „Sir, jawohl, Sir!“

Oh mein Gott, dachte George und griff sich Joe. Während George mit zwei Sätzen Mr. McMillan und Mr. Pomroy informierte, hatte sich Joe schon geteertes Tuch vom Segelmacher geben lassen. Mit Unterstützung des 1.Offiziers teilten darauf hin Joe und George einen weiteren Teil des Unterdecks mit diesem Tuch ab. Clara wurde anschließend von Mr. McMillan angewiesen, ihren Schlafplatz genau dort hin zu verlegen und eine weitere Hängematte für eine Frau herzurichten.
Alles nicht ganz unriskant, wie auch Mr. Pomroy feststellte, die Frauen so nah bei der Mannschaft schlafen zu lassen, aber immerhin war deren neues Quartier direkt neben dem der Mitshipman. Es konnte also nichts passieren. Das geteerte Segeltuch verbarg auch alles, was man hätte einsehen können.
Als der erste der Mannschaft allerdings süffisant lächelte und eine

Bemerkung zur Nähe der Frauen auf ihrem Deck machte, wurde er schon durch einen kräftigen Fausthieb von Mr. Pomroy ruhig gestellt. Weitere Vorfälle dieser Art gab es vorerst nicht.

Das alles ging so schnell, dass George wirklich genau zu dem Zeitpunkt wieder auf dem Oberdeck ankam, als eine wild um sich schlagende Schönheit mit langem, schwarzem, lockigem Haar zu ihnen mit dem Ladebaum übergesetzt wurde.
George hörte noch die Bemerkung „... kratzbürstige Froschfresserin ....“ von einem Matrosen der Blackbird, dann war die Frau in ihren zerrissenen Kleidern auf der Sweet Revenge. George ließ nach Lady Shirley schicken, die auch unverzüglich erschien.

„Puh, … ihr seid alles keine Gentleman! ..Weg mit euren Fingern von mir!“, fluchte die junge Frau mit einem hinreißend entzückenden französischen Akzent. Nachdem sie schließlich auf ihrem Deck angelangt war, wo George sie in Empfang nahm, ging es gemeinsam mit Lady Shirley zu Cäpt'n Collicos aufs Achterdeck, der nun die junge Frau ausfragte. Man bekam heraus, dass die wilde Schönheit mit ihren vor Temperament sprühenden Glutaugen Sabine Lecriox heiße, Magd im Haushalt eines Monsieur Sauvignon sei und dass man ihren Herren samt seiner Frau und den beiden Kindern soeben von der Brigantine Fléche Agile mit all ihrer Habe geraubt habe. Monsieur Sauvignon sei ein französischer Edelmann, der sich auf seinem privaten Schiff, der Fléche Agile, mit seinem Gefolge auf dem Weg von Rouen nach Québec befunden habe, um dort die Zentralstelle einer Handelscompagnie zu übernehmen. Sie seien schon am frühen Morgen, bei noch aufsteigendem Nebel, von den Piraten angegriffen worden. Der Pirat habe die Familie gezielt von der Fléche Agile geraubt und sich auch deren Hab und Gut angeeignet. Die Besatzung des Schiffes habe gegen die Piraten tapfer gekämpft, diese hätten sie ja aber dennoch versenkt. Und wenn nicht der britische Flottenverband aufgetaucht wäre, hätten die Piraten vermutlich auch alle Überlebenden noch getötet. Cäpt'n Collicos bat daraufhin George und Miss Shirley sich mit Clara der Dame anzunehmen, bis man in Philadelphia anlege. Dort werde man dann weitersehen.

Es dunkelte bereits, als die Lydia mit den anderen Schiffen wieder an den Unglücksort zurück kam. Das Piratenschiff habe man leider nicht eingeholt. Westlich von hier lägen ein dutzend kleinerer Inseln, zwischen denen es sich verborgen haben müsste, aber weil man keine genauen Karten habe, auf denen Untiefen und mögliche Riffe eingezeichnet waren, habe man schließlich die Verfolgung abbrechen müssen.

Der Verband ankerte auch hier über Nacht.

Als George sich kurz vor dem zu Bett gehen sich noch einen Grog aus der Messe holte, hörte er, wie dort die Offiziere und Cäpt'n Collicos darüber mutmaßten, dass dieser Piratenangriff möglicher Weise mutwillig und gezielt geschehen sein könnte

Als der Schiffsverband am nächsten Morgen wieder Fahrt aufnahm, befragte Collicos Madame Lecroix noch einmal. Dabei kam heraus, dass bei ihrem letzten Anlegen auf der Insel St. Vincent einer ihrer Matrosen ohne Genehmigung von Bord gegangen und nie mehr aufgetaucht sei. Das bestärkte die Vermutung von Cäpt'n Collicos, dass die Fléche Agile Opfer eines Komplotts geworden sei.

Mit Hilfe des Signalgast tauschte Collicos seine Informationen mit den anderen Kapitänen der Flotte aus und so rundete sich das Bild.

Da der Piratenangriff sich jedoch in französischen und nicht in britischen Gewässer abgespielt hatte, sah Admiral Williams keinen Grund, dem mehr Aufmerksamkeit als irgend nötig zu schenken.

Der Flottenverband hielt wieder Kurs auf St. Kitts und einige Tage später auf die britischen Jungferninseln.

An Hispanola und Kuba fuhren sie nur vorbei. Madame Lecroix verbesserte ihr englisch in diesen Tagen stetig. Sie half auch, sehr zu dessen Freude, dem Smut. Allerdings hatte die Madame eine sehr komische Angewohnheit, denn sie aß weder Fleisch noch Fisch und auch den Schiffszwieback verschmähte sie, wegen der darin enthaltenen Maden.

Dann kamen die Bahamas in Sicht und in Nassau ankerte die Flotte zwei volle Tage. Von dort an ging es nordwärts an der amerikanischen Ostküste entlang.

XV. Philadelphia

Trotzdem es schon Anfang September war, war es noch immer relativ heiß. Der Flottenverband bewegte sich am spanisch besetzten Florida vorbei, vom Golfstrom geschoben. Charlston in South-Carolina war ihr nächstes Ziel. Danach Norfolk in Virginia. Hier hätte eigentlich Zahlmeister Summerfield mit seinen Ladys die Sweet Revenge verlassen können, allein, er hatte einen Vertrag mit der Navy, dass er bis Philadelphia blieb. Er hatte nun die Wahl, seine beiden Damen in dem räudigen Hafennest, das Norfolk damals darstellte, allein und auf seine Rückkehr warten zu lassen oder ab Philadelphia mit ihnen gemeinsam zu reisen. Er entschied sich für letzteres.

Über die Chesapeake Bay ging es bis nach Baltimore, einer gerade mal vor gut zwanzig Jahren gegründeten und jetzt aufblühenden Hafenstadt. Von dort fuhren sie einen Tag später über die Chesapeake Bay, erneut an Norfolk vorbei wieder hinaus auf den Atlantik, in die Delaware Bay hinein und den Delaware River immer weiter hinauf.
Das Ufer rückte immer näher und George merkte erst jetzt, wie frei und unbekümmert er sich auf dem Meer gefühlt hatte.
Schließlich kam das Ziel ihrer Reise, Philadelphia, in Sicht. George, der ja aus einer Großstadt mit mehr als einhunderttausend Einwohnern kam, war ein wenig enttäuscht. Er hatte etwas riesiges erwartet. Statt dessen legten sie am Holzpier eines kleinen Drecknestes mit kaum fünftausend Einwohnern an. Die Hauptstraße des Ortes war nur durch etwas Reisig befestigt. Die Häuser fast ausnahmslos aus Holz gezimmert. Aber der Ort hatte eine Garnison und diesen Hafen hier, der sogar ein eigenes Trockendock beherbergte. Es wurde Zeit, Abschied zu nehmen. Nach gut siebzig Tagen fast ununterbrochen auf See, war es nun für George

notwendig, wieder „Landbeine" zu bekommen. Er wusste selber nicht, wie es weitergehen sollte und was ihn erwartete und er hatte deshalb seine weiteren Entscheidungen immer wieder vor sich her geschoben.

Die Eagle, als Vorhut des Flottenverbandes, war mit Major Heyes paar Tage vor ihnen in Philadelphia angekommen und so waren einige wenige Dinge vorbereitet, als die Sweet Revenge am Pier anlandete.

***

Ab Nassau war die Eagle die Nächte über durch und dem Verband voran gefahren. Cäpt'n Hawkins kannte die Gewässer östlich der dreizchn Kolonien wie seine Westentasche. Er war einer der Neusiedler in Pennsylvania und hatte eine Frau und vier Kinder in einem kleinen Ort am Delaware, der kaum den Namen „Siedlung" verdiente. Vier Farmen und eine Kirche, durchzogen von einem Schlammpfad, das war Chester.
Wie der nachfolgende Schiffsverband, so fuhr auch die Eagle Charlston, Norfolk und Baltimore an, um danach Philadelphia über den Konvoi unter der Leitung der Worcester zu informieren.
In Höhe von Chester setzte Hawkins eine zusätzliche weiße Flagge am hinteren Mast, um seine Familie über sein baldiges Zurückkommen zu unterrichten.

Die Schiffsformalitäten im Hafen von Philadelphia gestalteten sich relativ einfach. Der Hafenmeister, Ron Wood, war zuvorkommend. Bisher kannte er seinen, nun ehemaligen Amtskollegen nur von Schriftstücken und aus den Erzählungen der Kapitäne, die zwischen Plymouth und Philadelphia regelmäßig hin und her pendelten.

„Da sind sie ja schon, Major Heyes!", begrüßte er ihn. „Ich habe sie hier frühestens in drei Wochen erwartet."
Heyes erzählte von der „wunderbaren Gelegenheit" die sich ihm mit

der Eagle geboten hatte.

„Tja, Heyes, da muss wohl das Postschiff aus London eher als sie aus Plymouth abgefahren sein.“

„Das kann gut möglich sein, Mr. Wood.“, sagte Heyes und fuhr fort: „Ich habe zwar einen wunderbaren Stellungsbefehl hier“, er zeigte Ron Wood das Schreiben, das er bei sich trug, „weiß aber bei Gott nicht, wie ich dort hin gelangen könnte.“

„Oh!“, sagte Mr. Wood, „An einen Zufluss des Ohio geht es.“

Heyes sah ihn an. „Wenn sie das so sagen…..“

„Also Major Heyes, da müssen sie über die Alleghannys in den Appalachen.“

„Mh.“, brummte Heyes unbestimmt.

Wood weiter: „Sir, sie haben ein Problem? … oder gleich zwei?“

„Ich bin hier unerwünscht und die Admiralität verfügt mein unverzügliches Erscheinen in London?“, scherzte Heyes.

„Kommt nah ran.“, sagte Wood, „Aber warum gehen wir nicht gemeinsam zur Garnison der British Army. Dort kann man ihnen das viel besser erklären. Haben sie schon eine Unterkunft, hier in der Stadt? Ich Dummerle, natürlich nicht.“

„Ich bin auch nicht allein, Mr. Wood. Mit dem Flottenverband kommen noch ein paar Bekannte von mir aus Preußen mit all ihrem Viechzeugs mit, die hier in Pennsylvania siedeln wollen und denen ich aus persönlichen Gründen, ich liebe das Sauerkraut, dass sie herstellen, hier auf die Füße helfen möchte.“

„Ja, Major, da habe ich schon eine Idee. Da gibt es die Pension von Ike Godsay am nördlichen Rand der Stadt, der sie wohl unterbringen kann. Wenn sie wünschen, kann ich meinen Burschen schicken. Und heute zum Abendessen gehen wir gemeinsam zur Garnison, um uns mit Lord Knud zu unterhalten. Was halten sie davon?“

Heyes willigte ein und verschwand wieder auf die Eagle. Eine halbe Stunde später war Ron Woods Bursche da, erklärte ihm, dass Mr. Goodsay zwei saubere Zimmer und einen Schweinekoben für ihn und seinen Troß bereit halte und bat um das Gepäck vom Major.

Als Heyes sich mit Unterstützung von zwei Mann der Besatzung der
Eagle bei Godsays eingerichtet hatte, machte er sich auf den Weg zu
Ron Wood und mit ihm dann zusammen zu Lord Knud.
Die Garnison lag gleich hinter dem Hafen an einem mit Knüppeln
befestigten Damm und war nicht viel mehr, als eine Holzbaracke, die
als Kaserne diente und dem Offiziershaus.

Von Lord Knud wurden sie freundlich empfangen.
Beim Essen plauderten sie über belanglose Dinge wie das Wetter,
Heyes erzählte den neuesten Tratsch aus der Admiralität und Lord
Knud ließ ein paar Anekdoten über den Alltag hier in der Neuen Welt
von sich hören.
Als sie schließlich getafelt hatten und sich im Raucherraum zu einer
guten Zigarre zurück zogen, kam Lord Knud auf das eigentliche
Thema ihres Beisammenseins zurück.

Er erklärte: „Major Heyes, das Fort am Beavercreek, direkt an der
Einmündung desselben in den Ohio, in das sie laut ihrem Schreiben
versetzt sind, ist noch nicht fertig. Genauer gesagt wurde mit seinem
Bau noch nicht einmal begonnen, denn es soll auf Indianerland und
schon in einem Territorium entstehen, auf das, außer die Indianer,
auch noch die Franzosen Ansprüche erheben. Es sollte als Vorposten
eigentlich schon in diesem Frühjahr entstehen, aber wegen eines
sehr, sehr harten Winters und einer sich daraus ergebenden starken
Schneeschmelze, war das geplante Baugebiet zu sumpfig. Die
Britisch Army will es nun im nächsten Frühjahr errichten. Wenn sie
wollen, können sie den Bau dann gern selbst leiten und sich quasi ihr
Fort nach ihren Vorstellungen zusammenschustern lassen, so lange
alles im finanziellen Rahmen bleibt.“
„Aber verehrter Lord, dann hat man ja in London vollkommen
falsche Informationen!“, warf Heyes entrüstet ein.
„Das ist sicher wahr, mein lieber Major, aber wir sind hier weit ab
vom Schuss. Und in London weiß man wirklich nicht von allem, was
hier geschieht. Das Geld für ihr Fort lagert hier bei uns in
Philadelphia! Aber, lieber Major, uns fehlt in Bedford für diesen

Winter noch ein zweiter, fähiger Commander."

Heyes antwortete: „Meinen sie, ich sollte zuerst den Posten in Bedford annehmen?"

Der Lord sagte darauf: „Das würde ich ihnen raten. Anderen Falls würde die British Army sie nicht angemessen bezahlen können, oder besser gesagt, gar nicht bezahlen können."

„Verehrter Lord, als zweiter Mann will ich nicht wirklich nach Bedford, weil ich die Gefahr sehe, dann dort bleiben zu müssen. Was halten sie davon, wenn sie hier nun schon den kompletten Sold für ein ganzes Fort einsparen, wenn ich gewissermaßen mit einer kleinen Vorhut für das Fort am Beavercreek, unter meinem eigenen Kommando in Bedford, Quartier beziehe und von dort aus den Bau des neuen Forts überwache? Den bisherigen Kommandanten aus Bedord können sie doch sicher zu den Seesoldaten abkommandieren, oder?"

„Major Heyes, darüber können wir gerne reden. Vielleicht mögen sie mir ja in Zukunft direkt regelmäßig einen Boten kommen lassen, der mir hier die richtigen Informationen von der Grenze übermittelt."

„Mh.", Heyes ließ seinen Kopf ein wenig hin und her schwanken, als er überlegte. „Wenn sie mir einen zuverlässigen Kurier schicken, der einmal in der Woche diesen Weg unternimmt, gern. Aber, sagen sie, ich habe die Erfahrung gemacht, dass man die besten Informationen in Kaufmannsläden und Schänken bekommt. Ich bin ja schon immer der Meinung gewesen, dass der Handel der beste Friedensstifter ist. Wie sieht es da aus? In dem Flottenverband der Worcester reist ein sehr fähiger und ambitionierter Kaufmann aus Preußen mit seiner Frau mit, der sicher auch erstklassiges deutsches Bier brauen kann und dem ich vertraue. Könnte ich den dort hin an den Beavercreek mitnehmen, wäre mir sehr geholfen. Den Winter über müsste ich den sicher privat durchfüttern, aber bis zum Frühjahr hat er vermutlich bereits seine eigenen Kontakte geknüpft und kann dann für die Army recht wertvoll sein. Wie siehts aus, verehrter Lord?"

Der sah ihn von der Seite mit einem schelmischen Grinsen um die Mundwinkel herum an, blies genüsslich zwei Rauchwolken in die

Stube und sagte dann: „Heyes, wenn sie mal eines Tages aus der Army ausscheiden, sollten sie unbedingt Pferdehändler werden. Ihnen würde ich einen Gaul sogar noch direkt auf dem Weg zum Schlachter abkaufen. Ich gebe ihnen fünf … ähm … nein, zehn Soldaten, wenn sie mir dafür Lieutenant Miller mit seiner ewig keifenden Frau hier abnehmen. Er ist ein kleiner Emporkömmling, wie sie sicher schnell merken werden und steht total unter dem Pantoffel von seiner Ehefrau Mrs. Miller. Um eigene Waldläufer müssten sie sich dann aber vor Ort selbst kümmern. Und ich möchte einmal im Jahr ein Faß ihres hoch gelobten Sauerkrauts bekommen. Also wenn wir uns darauf einigen können, machen wir den Deal.“

„Lord Kund, mir scheint, sie sind ein Ehrenmann. Ich schlage ein.“, antwortete Heyes.

Der ließ nun seinen Schreiber aus der nächsten Schenke holen und ließ ihre mündliche Vereinbarung noch schnell schriftlich fixieren, damit alles seine Ordnung hatte.

Demnach übernahm Major Heyes in Bedford ab seiner Ankunft dort für ein gutes halbes Jahr das volle Kommando und durfte sich außerdem seinen eigenen Krämer mitnehmen. Im Gegenzug dafür musste er Sorge Tragen, dass dann im Frühjahr mit dem Bau des Forts am Biberfluss begonnen werden konnte.

Heyes war stand schon in der Tür, bereit nach dem hervorragenden Essen und den guten Verhandlungen auf sein Zimmer bei Ike Godsay zum gehen, als dem Lord noch etwas einfiel.

„Sagen sie, Major, wenn ihr Kaufmann aus dem schönen Preußen kommt, dann kann der sicherlich auch gut mit einem Gewehr umgehen. … oder?“

„Gut, dass sie das erwähnen, verehrter Lord. Dem ist mitnichten so. Wenn ich das richtig verstanden habe, dürfen die normalen Bürger dort in den deutschen Landen keine eigenen Waffen, außer einem Dolch, bei sich tragen. Und das dürfen nur die freien Bürger der Städte. Die Bauern dürfen überhaupt keine Waffen tragen. Sie kämen sonst wohl auf die Idee, in den Wäldern zu wildern. So jedenfalls hat mir das ein alter Freund von einem Lastkahn, der uns in Plymouth immer von Hamburg kommend aus belieferte, mal erklärt. Nein, verehrter Lord, der Kaufmann kann ganz bestimmt nicht mit einer Flinte umgehen.“

„Dann schicken sie ihn, mit einem persönlichen Schreiben von sich, wenn er hier eingetroffen ist, zu mir. Und ich will zusehen, ob wir ihm hier nicht das Schießhandwerk schnell beibringen können. An der Grenze muss man das schließlich können, nicht wahr, Mister Wood?“ Und der Angesprochene nickte und sagte: „Ich wüsste hier in Philadelphia auch noch einen ganz hervorragenden Büchsenmacher. Vielleicht kann uns ja der Kaufmann im nächsten Jahr mal ein Fässchen deutsches Bier hier zukommen lassen.“

Heyes nickte zufrieden und sagte: „Das wird er ganz bestimmt, meine Herren.“

***

Es dauerte noch bis zum späten Nachmittag des übernächsten Tages, bevor der Schiffsverband unter der Leitung der Worcester den Delaware hinauf kam.

Kaum hatte die Sweet Revenge an dem ihr zugedachten Pier angelegt, bekam George auch schon Nachricht, dass ihn am Kai ein Bote des Hafenmeisters erwarte.

Er verließ umgehend das Schiff und folgte dem Boten ins Office. Ron Wood begrüßte ihn dort.

George war verblüfft. „Also das ich hier direkt vom Hafenmeister begrüßt werde, ist mir nun doch etwas unheimlich. Steht etwa Geld auf meinen Kopf ausgeschrieben?“

„Wieso? Sollte es das?“, fragte Mr. Wood zurück. „Aber nein, nur ist mir ihr kommen von Major Heyes angekündigt worden. Sie sind also ein Kaufmann aus den deutschen Landen. Wenn ich fragen darf, was treibt sie hier her?“

George erzählte in knappen Sätzen, wie er nach Plymouth kam und was sich in dieser Zeit in Berlin abgespielt hatte.

„Dass ich Kaufmann bin, damit hat Major Heyes sicher ein wenig übertrieben. Das Wort >Krämer< trifft es sicher besser. Und dass ich selber deutsches Bier herstellen kann, das ist sicher auch so eine kleine Übertreibung von ihm. Allerdings hat das meine Verlobte, oder wie immer ich diese Dame bezeichnen darf, bei uns im Haushalt als Magd, immer das Bier für die Herrschaft und ein wenig auch für den Verkauf gebraut.", sagte George.

„Mr. Hungerlund, sie scheinen mir in ihrer Offenheit eine ehrliche Haut zu sein. Und damit stimme ich schon nach diesen paar Minuten mit ihnen, mit dem Major überein. Der hat mich beauftragt, ihnen ihre Unterkunft für die nächsten Tage zu zeigen. Über alles weitere können sie dann mit ihm reden. Haben sie außer dieser Dame noch mehr an, ich sage jetzt mal Gepäck, mit an Bord?"
„Naja, Sir, da ist neben der Lady noch eine weitere junge, französische Frau, die wir schiffbrüchig vor St. Kitts gerettet haben und deren französische Dienstherren sich vermutlich an den Großen Seen aufhalten werden. Die wollte Major Heyes dorthin mitnehmen. Und dann ist da noch der einstige Schiffsjunge, der sich auf der Fahrt an mich gehängt hat." „Mr. Hungerlund, das können sie alles mit dem Major nachher besprechen. Gibt es sonst noch etwas?" „Ja, Sir, die beiden Schweine und die fünf Hühner nebst zwei Sack Futtergetreide, die uns noch übrig geblieben sind, fünfundzwanzig Fass Pökelfleisch und meine achtundzwanzig Fass Sauerkraut aus Berlin. Wenigstens eines davon muss mir vollständig erhalten bleiben, wegen der darin enthaltenen Berliner Gärzusätze, die ich hier nicht bekommen werde."

„Ich denke, die können sie alle bei Ike Godsay vorübergehend unterbringen, Mr. Hungerlund. Aber sagen sie, können sie überhaupt mit Waffen umgehen?"
George druckste herum. „Naja, eigentlich ja nicht...."
„Was meinen sie, mit eigentlich nicht. Können sie es oder nicht?"
„Also Mr. Wood, ich hab mir aus meiner Heimat heimlich meinen Bogen und ein paar Pfeile mitgebracht, mit denen ich bei uns daheim

gelegentlich mal wilde Kaninchen und Enten geschossen habe. …
Aber das war alles illegal, wenn sie verstehen, was ich meine, Sir."
„Mit Feuerwaffen können sie demnach nicht umgehen."
„Ich hab noch nie so ein Ding in der Hand gehabt, Mr. Wood, Sir.
Muss ich damit umgehen können?"
„An der Grenze zum Indianerland schon. Also in Ordnung, Mr.
Hungerlund. Dann richten sie sich ersteinmal bei Ike Godsay ein,
mein Bursche wird ihnen den Weg dahin zeigen. Zwei Handkarren
können wir ihnen hier im Hafen für ihr Gepäck leihen. Und dann
kommen sie bitte morgen vormittags wieder bei mir vorbei. Mein
Bursche wird sie dann zuerst zum besten Büchsenmacher hier in
Philadelphia, zu Mr. Reagan, begleiten und anschließend hat sich
jemand aus der Garnison bereit erklärt, sie in der Handhabung von
Feuerwaffen zu unterrichten. Ich denke, wenn sie in der Ganison
eines ihrer Sauerkrautfässer lassen, wird man ihnen auch noch Pulver
und Blei dazu geben."
„Sir, muss ich denn unbedingt schießen lernen?"
„Mr. Hungerlund, das müssen hier alle, die an die Grenze kommen."

Nach diesem Gespräch begab sich George wieder auf die Sweet
Revenge und unterrichtete Clara und Sabine von dem soeben
besprochenen. Dann fragte er Joe: „Und, was ist mit dir? Du wirst
jetzt sicherlich mit den Summerfields nach Virginia gehen wollen."
„Naja, George, obwohl es nicht standesgemäß ist, wollen uns Lady
Shirley und ich morgen abend hier auf dem Schiff verloben. Aber
danach will ich erst einmal als dein Angestellter mit euch dreien
ziehen, wenn es dir recht ist. An eine Heirat mit Miss Shirley denke
ich frühestens in einem halben Jahr." „Gut so, mein Freund. Aber ich
werde dich kaum bezahlen können. Wir haben ja selbst nicht mal so
viel, dass Clara und ich morgen unbeschwert heiraten könnten." „Da
mach dir mal keine Sorgen, George. Lass uns ersteinmal
zusammenhalten, alles weitere findet sich dann schon. An deine
möglichen Lohnschulden werde ich dich noch rechtzeitig genug
erinnern." „Abgemacht, Joe."

Mit beiden voll beladenen Handkarren, mindestens zweimal würden sie damit gehen müssen, die Schweine von Clara getrieben, die Hühner in ihren Käfigen, meldete sich George beim Burschen des Hafenmeisters und mit diesem ging es auf Schlammpfaden einmal quer durch Philadelphia, wo sie in Ike Godsay's Pension bereits vom Major erwartet wurden. Und während Joe und George sich ein weiteres mal mit den Handkarren auf den Weg zum Hafen machten, bauten Sabine und Clara in dem als Lager, Scheune und Stall genutzten Anbau von Ike Godsays ihren Schweinekoben. Ihre Hühner mussten indes noch weiterhin in den beiden engen, transportablen Ställchen bleiben, in denen sie auch die Schiffspassage bewältigt hatten.

Am späten Abend hatten sie ihren Umzug bewältigt. Erst dann besprachen die vier und der Major miteinander, welche Pläne der Major habe. George konnte den Plänen des Major nur zustimmen. Einen besseren Start auf dem neuen Kontinent konnte er sich kaum wünschen.
„Major!", fragte George ihn, „Warum tun sie das alles für uns. Wir werden das nie wieder gut machen können bei ihnen." „Nun, wollt ihr eine flapsige oder eine ehrliche Antwort?", entgegenete der. George zuckte mit den Schultern. Da fuhr Heyes fort. „Die flapsige Antwort wäre: ich kann euch junge Menschen ganz gut leiden. Die ehrliche Antwort ist dagegen: Mein Sohn, ja ich war auch mal verheiratet mit einer wunderschönen, rassigen Spanierin, die wir aus den Händen feiger Barabesken gerettet hatten, mein Sohn, der aus dieser Ehe hervor gegangen ist, ist vor etwa zehn Jahren als Neusiedler mit seiner kleinen Hühnerzucht nach Massachusetts gelangt. Die ersten beiden Winter überstand er noch. Er hatte aber weder Geschäftssinn noch kannte er Leute, die ihm helfen konnten. Er war auch ein eher verschlossener Mensch, der wenig redete. Das machte ihn bei den Leuten nicht sonderlich beliebt. Jedenfalls war er nach wenigen Jahren so hoch bei seinen Nachbarn verschuldet, dass sie ihn teerten und federten, bevor sie ihn in den Karzer brachten. In dem ist er dann regelrecht verhungert. Wir als Eltern haben das in

London alles erst zu spät erfahren. Nun, meine Frau verkraftete den Tod unseres Jungen nicht und so ertränkte sie sich vor vier Jahren. Und da habe ich mir geschworen, wenn ich noch einmal die Gelegenheit dazu bekomme, einem jungen Menschen auf die Füße zu helfen, so will ich das tun. George, an Euch beruhige ich nur mein schlechtes Gewissen gegenüber meinem toten Sohn und meiner toten Frau."

Das gab George zu denken. Und er nahm sich vor, auch weiterhin ehrlich und gerecht durch die Welt zu gehen.
Zu Abend aßen sie alle auf der Sweet Revenge.

Am nächsten Morgen meldete sich George, in Begleitung von Sabine, Clara und Joe beim Hafenmeister, dieses mal mit einem amtlich gesiegelten Schreiben von Major Heyes. Ron Wood ließ sie von seinem Burschen zur Ganison bringen. Lord Knud empfing sie persönlich und ließ den alt gedienten Sgt. Phileas Pepper die Einweisung mit den jungen Menschen an Armeegewehren machen. Er zeigte den Gebrauch des eisernen Ladestocks, wieviel Pulver man in den Lauf der Flinte hinein geben sollte und wie man das mit dem Ladestock verdichtete. Danach wurde das Schusspflaster aus Baumwolle auf die Laufmündung gelegt und dieses dann mit der oben auf gelegten Bleikugel gleichfalls mit dem Ladestock in den Lauf gestoßen. Nun wurde ein anderes, feineres Pulver, sogenanntes Zündkraut, in die „Pfanne" gebracht und erst danach war man zum Schuss bereit.
George stellte insgeheim für sich fest, dass er da mit seinem Pfeil und Bogen wesentlich schneller war. Allerdings hatten Büchsen eine wesentlich höhere Reichweite, als der Bogen. Nach dem Abschuss musste man mit dem Ladestock den Lauf der Flinte reinigen.
Nachdem man das ein paar mal exerziert und auch die beiden Frauen geschossen hatten, machten sie sich am Nachmittag in Begleitung von Sgt. Phileas Pepper auf dem Weg zu Mr. Reagans Waffenschmiede. Nach fachlicher Begutachtung durch den Sergeant kaufte George für sie vier Gewehre, eine Bronzeform zum Gießen

von Projektilen, einen kleinen Vorrat Blei, schon fertige Bleikugeln, Pulverhörner und Zündpflaster. Auch an Trappermesser dachte George. Als er aber auch noch Zündkraut und Pulver bei Mr. Reagan kaufen wollte, winkte der Sergeant ab mit den Worten: „Wir haben davon so viel in der Garnison, macht euch da mal keine Gedanken."
Als es ans Bezahlen ging, wurde es für George dann knifflig. Nahm man hier preussische Münzen an oder war Mr. Reagan ein Fass Sauerkraut genug? Mr. Reagan brummelte irgendetwas von „scheiß Ausländer" und begnügte sich dann mit einer halben Goldmark bzw. zwölf Talern.

Am Abend des Tages war ein großes Fest auf der Sweet Revenge angesagt, bei dem Smut John Silver alles auftafelte, was seine Kombüse noch liefern konnte. Die Verlobung von Joe Clark mit Lady Shirley war das Highlight des Abends.
George war so ergriffen von der Unschuld der beiden jungen Leute, dass Unmittelbar im Anschluss an deren Verlobung sich vor Clara auf seine Knie niederließ und ihr ebenfalls die Verlobung anbot, was sie mit lautem, fröhlichem Gekichter unter dem Beifall aller anderen Anwesenden bejate.

Die nächsten Tage vergingen damit, dass George zwischen der Sweet Revenge und dem Waffenexerzieren mit Sgt. Pepper hin und her pendelte. Auf dem Schiff musste er seinen Nachfolger, einen gewissen Pete Wyoming Bender, einweisen. Er half auch noch bei der Neuverproviantierung des Schiffes. Ganze vier Wochen sollte der Schiffsverband in Philadelphia liegen. So lang wollte allerdings Major Heyes mit seinem Aufbruch nicht warten.

Nach einer Woche machten sich die Summerfields, in Begleitung des Kommandenten der Eagle, Mr. Hawkins, der sie ein Stück weit begleitete, mit einer gemieteten Kalesche und Kutschern auf den Weg nach Virginia, wo sie in Chesterfield bei Richmond ihre Tabakfarm hatten.
Einen weiteren Tag später brach auch der Tross um Major Heyes auf.

XVI. Pennsylvania

Einen letzten Blick über den Atlantik in Richtung ihrer Heimat Europa nahmen Clara und George noch, bevor sie sich auf die Reise machten. So komfortabel, wie die Summerfields reisten sie indes nicht. George war nicht umhin gekommen, für eine weitere Goldmark zwei Maultiere und einen Lastkarren zu kaufen, auf dem die Hühner, das Pökelfleisch und ihr Sauerkraut, sowie einige Säcke Getreide und ihr restliches Gepäck Platz hatten. Der Major reiste in einer gemieteten Gig, einem offenen Einspänner mit nur einer Achse und Klappverdeck. Als dritten gab es einen von Ochsen gezogenen Planwagen der British Army, der sowohl Waffen und Pulver, das private Gepäck von Lieutenant Jeff Miller und seiner Frau Luise, als auch den Tornister seines Stellvertreters, Sgt. Ben Fullster geladen hatte. Ganz am Anfang marschierten die zehn sie begleitenden Soldaten, dahinter trieben Clara und Sabine ihre beiden Schweine, dann kam Major Heyes Gig, der Karren von George und den Abschluss bildete der Planwagen der Army. Noch auf dem Weg aus Philadelphia hinaus ließ George wie abgesprochen ein Fass Sauerkraut an der Garnison abladen. Sgt. Phileas Pepper übereichte ihm darauf hin ganz offiziell ein Fässchen Schießpulver und steckte ihm heimlich einen Beutel Zündkraut in die Jackentasche. „Im Auftrag von Lord Knud und dem Hafenmeister.", raunte er.

Die ersten Stunden, den halben Vormittag lang, reisten sie durch ein Gelände, das George von Europa her bekannt vorkam. Kleine wechselten sich mit großen Äckern ab, die allerdings zum größten Teil bereits abgeerntet waren. Die Stoppeln erinnerten daran. Hin und wieder stand aber auch noch ein Maisfeld in voller Pracht. Mais war für George bisher neu und so er ließ sich von Sgt. Fullster erklären, was das für eine Frucht überhaupt sei. Den Kartoffelanbau kannte man in Preußen zwar schon seit 1738, allerdings kultivierte man diese Frucht dort bislang höchstens auf kleinen Beeten in den Hausgärten. Hier in Pennsylvania sah George zum ersten mal ganze Äcker davon.

Felder und kleine Wiesen lösten einander ab. Dabei kam ihnen eine dunkle Linie am Horizont immer näcer und wurde höher dabei. Die Straße war kaum mehr, als ein Schlammpfad. George kannte aus der Berliner Innenstadt bislang nur mit Steinen befestigte Straßen. Auch die Überlandverbindungen zu den nächsten großen Städten zum Beispiel nach Bernau oder Charlottenburg waren in Preußen befestigt. Das war hier in Amerika nicht der Fall. Es hatte hier an der Ostküste anscheindend seit mindestens zwei Wochen nicht mehr geregnet. Entsprechend staubig war die Straße.

Noch mitten am Vormittag durchquerten sie eine kleine Ansiedlung, die nur aus fünf Gehöften und einer Kirche bestand. Wieder gab es weite Äcker, aber die dunkle, schwarze Linie gab nun Einzelheiten von sich preis. Immer mehr schälten sich große Bäume und undurchdringliches Dickicht aus der Masse heraus. Auf eine schmale Kerbe im Unterholz lief ihr Weg drauf zu. Und dann, ganz plötzlich, schlug der Wald über ihnen zusammen. Das Grün des Dschungels verschluckte sie regelrecht. War es zwischen den Äckern bereits fast unerträglich heiß an diesem herbstlichen Vormittag gewesen, so dampfte hier im Wald noch der Morgennebel vor sich hin. Viele bekannte Bäume sah George. Ahorne, Buchen, Kastanien und Wacholder, aber auch ihm vollkommen neue wie den Hickory.

Gelegentlich begegneten ihnen andere Reisende, meist arme Bauern, die einen Teil des Ertrages ihrer Felder auf den nächsten Marktflecken transportierten.
Gegen Mittag öffnete sich der Wald zu einer großen Lichtung, in der einzelne Bauernhöfe mit ihren Äckern und Gärten um eine winzige Kirche gescharrt waren. Vor ihr gönnten sie sich eine Pause für einen kleinen Imbiss, dann machten sie sich auf den weiteren Weg, und wieder schlug der Urwald über ihnen zusammen.

Am späten Nachmittag kam ihnen ein Zug von zwei dutzend aneinander durch Eisenketten an Hals, Armen und Füßen gefesselter, dunkelhäutiger Menschen entgegen. Auf die Frage von George an

Sgt. Fullster, was die armen Schweine wohl ausgefressen hätten, wurde ihm geantwortet: „Das sind doch nur Nigger, Mann." „Wie jetzt? Das sind Menschen aus Afrika? Und warum sind die so gefesselt?" „Mr. Hungerlund, das sind nur faule Nigger, Sklaven, …. wohl auf dem Weg nach Baltimore. Werden dort vermutlich verkauft."
George schluckte und er erklärte, dass es in Preußen wohl noch die Leibeigenschaft gebe, die indes mehr und mehr aufgehoben wurde, echte Sklaven gebe es aber nicht.

Erst kurz vor Einbruch der Dunkelheit kam die nächste Ortschaft in Sicht, in der sie bis zum nächsten Morgen blieben. Der Hauptmann der örtlichen Miliz gab den Offizieren in seinem Haus Quartier, alle anderen durften über Nacht auf dem Gehöft des Hauptmanns bleiben. George und seine drei Freunde bereiteten sich aus Decken ein Lager auf ihrem Handelskarren, die Soldaten und der Sergeant schliefen um ein Lagerfeuer herum auf dem Boden, wobei immer jeweils zwei Mann Wache hielten.

Die nächsten Tage vergingen im gleichen Trott. Wald, Wald, Wald, gelegentlich unterbrochen von winzigen Inselchen der immer gleichen menschlichen Ansiedlungen mit Äckern drum herum, hin und wieder mal eine Furt über winzige Bächlein. George stellte fest, er kannte das ja von seiner Flussfahrt über Spree, Havel und Elbe, dass das Land hier weitaus weniger besiedelt war, als die deutschen Lande.
Einmal wurden sie von Männern in Lederkleidung überholt, die sehr weiche, gleichfalls lederne, Schuhe, sogenannte „Mokassins" trugen. Am interessantesten fand George aber ihre hoch aufragende Frisur. Sgt. Fullster sagte: „Das sind Mohawks, Mohikaner. Gehören zum Staatenbund der Irokesen. Sind nicht immer so friedlich. Wirst sie vermutlich noch früh genug in Aktion sehen. Ihre Dörfer musst du dir mal ansehen. Sind riesig!"

Immer zum Abend hin rasteten sie in irgendeiner kleinen Siedlung.
George hatte mittlerweile jegliches Zeitgefühl verloren. So lang sie
noch auf der Sweet Revenge waren, konnte er sich am Gebimmel der
Glasenuhr auf die Tageszeit einstellen, an Hand des Mittagessens,
das der Smut kochte auf den Wochentag. Montag, Dienstag,
Donnerstag und Freitags hatte es meist Getreidebrei mit etwas
Speck- oder, falls vorhanden, Fischfasern gegeben, Mittwoch und
Samstag gab's Hülsenfrüchte mit Speck- oder Fischfasern und nur
am Sonntag Kohl mit etwas größeren Speck- oder Fischstreifen. Auf
dieser langen Reise jetzt verpflegten sie sich dagegen kalt, also von
Schiffszwieback und Dörrfisch.
Und so verwunderte es George ein wenig, als sie sich am Morgen des
vierten Tages nach dem allgemeinen Wecken nicht sofort wieder auf
den Weg machten, sondern vorerst noch blieben. Als aber dann die
Kirchenglocke anfing, zu läuten, war es auch ihm klar, dass heute ein
Sonntag war.

Mit allen anderen ihrer Reisegruppe, so ging auch George zum
Gottesdienst in der kleinen Kapelle.
Sein Englisch hatte sich mittlerweile so weit verbessert, dass er das
Meiste verstand und auch schon fast akzentfrei reden konnte.
Lediglich mit Clara verständigte er sich noch in deutscher Sprache,
worin er auch noch, mit verlaub, träumte.
Die Predigt von Referent Barry Graves in diesem Gott verlassenen
Nest unterschied sich in nichts von den Predigten in der Berliner
Marienkirche, so dass George wie gewöhnlich dabei etwas einnickte.

Unmittelbar nach dem Gottesdienst machten sie sich aber schon
wieder auf den Weg. Am Abend, kurz bevor sie ihr Nachtlager,
dieses mal wusste einer der Soldaten von einer kleinen Lichtung an
der Straße, begann das Gelände um sie herum allmählich hügelig zu
werden und anzusteigen.

Besagte Lichtung gab es tatsächlich. Allerdings campierte auf einem
Teil von ihr schon ein Fuhrmann mit seinen beiden, Ochsen

bespannten Planwagen, der, wie sich heraus stellte, auf dem Weg nach Philadelphia war und der sich an diesem Sonntag ebenfalls nach dem Gottesdienst zu spät   auf den Weg gemacht hatte.

Für George war dies seine erste Übernachtung richtig im Freien, ohne den Schutz eines vom Wasser umgebenen Bootes oder der Sicherheit eines in sich abgeschlossenen Gehöfts, darauf vertrauend, dass die Soldaten auch ordentlich ihrer Nachtwache nach gingen. Dass George bald sogar ganz allein hin und wieder über viele Tage hinweg in der Wildnis zurecht kommen müsste, ahnte er zu diesem Zeitpunkt noch nicht.

Die Wegstrecken veränderten sich, wie auch der Weg selbst. Ja, es war nur ein Schlammpfad, auf dem sie unterwegs waren, aber George war aus Berlin einfach anderes gewöhnt, ausgebaute Alleen, gepflasterte Straßen, richtige Brücken. Hier in Amerika hatte er bisher nur eine einzige Brücke und die gleich hinter Philadelphia, bemerkt. Schlaglöcher wurden nicht mit Kies sondern, wenn überhaupt, höchstens mal mit etwas Reisig gestopft. Die ersten etwa zehn Tage ihres Marsches war der Weg, George mochte ihn kaum „Straße" nennen, meist noch so breit, dass zwei Wagen problemlos an einander vorbei kamen. Aber das änderte sich mit der Zeit. Der Weg wurde schmaler und bei Gegenverkehr hatte man ganz schön mit den Wagen zu kämpfen. Auch kamen einem immer weniger Menschen und Waren insgesamt entgegen. Hatte man in den ersten Tagen mindestens alle halbe Stunde eine Begegnung, so waren es, als sie ins Hügelland der Alleghannys hinauf zuckelten, nur noch zwei bis drei am ganzen Tag. Die einzelnen Dörfer schienen weiter auseinander zu rutschen, einzelne Gehöfte sah man bald gar nicht mehr und wenn, dann verschanzten sich die Siedler hinter dicken Bretterzäunen. Das Hügelland hob sich weiter. Kam man in den ersten zwei Tagesmärschen noch durch zwei bis drei Orte pro Tag, damit hatte man dann schon fast eine Siedlungsdichte, wie in der dünn besiedelten Altmark in Preußen, so lichtete sich das im Verlauf der Reise und die Dörfer waren, recht praktisch, immer jeweils eine

Tagesreise von einander entfernt. Auch das änderte sich schließlich. Lag es daran, dass sich der Schlammpfad immer steiler in die Furchen der Alleghannys hinein krallte oder daran, dass ihnen die Reise insgesamt langsam beschwerlich wurde, man wusste es nicht. Fakt war, man übernachtete immer häufiger außerhalb einer Befestigung.

Auch das Wetter änderte sich. George hatte es sichtlich genossen, dass sie die ersten Tage bei strahlendem Sonnenschein unterwegs waren. Zwar fluchte er gelegentlich, wenn die Straße gar zu sandig wurde und er den aufgewirbelten Staub von Major Heyes Kalesche oder von den marschierenden Soldaten auf seinem Kutschbock schluckte, er ahnte aber, wie schlammig es bei Regen werden würde.

Das erste Gewitter brachte dann auch ihre schweren Wagen fast zum Stillstand. Aber es ging genauso schnell vorüber, wie es gekommen war. Als sie die Ausläufer der Alleghannys indes erreichten, setzte ein alles durchdringender, feiner, mehrere Tage andauernder Landregen ein. Nachts verschwanden die wie üblich an die Hinterräder ihres Wagens angebundenen Schweine grunzend unter dem. Den Mulis schien der Regen aber nichts auszumachen. Sie rupften auch bei dieser Witterung, angepflockt, frisches Gras.
Die Soldaten spannten ein grobes Segeltuch zwischen den Bäumen auf der Lichtung, auf der sie übernachteten, das den Regen rund um ihre Feuerstelle wenigstens etwas abhielt. Bis auf die Soldaten, die Nachts im mehr oder weniger feuchten Blaugras auf ihren Decken möglichst nah am Feuer schliefen, nahmen alle anderen ihre Wagen. Wobei es dabei dann der Major am schlechtesten von allen erwischte. Erschlief halb im Sitzen unter dem Verdeck seiner Kalesche, eingehüllt in seinen Wintermantel.

Die Reise war auch in sofern Kräfte zehrend, als dass sie nicht überall und dann schon gar nicht mehr mitten in der Wildnis, damit rechnen konnten, frische Verpflegung zu bekommen. Die Militärangehörigen, einschließlich Lieutenant Millers Frau, hatten für die Reise halbwegs ordentliche Marschverpflegung, bestehend aus Trockenfisch, Dörrfleisch und Schiffszwieback dabei. Auch hatten meist die Frauen der Milizionäre, bei denen sie gelegentlich auf den Gehöften mal für eine Nacht unter kamen, meist einen Kessel Getreidebrei über dem Feuer. An eine richtige Essenszubereitung war bei dem strammen Tagespensum, dass sie marschierten, aber nicht zu denken.

Ganz anders mussten da unsere vier heran gehen. Mal tauschte George auf einem Gehöft ein paar ihrer Eier gegen ein wildes Kaninchen, mal blieb Joe eine halbe Stunde an einer Furt zurück und fing ein paar Fische, die sie sich abends am Feuer brieten. Die beiden Frauen sammelten am Wegesrand alles, was sie an Pilzen und Beeren nebenbei greifen konnten. Trockenfleisch, Dörrfisch und Zwieback hatten aber auch sie noch für den Notfall dabei. Im Gegensatz zur Sweet Revenge hatten sie hier an Land natürlich keine Probleme, Trinkwasser zu bekommen. Das gab es nun wirklich überall.
Eine unabgesprochene Übereinkunft zwischen allen Reisenden des Trupps bestand darin, trockenes Holz für den Abend zu sammeln. Die dicken Knüppel landeten auf den Kutschböcken der beiden Planwagen.

Überhaupt, George und der Kutschbock, das war nicht von Anfang an eine Liebe. George hatte bei Beckmanns oft genug dabei geholfen, Pferde oder Ochsen anzuspannen. Damit konnte er umgehen. Nicht aber mit einem kompletten Gespann. Die ersten beiden Tage ihrer Reise hatte deshalb noch Joe die beiden Maultiere vorn mit führen müssen, bis George endlich die richtigen Kommandos drauf hatte und mit den Zügeln wenigstens halbwegs umgehen konnte. Den Wagen zu führen war aber dennoch harte Männerarbeit.
Rasteten sie zur Mittagszeit, wurden die beiden genügsamen Tiere nicht ausgespannt und bekamen nur ein paar Hand voll Hafer. Zur Nacht wurden sie dagegen von ihrem schweren Geschirr befreit.

Morgens brach man meist recht eilig auf, löschte das Feuer, wusch sich nicht und aß nur kalt. George hatte sich anfangs noch gewundert, dass die Männer, denen sie begegneten, bis auf die Indianer, fast alle Bart trugen. Er begriff, als sein Flaum im Verlauf der Reise zu einem dichten Gestrüpp wucherte und nahm sich fest vor, sowie sie eine feste Unterkunft hätten, sich wieder regelmäßig zu rasieren.

Der Anstieg auf die Alleghannys dauerte. Sergeant Ben Fullster erzählte etwas davon, dass diese Berge hier bis über viertausend Fuß hoch seien und in einer Ebene mündeten, die sich fast bis zum Eriesee erstreckte und auf der der Ohio mit seinen Zuflüssen, ihrem Ziel, entsprang. Für George, der bisher nur die Ausläufer des Barnim am Prenzlauer Berg oder die Erhebungen auf den Inseln, die sie auf ihrer Reise über den Atlantik passiert hatten, kannte, waren die Alleghannys ein richtiges, hohes Gebirge. Auch hatte er sich die Hochebene der Appalachen ein wenig ebener und nicht ganz so zerfurcht vorgestellt, wie sie sich nun gab. Unter dem dichten Blätterdach des Waldes herrschte ein eifriges Geschnatter, Gegacker, Gekäcker, Gepiese, Gegrunze, Geheul, Gefauche.....

Es war am zweiundzwanzigsten Tag nach ihrem Aufbruch aus Philadelphia, als sich vor ihnen eine noch nicht ganz so alte, an ihren Rändern gar noch frisch gerodete Lichtung vor ihnen auftat.
Hinter einer Furt durch einen kleinen Bach lag ihr Ziel, das Fort Bedford. Keine Straße, kein Schlammpfad führte mehr weiter. Hier war Schluss mit der zivilisierten Welt. Einer der äußersten Vorposten des britischen Empire. Bedford bestand vornehmlich aus einem etwa vier Meter fünfzig hohen Holzpalisadenzaun und dahinter versteckten Schuppen.
Ihnen und der Straße entgegen reckte sich das geöffnete Tor. Vier Wachtürme an den Ecken, oben an der Palisade entlang ein umlaufender Gang, der zu einem großen Teil über die Dächer, der sich eng an die Befestigung schmiegenden Häuser im inneren, verlief.

Ihr Trupp wurde schon von weitem durch die Wache am Tor beäugt und schließlich gab jemand Meldung nach hinten durch.

Als sie das Tor schließlich passiert hatten und im Hof angelangt waren, kam ihnen der offensichtlich diensthabende Kommandeur entgegen.

„Hallo! Ich bin Captain Harrison! Ich hab sie schon erwartet.", sagte er.

George beugte sich von seinem Kutschbock, puffte den ihm zunächst stehenden Soldaten aus ihrem Trupp mit dem Ellenbogen kurz in die Seite und raunte ihm zu: „Ein Kapitän im Wald?" Der angesprochene musste sich ein Lachen verkneifen, dann wisperte er zurück: „Kein Kapitän, sondern ein Captain, bei euch in Preußen heißt dieser Dienstgrad >Hauptmann< oder so."

„Danke!", hörte George Heyes sagen.

„Major, wollen sie sich erst einrichten und etwas frisch machen oder wollen wir die Übergabe gleich machen?", fragte Harrison.

Heyes antwortete: „Es ist ja gerade erst mitten am Tage. Haben sie uns denn schon Quartiere zugedacht?" „Jawohl, Sir." „Na dann laden wir mal ab und machen uns frisch. Woher wissen sie eigentlich, dass wir kommen?" „Sie sind uns schon vor acht Tagen durch einen berittenen Boten aus Philadelphia gemeldet worden, Sir! Wenn sie und ihre Offiziere mir folgen wollen? Um die Soldaten und Zivilisten kümmere ich mich gleich persönlich.", sagte Harrison und Heyes und Miller mit seiner Frau folgtem ihm ins Haupthaus, das in der Mitte des Areals und direkt vor ihnen stand.

Sergeant Fullster ordnete seinen Soldaten ein „stehen sie bequem" an. George, der in der Zwischenzeit von seinem Kutschbock geklettert war, sah sich nun genauer um. Das Offiziershaus hatte zwei Etagen. Ringsum innen an der Palisade, unterbrochen von regelmäßigen Aufgängen zum Palisadengang, klebten Hütten an der Umzäunung. George erkannte die Unterkünfte für Soldaten, die Küche, den Schmied, Waffen- und Munitionslager, Pulverkammer, Lazarett, mehrere offensichtlich leere Gebäude an der linken Seite,

Pferdeställe, Scheune und einen Gemeinschaftsraum, der wohl als Kantine und für Veranstaltungen gleichermaßen genutzt wurde. An einem der leeren Häuser hing das Wabben der Niederländisch-Westindischen Handelscompagnie.
Dieser vordere Bereich, in dem sie sich gerade aufhielten, diente offenbar dem Exerzieren, hinter dem Offiziershaus war eine Koppel und es gab eine Möglichkeit zum Abstellen von Planwagen.

Als Captain Harrison nach wenigen Augenblicken wiederkehrte, rief er Richtung Soldatenunterkunfte, die waren wohl gerade mit ihrem Mittag beschäftigt: „Sergeant Fielsch!" Ein noch sein Essen vor sich hin kauender, kleiner Mann sprang vor der linken Soldatenunterkunft vom der Bank, auf der er soeben noch gesessen hatte, auf, rannte auf sie zu, salutierte ordentlich und meldete: „Zu Befehl, Captain!" „Sergeant, zeigen sie diesen Männern hier", er zeigte auf die hinter im Stehenden, „mal ihre neue Unterkunft. Diese Männer sollen aber zusammen bleiben, denn sie unterstehen Sgt. Fullster, der im übrigen mit bei ihnen untergebracht wird. Und wenn sie aufgegessen haben, schicken sie dem Major mit seiner Entourage und auch den Zivilisten ein paar Männer als Hilfe zum abladen." „Zu Befehl, Sir!", salutierte Fielsch und an Sgt. Fullster gewannt sagte er: „Folgen sie mir bitte mit ihren Männern, Sir."
Nun wendete Harrison sich an George: „Na dann, lange keine echten Zivilisten mehr hier gesehen."
„Captain, wir waren von Major Heyes Ansinnen selber überrascht worden …. und sind ihm sehr dankbar für diese Chance." „Na junger Mann, ob das hier eine Chance für sie ist, werden sie erst noch sehen.", sagte der Captain und dirigierte sie zu den Schuppen, an denen noch die verwitterten Schilder der Niederländisch-Westindischen-Handelscompagnie prankten. „Sehen sie, junger Mann", sagte Harrison weiter, „diese Handelscompagnie hat es nach nur einem halben Jahr aufgegeben, hier reich werden zu wollen. Wollen sie denn auch hier reich werden?" „Nein, Sir.", sagte George und schob nach: „Aber überleben wollen wir hier." „Das ist etwas anderes, junger Mann. Sie können hier die Räume der Compagnie für

ihr Geschäft so lange nutzen, so lang nicht eine andere Großhändler Anspruch darauf erheben." Harrison übergab George ein Bund Schlüssel und verabschiedete sich mit den Hinweis, dass auch er mit seinen Freunden zum Abendessen ins Kommandantenhaus eingeladen sei.

Als George den Schuppen aufschloss, quietschte und knarrte die Tür in allen Ecken. Weil das eindringende Tageslicht nur einen schmalen Streifen des Innenraumes frei gab, ließ er sich von Joe aus ihrem Wagen ihre Öllaterne entzünden und betrat dann, gefolgt von den anderen, den Raum. Spinnweben hingen allenthalben. Über allem lag wie Patina eine Staubschicht. Der Boden bestand nur aus gestampftem Lehm, den man im Winter mit einer dicken Schicht Stroh bedecken musste. Es würde trotzdem recht kalt werden. Mitten im Raum stand eine Verkaufstheke. An den Wänden einige Regale und ein Kamin. Clara hatte mittlerweile die Fensterläden geöffnet, so dass man besser sehen konnte. Joe entdeckte in einem Regal einige kleine Säcke mit Glasperlen, die wohl mal als Tauschobjekt gedient haben mussten. Sabine fiel fast über zwei Äxte und eine Säge, die an die Theke gelehnt waren. Auf einem Esstisch weiter hinten im Raum fand man noch eine Balkenwaage mit einen Satz Gewichtsstücke. Ein Glück! Denn George hatte bei ihrer Abfahrt in Philadelphia an vieles gedacht, nur nicht an eine, für einen Verkäufer so wichtige Waage! Noch weiter nach hinten fand man ein Bündel Stroh, das dem vorherigen Besitzer wohl als Bett gedient hatte.
Nach links schlossen sich zwei weitere Räume an, die man sowohl als Lager, als auch als Stall nutzen konnte. Die drei Räume waren durch Türen unter einander verbunden, sie hatten aber auch noch jeweils eine Tür zum Fort-Hof.

Sie waren mit ihrer Besichtigung noch nicht ganz fertig, als bereits zwanzig Freiwillige bereit standen, um ihnen beim Abladen und einräumen zu helfen. So etwas war jedem Soldaten lieber, als das schon tausendfach geübte Exerzieren an der Waffe.

Bis zum Abend hatten viele zupackende Hände ihre neuen Räumlichkeiten schnell von Grund auf gereinigt und eingerichtet. Sergeant Fielsch organisierte vom Quartiermeister vier Feldbetten, damit vor allem die Frauen nicht auf dem blanken Boden zu schlafen brauchten und ein paar ausgediente Armeedecken. Vom Stallmeister besorgte Joe im Tausch gegen ein Stück Pökelfleisch ein paar Ballen Stroh und ein paar Holzbretter und -stangen, um damit im Stall, neben den Schweinen auch noch die Hühner unterbringen zu können.

Die vier waren froh, dass sie am Abend im Offiziershaus zum Essen eingeladen waren. George hatte es sogar noch geschafft, sich zu rasieren. Allerdings bedurften all ihre wenigen Kleidungsstücke nun doch allmählich mal einer gründlichen Reinigung und Pflege, gab es doch zu viele halboffene Nähte, gerissene Bändsel und lose Knöpfe. Sabine und Clara hatten sich beides für den nächsten Vormittag vorgenommen.
Der Chefkoch des Forts, der Ire Erik Idle, servierte natürlich ein hervorragendes Irish Stew. Wobei George nicht ganz klar war, woher Mr. Idle das Lammfleisch hatte. Daher tippte er auf Hammel.

Captain Harrison führte das Gespräch in angenehmer Art und Weise. Bei diesem allgemeinen Kennenlernen, an dem auch die beiden Sergeants, der Schmied, Quartier-, Proviant- und Stallmeister teilnahmen, erfuhr George, dass dieses Fort hier eines der typischen Indianerforts an der Grenze war. Es hätte eigentlich einhundert Mann beherrbergen sollen, bestand aber aus bisher nicht mehr als dreißig Mann Besatzung, die heutigen Ankömmlinge nicht mitgerechenet. Das war auch der Grund, weshalb man noch nicht mit dem Bau des Forts am Biberfluss begonnen hatte, man konnte sich hier bisher kaum selbst verteidigen. Der Major erzählte sodann von ihrer Reise und machte klar, dass er ins Funktionieren des Fort so wenig wie möglich eingreifen würde. Sgt. Fielsch würde wie bisher seine dreißig Mann im üblichen drei Wachensytem mit sieben Wachen, wie George es schon auf der Sweet Revenge kennen gelernt hatte, befehligen und stellen. Wobei die neuen zehn Mann und Sgt. Fullster für die nächsten drei Wochen ersteinmal immer in jeder Woche je eine Wache komplett übernähmen, damit die bisherige Besatzung ein wenig zur Ruhe kam und damit die Neuen sich an die Umgebung hier gewöhnten. George fragte an, was man von ihm erwarte und ihm wurden verschiedene Produkte genannt, die er sich für seinen Laden noch vor dem Winter besorgen sollte. Darunter waren unter anderem Getreide, Unterhemden und -hosen für die Soldaten, Pulver, Zündkraut, Blei, Messer, Soda, Salz und Tabak. Aber, so wurde ihm geraten, er solle ersteinmal für sich die Gegend erkunden, denn es sei ja noch September und bis zum ersten Wintereinbruch noch mindestens zehn Wochen hin.

Am nächsten morgen wurden sie sehr früh, wie es schien, vom Trompter geweckt. Klar, Fortalltag.
Noch beim Frühstück berieten Sabine, Clara, Joe und George über die wichtigsten Aufgaben der nächsten Tage. Für George waren solche Kollektiventscheidungen zwar ungewohnt, aber ihm war es lieber, sie agierten auf einer Augenhöhe alle vier zusammen als Team, anstatt dass jemand von ihnen sich durch die anderen zurück gesetzt fühlte. George sollte zunächst beim Schmied die hier vorgefundenen Äxte auf Schärfe und Stabilität untersuchen lassen. Die beiden Frauen wollten heute und morgen am Bach vor dem Fort, Sgt. Fielsch hatte gestern etwas von „Grillenbach" gesagt, zur Sicherheit in Begleitung von Joe, falls feindliche Indianer kämen, all ihre Sachen waschen und sie danach ausbessern. George sollte sich eines ihrer Mulis greifen und reichlich Feuerholz und falls er dazu noch Zeit fände, auch noch ein Mittagessen besorgen.
Während die anderen dem Bach zustrebten, ging George als erstes zum Schmied, der die Äxte, die George ihm brachte, genau musterte und sich dann an die Arbeit machte. Während dessen ging George zurück in ihre Behausung. Er fand in seinem noch nicht ganz ausgepackten Seesack noch die Sehne seines Bogens. Auch vier der fünf Pfeile aus echtem märkischem Eschenholz hatten die lange Reise überlebt. Seine Angel aus berliner Eibe baute er wieder zu einem Bogen um. Das dauerte ein Weilchen, weil sich das Holz ein

wenig verzogen hatte. Danach holte er die nun in Ordnung gebrachten Äxte ab und kümmerte sich um seine Mulis, die im Stall hinter dem Offiziershaus in einer extra Box untergebracht waren. Der Stall neben ihrer Hütte war für diese beiden Tiere einfach zu niedrig gewesen.

Als er das Fort, ein Muli am Zügel hinter sich her ziehend, mit Axt, Gewehr und Pfeil und Bogen verließ, hörte er Sgt. Fielsch, als sie sich am Tor begegneten sagen: „Was denn, Mr. Hungerlund, wollen sie unseren Indianern das Schießen bei bringen?" George grinste zurück: „Ich glaube, die sind besser, als ich."

Er ging zurück in die Richtung, aus der sie gestern gekommen waren, durchquerte an der kleinen Furt den Grillenbach, wo Sabine, Clara und Joe ihre Wäsche wuschen.

George nahm Clara beiseite und fragte sie auf deutsch: „Es gibt doch zwei Brunnen im Fort, warum müsst ihr denn hier draußen waschen?" Sie antwortete: „Ich möchte das Brunnenwasser durch unsere Wäsche nicht verschmutzen. Die Soldaten machen es auch hier draußen." Sie redeten auf deutsch nur noch dann, wenn sie sich allein fühlten. „Verlauf dich nicht!", rief sie ihm nach, als er sich wieder auf den Weg machte. Er brauchte kaum mehr als einhundert Schritt, um den Waldrand zu erreichen.

Wohltend schlug der grüne Dschungel über ihm zusammen. Etwa eine Stunde folgte er der Straße, wobei er im vorbei gehen immer wieder mit seiner Axt trockene Äste von den am Weg stehenden Bäumen abschlug und dem Muli auf den Rücken band. Dabei stellte George fest, dass er schnellstens ein Holz finden musste, mit dem er an Winterabenden Transportkörbe flechten konnte. Die deutsche Korbweide hatte er hier in Amerika noch nirgends wahrgenommen.

Als er an einen den Weg kreuzenden Wildwechsel kam, überlegte er nicht lange und folgte diesem einfach nach links. Er verlor jegliches Gefühl für die Zeit und hielt erst inne, als er an eine kleine Lichtung mit einem Weiher kam.

Hier erst wurde ihm bewusst, wie lange er nicht mehr so einsam gewesen war. Er setzte sich auf einen umgestürzten Baumriesen und genoss das Alleinsein.

Clara hatte recht gehabt, als sie ihm vorhin wünschte, er möge sich nicht verlaufen. Hier war nicht im Panketal, wo man sich ducken musste, damit man das nächste Dorf nicht schon hinter der nächsten Flussbiegung sah. Den Wildwechsel, aus dem er gekommen war, war kaum noch zu erkennen. Neben ihm schnaubte das Maultier.
George sah ein, dass er sich von einem Profi, wie zum Beispiel von einem Waldläufer, in der Geländeorientierung unterrichten lassen musste. Auch konnte er mit seinem Wissen um die Hasen- und Entenjagt kaum die Fährten von Hirschen lesen. Rehe, die man im Panketal fast ebendso häufig wie Marder sah, hatte er hier bislang auch noch nirgends entdeckt.

Als sein Muli ihn an der Schulter anstupste, wurde er ein leichtes Knacken im Unterholz gewahr, das aus der Richtung ihres Wildwechsels kam.
Ohne lange zu überlegen, ließ er sich hinter den Baumriesen fallen, auf dem er bis ebend noch gesessen hatte. Aus dem Wald trat zögerlich eine Hirschkuh mit zwei schon halb ausgewachsenen Kälbern. George erkannte das hellere Hinterteil und wusste aus der Erzählung von Sgt. Fullster, dass er es hier wohl mit dem Wapiti zu tun hatte.
Die Hirschkuh beäugte misstrauisch das Maultier, das noch immer an der selben Stelle stand.
George war mit sich selbst noch im unreinen darüber, ob er lieber den Vorderlader oder den Bogen einsetzen sollte, entschied sich dann aber für letzteren. Blatt- oder besser ausgedrückt, ein sogenannter Kammerschuss wäre jetzt das Ideale. Er spannte sorgfältig den Bogen, musste aber, um in eine bessere Schussposition zu kommen, um den Baumstumpf herum. Er verkniff sich einen Fluch, den er auf den Lippen hatte, als er versehentlich mit seinen nackten Füßen in einen Brombeerableger trat. Und schon surrte der Pfeil von der Sehne. Eines der Hirschkälber machte noch einen Satz nach vorn,

bevor es zusammenbrach. Das andere Kalb flüchtete schnurstracks mit seiner Mutter. Als George an seine Beute trat, wer er mit sich sehr zufrieden. Der Schuss hatte gesessen. Er schnürte dem Muli auch noch das Kalb auf den Rücken und machte sich dann auf den Heimweg.

Nach diesem Jagderfolg beschlossen sie, für die nächsten Tage in dieser Arbeitsteilung zu bleiben. Das Hirschkalb wurde aus der Haut geschlagen und verarbeitet. Fleisch, das man heute nicht verzehrte, wurde in Streifen geschnitten, gesalzen und im Kamin geräuchert, um es für ein paar Tage haltbar zu machen.

Nicht immer hatte George solches Glück, wie am ersten Tag. Auch entfernte er sich nie mehr so weit von der Straße.

Als ihre kleine Truppe nach einer Woche so einen halbwegs ordentlichen Rhythmus für sich gefunden hatte, machte sich George allein mit Joe auf den Weg nach Philadelphia. Sie wollten dort mit verschiedenen ansässigen Handelscompagnien sprechen und vielleicht mit einer von ihnen einen Deal vereinbaren, dass sie hier nach Bedford immer regelmäßig mit Waren aus dem Flachland beliefert werden konnten. Ein Kurier der Army, ein gewisser Freddie Mercury, begleitetete sie und ihren von den Mulis gezogenen, leeren Planwagen auf seinem Pferd. Sie waren auf dieser Reise weit schneller unterwegs, als auf ihrer Tour hinaus ins Ungewisse nach Bedford. Lag es daran, dass es ohnehin meist bergab ging und ihr Wagen leer war, lag es daran, dass sie sich und die Mulis weit weniger schonten, wahrscheinlich lag es an beidem. Kamen sie durch Dörfer, so versuchte George Kontakt zu eingesessenen Bauern zu bekommen und erzählte von seinem Laden und davon, dass er im nächsten Jahr frischen Kohl für sein Sauerkraut und Getreide für Brot und Bier brauchte. George war sich sicher, dass er auch deutsches Brot backen konnte, schließlich kam er ja aus einer Bäckerdynastie und hatte seinem Vater oft genug bei seinem Werk zugeschaut. Was ihn daran hinderte, es bisher noch nicht angedacht

zu haben, war dass er ja seiner Mutter am Sterbebett versprochen
hatte, niemals Bäcker zu werden. Vielleicht konnte er ja Clara das
Handwerk beibringen. Zusätzlich noch frisches Brot zu haben, wäre
eine weitere Einnahmequelle für ihren Laden! Nun, er würde mit ihr
sprechen, wenn sie wieder zurück in Bedford waren. Die Frauen
kümmerten sich ja ohnehin in der Abwesenheit der beiden Männer
um den Laden und Clara setzte das erste Bier an.

Bereits nach einer Woche waren sie in Philadelphia. Mr. Wood, der
Hafenmeister, erinnerte sich noch sehr lebhaft an ihren letzten
Besuch und er konnte ihnen auch gleich zwei Adressen liefern, bei
denen er vorsprechen konnte. Das eine war die Universal Trading
Agency. Sie waren sehr nett, bestanden aber darauf, dass man, wenn
sie lieferten, nur ihre eigenen Produkte verkaufte. Die andere Firma
war wesentlich kleiner und sie entpuppte sich als ein
Zusammenschluss mehrerer kleiner Kaufleute in Pennsylvania. Ihr
Sortiment war nicht ganz so umfangreich, dafür gestattete man den
einzelnen Händlern aber den Zukauf und die Produktion eigener
Waren. Es gab nur eine Bedingung. Man musste sich finanziell an
dieser Firma beteiligen. Es war die „Vereinigte
Einzelhandelsgesellschaft", die „retail trade united society". Mit
etwas flauem, wenn auch nicht ungutem Gefühl im Magen stimmte
George einer Beteiligung zu. Das Geld, umgerechnet fünfhundert
Taler, sollte die Firma bei ihrer ersten Lieferung bekommen. Der
Vorteil in dieser Firmenbeteiligung lag darin, dass er selbst für sein
Sauerkraut einen größeren Absatzmarkt fand, denn man konnte zu
viel selbst Produziertes in diese Handelsgesellschaft mit einbringen.
Wie man ihm sagte, sei er bereits der achtundzwanzigste Laden, den
sie in ihre Reihen aufnahmen. Viele Jahrzehnte später würde man so
eine Vereinigung "Genossenschaft" nennen.

Auf der Rücktour nach Bedford nahmen sie frischen Tabak, einige
Eisenwaren und mehrere Säcke Getreide und Mehl mit.

XVIII.   Hochzeit in Bedford

Wegen des nun beladenen Wagens verringerte sich entsprechend ihre Geschwindigkeit. Es war etwa zweieinhalb Tagesreisen vor Bedford, als sie mit ihrem Wagen von einem Mann überholt wurden, wie George ihn bisher noch nie oder wenn, dann nur aus der Entfernung gesehen hatte. Er ähnelte von der Hautfarbe her einem Weißen, bewegte sich aber wesentlich anmutiger und geschmeidiger. Er trug komplette Lederkleidung und auf seinem Kopf prangte eine Waschbärenmütze. George sprach ihn deshalb an:
„Hallo Fremder! Woher und wohin?"
Der Angesprochene verlangsamte seinen Schritt und blieb auf Höhe des Kutschbockes: „Ich bin Ray Cooper! Sogenannter Waldläufer!", sagte er.
George sagte ein paar Sachen zu sich und Joe und lud Ray Cooper ein, die Nacht mit ihnen gemeinsam am Feuer zu verbringen und der willigte ein..

Als sie abends zusammensaßen, erzählten sie einander kurz ihre Lebensgeschichten. Cooper meinte, er kenne Pennsylvania und Virginia wie seine Westentasche und er lebe von der Jagd und von den Fellen, die er verkaufe. Das interessierte George und er erklärte ihm, wie nötig es für ihn als Kaufmann sei, gute Kontakte zu allen in der Umgebung zu haben und dass es für ihn überlebensnotwenig sei, die Gegend, in der er sich befände, zu kennen. Cooper sah ihn an und meinte dann: „Sie hätten Lust, mich mal auf einer meiner Wanderungen zu begleiten?" George: „Ja, Sir, gerne! Sehen sie Mr. Cooper, ich bin reiner Städter und außerhalb von ausgeschilderten Straßen und Wegen hab ich bisher keine Chance, mich durchzuschlagen. Ja, ich kann mit Bogen und Flinte umgehen und würde nicht sofort verhungern, aber ich würde mich im Wald hoffnungslos verlaufen."
Cooper schien unschlüssig: „Ich hab sie hier ein paar Schritte gehen sehen, sie laufen noch wie ein Seemann ... oder wie jemand, der meist nur steht ... sie müssten bei mir von Grundauf laufen lernen

und ich bin kein geduldiger Lehrer."

George nickte nachdenklich: „Ich vermute auch, sie sind eher die Einsamkeit der Wälder gewohnt und mögen zu viel oder zu lange keine Gesellschaft."

„Das ist wohl wahr.", stimmte Cooper ihm zu. „Aber ich kenne da ein paar Indianer in einem Irokesendorf am Truthahnfuß. Die will ich gern fragen, ob sie bei denen mal ein paar Tage verbringen können, um deren Kultur, Lebensweise und Grundwissen kennenzulernen."

„Das wäre ganz ausgezeichnet, Mr. Cooper.", freute sich George und zu Joe sagte er „Du könntest dann gern mitkommen." Aber Joe winkte müde ab. „Ich bin mit den jetzigen Aufgaben, die du mir bisher gegeben hast, fast schon überfordert." Er starrte ein Weile ins Feuer und sagte dann: „... und außerdem warte ich auf eine Nachricht von Miss Shirley." Cooper grinste, George gluckste im Halbdunkel in sich hinein, hängte dann noch einen Topf voll Getreidekaffee an einer Stange über das Feuer und rollte sich in seine Schlafdecke.

Cooper war am nächsten Morgen schon auf den Beinen, als George wach wurde und verkündete, dass er nach Bedford vor gehen werde, um dort die bevorstehende Ankunft von George mitzuteilen und er werde in der nächsten Zeit von sich hören lassen, was das Ansinnen von ihm betraf.

Als sie zwei Tage später schließlich in Bedford eintrafen, wurden sie von Sabine und Clara schon erwartet.

Sie räumten die neuen Waren ein, schnitten die mitgebrachten Tabakblätter und ließen sie auf ihrem kleinen Dachboden in der Wohn-/Ladenhütte fermentieren, um daraus Pfeiffen- und Kautabak herzustellen und George beendete frustiert seinen ersten Versuch, Brot über ihren persönlichen Bedarf hinaus herzustellen. Nach einer weiteren Woche kam die erste große Lieferung der „retail trade united society". Vier vollgepackte Wagen, jeder von zwei Ochsen gezogen, wobei auch einer voll Kohl und Salz beladen war, damit George neues Sauerkraut herstellen konnte. Dazu ein ganzer Wagen leerer Fässer. Trotzdem George zwanzig, seiner noch vorhandenen fünfundzwanzig Sauerkrautfässer im Gegenzug selber an die „retail trade united society" lieferte, kostete ihn diese Grundaustattung samt Aufnahmegebühr rund ein Drittel seines Vermögens. Die Firma hatte ihm aber auch ein paar Listen mit den üblichen Aufkaufpreisen für Felle, sowie extra nochmals Pulver, Blei und Zündkraut mitgeliefert und ließ mitteilen, dass man gerade am Erwerb von Pelzen interessiert sei. Außerdem schickten sie ihm in Käfigen zwei Brieftauben, damit er unkompliziert und schnell darüber informieren konnte, wenn in der nächsten Bestellung an die Society noch zusätzliche Waren gebraucht würden. Ansonsten sollte er einem der regulären Kuriere der Army einfach einen Zettel mit seinen Warenwünschen für die nächste Lieferung mitgeben.

Wieder vergingen mehrere Tage, in denen George wegen seiner Arbeit im Laden überhaupt nicht dazu kam, einmal Bedford für eine klcine Erkundungstour zu verlassen. Sie setzten neues Sauerkraut an, stellten den ersten Pfeiffen- und Kautabak her und versuchten sich weiter in der Brotherstellung. Auch war das erste Fass Bier fertig und konnte ausgeschenkt werden. Aus diesem Grunde zimmerten George und Joe aus ein paar Plankenresten, die ihnen der Quartiermeister überlassen hatte, ein paar Bänke, die sie vor ihrem Laden aufstellen konnten.
Allmählich begann nun auch das Geschäft zu florieren. Die ersten Soldaten ließen sich in ihrer Freiwache einen Krug Bier ausschenken oder sie kauften etwas Soda zum reinigen ihrer Hemden. Als George den ersten Irokesen plötzlich, eines Nachmittags im Laden stehend, erblickte, wäre er vor Schreck fast über seine eigenen Beine gestolpert. Der aber wollte nur etwas Pulver und Blei und bezahlte mit einigen wundervollen Marderpelzen. Nach diesem Besuch ließen sich immer häufiger Indianer im Fort blicken. George bekam heraus, dass ihr Bekannter von der letzten Wanderschaft, Ray Cooper, auf seinen Laden bei seinen Wanderung hingewiesen habe. Aber nicht nur Pulver und Blei wurden von den Indianern nachgefragt, sondern auch immer wieder Eisengegenstände für den Haushalt, wie zum Beispiel Töpfe oder Hacken zur Feldbearbeitung.

Der Herbst nahm seinen Lauf. Die Blätter der Laubbäume fielen und nur noch das Grün von Fichten, Eiben, Tannen, Mammutbaum und Kiefern blieb. Stürme ließen die Palisaden des Forts erbeben. Unsere Vier mussten noch einige male Ritzen im Gebälk ihrer Hütten mit Lehm und Moos abdichten. George ließ sich eine größere Lieferung an Waren bringen, weil er befürchtete, dass bei Schnee und Eis kaum noch ein Wagen der „retail trade united society" zu ihnen auf das Alleghanny-Plateau hinauf kommen würde.

Der Winter kam über Nacht. Der letzte Sturm war bereits zu eisig gewesen. Morgens gab es schon seit Tagen grundsätzlich Bodenfrost. Im Laden und im Wohnbereich legten sie deshalb Holzplanken aus und streuten eine dicke Schicht Stroh. Die Ufer des Grillenbachs waren von einer dünnen Eiskruste gesäumt. Es war am Ende der zweiten Novemberwoche, als der erste Schnee fiel. Sie waren morgens wie immer mit dem Weckhorn aufgestanden und als Clara die Tür ihrer Kate öffnete, um vom Brunnen frisches Wasser zu holen, lag die Welt wie verändert vor ihnen. Die Dächer der Ecktürme, Katen und Gebäude, ja sogar die zugespitzten Enden der Palisade sah aus, wie mit Zuckerguss bestäubt. Schon waren Soldaten dabei, mit Reisigbesen eifrig die Aufgänge und den Palisadengang selbst, sowie die wichtigsten Wege von Schnee zu beräumen, was aber in Anbetracht der Tatsache, dass es die kommenden zwei Tage weiter schneite, eher einer Sysiphosarbeit glich.

Mit dem regulären Armeekurier, der ihre abgeschiedene Insel regelmäßig einmal pro Woche besuchte, kamen immer auch neue Nachrichten aus der Welt fern draußen zu ihnen und in dieser Woche gab es zudem einen Brief der Summerfields aus Virginia, in dem sie unsere Vier zum Weihnachtsfest auf ihre Tabakpflanzung einluden. Ein Extraabsatz, der von Miss Shirley geschrieben und nur an Joe gerichtet war, musste ihm von George, weil Joe es noch immer nicht konnte, vorgelesen werden.

In der nächsten Woche machte sich George auf, um einen kurzen Abstecher nach Philadelphia zu machen. Er nahm beide Mulis, die sich eh zu wenig bewegten, mit, ließ aber den Wagen in Bedford. George tat sehr geheimnisvoll. Auf seinem Rückweg sprach er im letzten Dorf auch noch mit dem Pfarrer. Er kam nach gut zwei Wochen, am Donnerstag vor dem ersten Advent, wieder in Bedford an. Die beiden Mulis waren gut beladen. Als sie abends beim Essen alle zusammensaßen, ließ George die Katze aus dem Sack. Er kniete sich am Kamin vor seine Clara und sprach: "Liebste, wir sind nun schon ein Vierteljahr verlobt. Du hast mich hier draußen beim Aufbau des Ladens so sehr unterstützt, dass ich lange überlegt hab, wie ich das bei dir wieder gut machen kann. Der Brief der Summerfields hat mich daran erinnert, mein Eheversprechen dir gegenüber endlich einzulösen. Wenn du mich noch immer willst, dann sag jetzt >ja<. ... sprich, liebste Clara."
Trotz des Halbdunkels konnte man erkennen, wie hochrot nun auch ihr Kopf wurde. Sie bebte an ihrem ganzen, zarten Körper, als sie ihr "ja, liebster George" hauchte. "Dann liebe Clara probiere hinten im Stall das Hochzeitskleid an, das ich dir in Philadelpia gekauft habe. Der Pfarrer ist für Sonntag, bestellt."

Am nächsten Tag wurde George im Offiziershaus bei Major Heyes vorstellig und informierte ihn über seine bevorstehende Eheschließung mit Clara.
"Aber selbstverständlich George feiert ihr bei uns hier im Haus. Mr. Idle werde ich extra für euch abstellen, damit er das beste Irisch Stew kochen kann, das es jemals gab. Das ist mein Geschenk für euch." Dann rief er hinaus: "Mr. Harrison! Unser George heiratet am Sonntag. Für die Jungesellenabschiedsparty am Samstag können sie doch sicher ein Fläschchen von ihrem Whiskeyvorrat erübrigen, oder?" Der Angesprochene trat ins Zimmer, grinste über das ganze Gesicht und sagte: "Wissen sie, Sir, unser kleiner Laden hier im Fort sorgt sehr für meinen kleinen Vorrat." und zwinkerte George dabei zu. "Klar doch, Sir. Freue mich mit ihnen, George.", schob Harrison noch nach.

Doch nicht alle schienen das zu tun. Lieutenant Miller hatte das Gespräch durch die halbgeöffneten Türen mit angehört. Als George ihm beim hinaus gehen begegnete, war dieser noch einsilbiger, als sonst.

Als er zurück zum Laden ging, kam er gerade zurecht, um mit zu erleben, wie Clara gerade ein paar irokesische Squaws sehr freundlich, aber für seine Begriffe etwas kühl abfertigte. Die drei Frauen und vier kleinen Kinder hatten im Laden gegen zwei herrliche Wapitifelle einen kleinen Kupferkessel getauscht. Von ihren Männern war weit und breit nichts zu sehen. George sah den finsteren Blick nicht, den Lieutenant Miller den Indianerinnen und ihm zu warf.

Bis zum Mittag hatte George auch den unbedeutenden Vorfall vergessen.
Nach dem Essen, wegen des Freitags hatte Sabine eine interessante Fischsuppe aus selbst gefangenen Bachstichlingen gemacht, zog sich George wintergerecht an, nahm Pfeil und Bogen und sein Jagdmesser und wollte am nahen Waldrand ein paar Hasen oder Wandertauben für morgen zum Mittag schießen. Er machte indes auf halbem Weg zum Tor wieder kehrt, weil ihm eingefallen war, dass es sicher eine nette Geste von ihm wäre, wenn er dem Einheitskoch Erik Idle für das Menü am Sonntag ein paar extra Gewürze in Aussicht stellte.
Auf dem Weg dort hin kam er an einem Schuppen rechts an den Palisaden vorbei, von dem er bisher immer geglaubt hatte, dass der leer sei. Aber heute drangen aus ihm irgendwelche gedämpften Geräusche. George riskierte einen Blick durch eine Ritze in den Fensterläden. Dort sah er undeutlich eine sich rhythmisch bewegende Uniform und hörte eine Frau sehr gedämpft wimmern.

Hastig öffnete George die unverschlossene Tür und sah, wie sich Lieutenant Miller mit herunter gelassener Hose an einer gefesselten und geknebelten Indianerin verging.
„Lieutenant! Was machen sie da?“, entfuhr es George. Im selben

Moment bekam er im Dunkel der Hütte einen Schlag mit einem Gewehrkolben über den Kopf, der ihn zusammenbrechen ließ.

Was George nicht mehr sah, war, wie sich Sgt. Fullster über ihn beugte. Lieutenant Miller ließ kurz von der Squaw ab und zischte erbost: „So ein Idiot. Muss der gerade jetzt hier auftauchen." „Wir schaffen ihn nach der Dämmerung in den Wald. Da kann er krepieren. So schnell wird den eh keiner vermissen.", sagte Fullster. Süffisant stellte Miller fest: „Den kleinen Clark schick ich noch heute zu seiner Angebeteten nach Virginia, die Französin bekommt 'ne Anklage wegen Spionage von mir und dann mach ich mich an Hungerlunds Weibchen ran."

Die Indianerin hatte unterdessen mitbekommen, dass ihre Peiniger wohl von ihr abgelassen hatten und schöpfte Hoffnung, dass es sich jetzt wohl für sie erledigt hatte. Aber nein! Das Anheben ihres Oberkörpers verstand Fullster falsch und bevor er sich nun seinerseits grunzend an ihr verging, zog er auch noch ihr eins mit seinem Gewehrkolben über, woraufhin sie besinnungslos liegen blieb, während er sich weiter an ihr verging.

Es war noch dunkler, als zuvor, als George sich wieder regte. Sein Bewusstsein kam aus unergründlichen Tiefen nach oben. Er sah seine Fußspitzen, schmeckte Blut auf seiner Zunge, bekam mit, dass er geknebelt und an Händen und Füßen gefesselt war und bekam nochmals einen Schlag auf den Kopf. Bevor er erneut zusammensackte, sah er die gleichfalls gefesselte Indianerin vor sich und dachte noch, dass es wohl eine verdammt gute Idee gewesen war, seinen Bogen, die Pfeile und sein Messer unter seinem Wintermantel verborgen zu tragen.

Fullster neben ihm grinste bitter und dachte: 'scheiß junger Emporkömmling'.

Kurz zuvor war Lieutenant Miller im Laden vorstellig geworden. Er habe in seiner Feldpost noch einen Brief von Mister Summerfield an Mr. Clark entdeckt, log er. Diesen Brief hatte er selbst, Lieutenant

Miller, erst vor einer Stunde selbst verfasst. Da Miller wusste, dass Clark nicht lesen konnte, las er ihm den Brief vor, Inhalt war, dass die Summerfields darum baten, dass Joe so schnell wie möglich zu ihrer Pflanzung komme, da er, Mister Summerfield, nach einem Unfall im Sterben liege. Clara wunderte sich etwas, weil der Brief, den ihnen der Kurier am Vortag einfach so gegeben hatte, nichts davon gesagt hatte, aber auf Nachfrage bei Miller wurde ihr erklärt, dass das doch überaus logisch sei. Der zivile Brief wäre nicht ganz so schnell befördert worden, wie der mit der Army, den er gerade ebend erst entdeckt habee.
Joe wollte daraufhin natürlich sofort aufbrechen und Clara lieh ihm natürlich eines der Mulis.

Es dämmerte bereits, als sich ein Planwagen der Army mit mehreren angeblich leeren Fässern, unter der Leitung von Lieutenant Miller, Sgt. Fullster und mit zwei weiteren Soldaten auf den Weg zum Waldrand machte. Man wolle frischen Schnee holen, weil die Brunnen mittlerweile eingefroren und das Wasser im Bach nicht mehr frisch genug sei, erklärte der Lieutenant am Tor. Der Wagen rumpelte über die vereiste Straße. Nach etwa einer halben Stunde kamen sie an eine kleine Lichtung. Die beiden Soldaten, unnötige Anweisungen in ihrem Leben schon genug von ihren Vorgesetzten gewohnt, wunderten sich nicht weiter. Wie befohlen, luden sie die ersten beiden Fässer ab und begannen, sie mit frischem Schnee, den sie auch noch stopfen mussten, zu befüllen. Auf der anderen Seite der Lichtung und durch den Planwagen von den beiden Soldaten nicht einsehbar, hievten Fullster und Miller zwei gar nicht leere Fässer von der Ladefläche. George stöhnte leise, als ihn der Sergeant aus dem einen Fass und sich auf die Schulter zog. Der Lieutenant tat dasselbe mit dem Mädchen. Dann huschten beide trotz dieser schweren Last auf einem Wildwechsel ins Unterholz. Nach einer ganzen Viertelstunde erst ließen sie beide an einem umgestürzten Baum von ihren Rücken rutschen. „Los, Lieutenant, sie müssen wir in seinen Arm legen, damit, falls ihre Bande sie hier dennoch finden sollte, es so aussieht, als habe er sich an ihr vergangen.", zischte Sgt.

Fullster. Miller nickte: „Falls die Wölfe nicht schneller sind."
„Sehen sie mal, Sir, da vorn, den Gabelbock sollten wir uns noch
schießen." Der Lieutenant hatte aber schon die gleiche Idee gehabt
und legte sein Gewehr bereits an. Der Knall war so laut, dass er in
Georges Bewusstsein drang, er seinen Kopf hob und ein Auge
öffnete. Aber schon hatte Fullster ihm erneut seinen Gewehrkolben
über den Schädel gezogen. Er kicherte und rannte dann hinter Miller
hinterher, der schon beim Gabelbock angelangt war. Triumphierend
kehrten sie mit diesem im Gepäck zum Wagen zurück. Für die
beiden Soldaten war klar, dass ihr Alter einfach nur frisches Wildbret
für die bevorstehende Hochzeit des Hungerlund beschaffen wollte.
Im letzten Licht des endenden Tages wendeten sie ihren Wagen. Die
Nacht schlug über ihnen zusammen und es war nur noch dem
Geruchssinn der Gäule zu verdanken, dass sie wieder heil im Fort
ankamen.

XIX.   **Gefangen im Eis**

Es war ein Glück für George und die Squaw, dass sie halb
aufeinander gelegt worden waren, denn so wärmten ihre Körper
einander gegenseitig. Wie von einem inneren Instinkt getrieben hatte
sich George, nachdem Fullster und Miller verschwunden waren, in
den innen halb hohlen und vermodernden gefallenen Baumriesen
hinein gerollt und die Squaw mit sich gezogen. All dies erlebte er
nicht bewusst, sondern nur sein Körper reagierte. Rein instinktiv
scharrten Georges Hände auch noch Laub um sich herum. Der
Himmel ließ es jetzt schneien, fein und dicht. Im Inneren des hohlen
Baumstammes waren sie vor der gröbsten Kälte geschützt. Der
fallende Neuschnee isolierte zusätzlich.

Als er erwachte brummte sein Schädel. Es war dunkel um ihn herum
… und still. Er hörte nur den ruhigen, gleichmäßigen Atem eines
anderen Menschen und spürte einen feuchten Luftzug auf seiner
linken Wange. Ihm wurde langsam klarer im Kopf, der noch immer
wie ein Hornissenschwarm brummte und er spürte nun auch ihre

Wärme neben sich. Durch seinen Kopf polterte alles durcheinander. Er sah vor sich noch einmal den nackten Hintern von Miller, sah das Angst verzerrte Gesicht der Indianerin und spürte wieder den Schlag gegen seine Schläfe. Das Gebrumm in seinem Kopf nahm erneut Überhand und er sackte wieder ohnmächtig in sich.

Das nächste mal wurde er wach, weil sich der fremde Körper neben ihm regte. Eine weibliche Stimme zischte ihn in der Dunkelheit in einer fremden Sprache wütend an. In seinem Rücken spürte er seinen Bogen und die Pfeile. Noch immer war es absolut dunkel. Er räusperte sich und spürte sofort kleine, zarte Hände, die ihn würgten. „Hör auf! Ich hab dir nichts getan!", stieß er ächzend hervor. Ihr Griff wurde etwas lockerer, aber sie ließ ihn noch nicht vollends los. Sie schien ihn etwas zu fragen, aber lediglich das Wort >Fort< verstand er. „Ja, aus dem Fort!", stöhnte er. Da fassten ihre Hände wieder fester zu, bis er nur noch röchelte. Nun umfasste er seinerseits ihre Arme und versuchte sie weg zu stoßen. Als er bei diesem Ringkampf versehentlich mit seiner Schläfe an die Innenseite ihrer Höhle stieß, stöhnte er entsetzt auf und sackte über ihr zusammen.
Sie indes bekam mit, dass sie sich wohl an der falschen Person hatte rächen wollen. Das war doch der Weiße, den die beiden Soldaten dort im Fort so mörderisch zusammengeschlagen hatten, kam es ihr in den Sinn. Auch ihr Schädel brummte. Dunkel war es in der Höhle. Wer hatte sie da hinein gezogen? Sie brauchte unbedingt Licht. Sie tastete die Wände ab und spürte links von sich die Kühle und ein flüssiges Rinnsaal. Dort musste der Schnee sein. Aber sie sah noch immer nichts. So tastete sie weiter, erfühlte seinen Körper, den sie nach rechts von sich hinunter schob. Sie bemerkte das Holz des modernden Waldriesen nur eine halbe Armlänge über sich, brach davon einige trockene Stücke ab, fegte mit ihren Händen noch trockenes Laub zusammen und schichtete alles vor sich zu einem kleinen Hügel. In ihrem Medizinbeutel, den sie immer an einer Sehne um den Hals trug, ertastete sie die beiden kleinen Feuersteine, nahm sie heraus und schlug diese aneinander. Sie war sehr geübt darin. In dem Schein, des sich bildenden kleinen Feuers, das sie nur

wenige Minuten am Leben erhalten konnte, sah sie nun tatsächlich das Gesicht des Mannes, der von den Soldaten so verprügelt worden war. Er sah schlimm aus, stellte sie fest, so vollkommen Blutverschmiert mit nur seinem dünnen Stoffmantel und seinen schweren, ledernen aber nicht Fell geschützten Stiefeln. Sie sah aber auch ihre eigenen blutverschmierten Hände und spürte den stechenden Schmerz in ihrem Schritt. Bloß gut, dass der fremde Mann die Soldaten bei ihrer Schandtat gestört hatte. Nun pochte es unter ihrer eigenen Schläfe. Im letzten Licht des bereits verglimmenden Feuers sah sie, dass links neben ihr der Schnee und dort wohl auch der Ausgang aus ihrer Höhle war. Nur mit ihren Händen begann sie zu graben. Es dauerte eine ganze Weile, bis sie sich durchgewühlt und einen Tunnel gegraben hatte. Draußen war es zwar dunkel, aber die Sterne funkelten. Sie hatte keine Ahnung, wo sie waren. Am immer stärker werdenden Schwingen der Baumwipfel um sich herum erahnte sie den kommenden Blizzard. Schnell holte sie den bei ihrer Grabarbeit in die Höhle geschobenen Schneematsch nach draußen. Ihr war klar, wenn sie hier draußen die nächsten Stunden überleben wollte, musste sie mit dem Weißen zusammenarbeiten.

Als sie sich schließlich aufstellte, schrie sie vor Schmerz auf. Ihr Knöchel schien mindestens angebrochen! Seitlich an dem gefallenen Baumriesen fand sie einen dicken Knüppel, den sie abbrach und auf den sie sich stützte. Dann begann sie, in der Umgebung trockenes Brennmaterial im Unterholz zu suchen und fand auch einiges, das mehr war, als nur dünnes Reisig. Oben in den Wipfeln heulte es derweil schon bedrohlich. Zwei große Arme voll Holz schob sie in die Höhle. Zu dumm, dass sie kein Tomahawk bei sich hatte. Sie brach auch einige dünne Weidenzweige und flocht aus ihnen mit wenigen geschickten Handgriffen zwei etwa je drei gute Spannen im Durchmesser fassende Gitter, die sie als Tür und als Rauchabzug für ihre Höhle nutzen konnten, damit sie nicht erstickten. Den Abzug grub sie von oben. Sie schaffte es gerade noch, sich mit einem beherzten Sprung in die Höhle zu retten, als der Blizzard mit voller

Kraft einsetzte. Er heulte und tobte, der Schnee kam fast waagerecht. Sie kauerte sich unter den schützenden Stamm. Der Weiße Mann rührte sich nicht, atmete aber noch regelmäßig. Sie versuchte seinen massigen Körper in der engen Höhle so hinzuschieben, dass sie das gesammelte Holz noch trocken verwahren konnte, dass sie ein Feuer machen konnte, das sie beide wärmte, ohne den Mann, den Stamm oder das noch nicht benötigte Holz ansengte und dass sie noch irgendwie sitzen konnte. Sie schlug die Feuersteine aneinander und bald leckten erste Zungen von Flammen über trockenes Geäst.

***

Im Fort unterdessen machte sich Clara mit Recht ernsthafte Sorgen um ihren Bräutigam. Als es immer dunkler geworden und er noch immer nicht zurück gekommen war, fragte sie die Wachen am Tor, ob sie George irgendwo gesehen hätten, aber nach der Wacheinteilung fragte sie unwissend die falschen Leute. In der Soldatenunterkunft hatten ihn heute Mittag einige am Tor wohl gesehen, konnten sich aber nicht mehr erinnern, wohin er dann gegangen sei. Auf ihrem Weg zurück in ihr Quartier kam noch ein Planwagen mit vier Mann, darunter auch Lieutenant Miller, an ihr vorbei. Auch die hatten George nirgendwo gesehen. Falls George mal wieder getrödelt hatte, steckte er jetzt bei dem einsetzenden Blizzard in echten Schwierigkeiten. Sabine versuchte Clara am Abend und in der Nacht in ihrer Hütte zu trösten, was ihr jedoch nicht gelang.

***

Der Sturm heulte zwischen den Bäumen. Mehrfach musste die Squaw dabei über Nacht hinaus, weil sie befürchtete, Rauchabzug und Ausgang würden vom Schnee so weit zugeweht, dass sie unter Umständen in der Höhle erstickten.
Die Dämmerung kam schleichend, kaum wahrnehmbar. Das Feuer

hatte schöne Glut gebildet, die wärmte, allerdings blieben ihre Rücken, sein Rücken, kalt.

George wurde einmal in dieser Nacht wach. Sein Schädel schmerzte mehr denn je. Er öffnete eines seiner Augen zu einem kaum sichtbaren Schlitz, sah ein kleines Feuerchen und die Squaw neben sich und dämmerte wieder hinab in die dunklen Schatten der Erinnerung. Er sah sich auf der Brücke der Sweet Revenge stehen, ein Sturm tobte um ihn herum, sein Bruder Gunther und dessen Weibchen gingen dabei über Bord, er saß mit Clara am Strand auf den Kanaren und die Brandung schäumte, er stand im Panketal und briet sich an einem kleinen Feuer ein Kaninchen … und driftete ab in die Dunkelheit.

Der Tag kroch so dahin. Die Indianerin schlüpfte an ihrer Krücke, als es mal etwas heller wurde, ein paar mal hinaus, um weiteres Feuerholz zu holen. Der Blizzard ließ indes nur kurz von ihnen ab. Es schien so, als habe er einfach nur kurz inne gehalten, um erneut Luft zu holen. Dann setzte er, stärker als zuvor, nochmals ein, … für eine weitere Nacht.

George träumte gerade von einem leckeren Schweinebraten, garniert mit Pastinaken, dazu einer schönen Buttersoße und Bratäpfeln. Sein Magen knurrte schon und das Wasser lief ihm im Mund zusammen. Das Dröhnen in seinem Kopf war etwas abgeklungen und hatte mehr einem übermächtigen Rauschen Platz gemacht. Vorsichtig öffnete er ein Auge einen Spalt breit. Die Indianerin war offenbar verschwunden. Er versuchte sich mühsam aufzusetzen und bemerkte dabei seine verspannten Gelenke. Er musste mehrere Stunden in dieser unbequemen Lage gewesen sein. Und da machte es auch schon „knack" in seinen Lendenwirbeln und er schrie vor Schmerz auf. Das hatte er sich fast gedacht. Wenn er über einen längerern Zeitraum sein Kreuz immer nur im kalten ließ, schoss ihn regelmäßig die Hexe. Und da schaute auch schon der Kopf der Squaw durch den Ausgangstunnel zu ihm hinein. Was sie zu ihm sagte, verstand er nicht. Er deutete nur mühsam mit einer Hand auf seinen Rücken und stöhnte. Sie schob ein neues Bündel Holz in die Höhle hinunter und kroch hinterher. Er versuchte nun, sich um zu drehen, um auf Ellenbogen und Knien hocken zu bleiben und sich somit seinen Rücken etwas aushängen zu lassen, was aber nur dazu führte, dass das Pochen in seinem Kopf wieder stärker wurde. Aus dieser Position beobachtete er sie einen Augenblick lang, während sie das Feuer schürte, bis wieder kleine Flammenzungen über das frische Holz leckten. Sie sah zerschunden aus. Eine dicke Schorfschicht hatte sich auf ihrem Gesicht gebildet. Er schien aber mindestens genauso wie sie auszusehen, stellte er fest, nachdem er sich seine blutigen Hände betrachtet hatte. Sie schien ihn gleichermaßen zu begutachten. Er befühlte sein Kinn, bemerkte seinen sprießenden Bart und analysierte an Hand dessen Stärke, dass er mindestens zwei Tage in der Höhle verbracht haben musste.

Unsicher, was sie tun sollte, legte sie einfach noch mal etwas Holz nach, das noch nicht ganz trocken war und entsprechend qualmte, setze sich dann neben ihn ans Feuer, starte in Richtung Höhlenausgang und begann ein weinerlich, klagendes Lied zu summen, das George noch nie gehört hatte. Draußen tobte der Sturm weiter. George war schlapp. Er hatte bei jeder seiner Bewegungen damit zu kämpfen, nicht wieder ohnmächtig zu werden, weil das Pochen zwischen seinen Schläfen dann heftiger wurde. Ganz langsam zog er unter seinem Mantel den Bogen und die Pfeile hervor. Sie sah ihm dabei zu, summte aber weiter. Dann begutachtete er seine Waffen und fand sie in Ordnung. Sie saßen beide schweigend. Ihm war es peinlich, so nah bei einer fremden Frau zu sein und sie zu mustern. Auch ihr schien die ganze Situation nicht zu behagen und so starrten sie schließlich beide ins Feuer.

Das unheimliche Grummeln, dass sich auf einmal in Georges Magengegend regte und das ihm zeigte, dass das leichte Summen in seinem Kopf wohl daher kam, zauberte indes ein Lächeln auf ihre Lippen. George konnte sich nicht daran erinnern, jemals in seinem Leben so lange nichts gegessen zu haben. Jetzt hörte er das Grummeln auch bei ihr und musste spontan lachen, wodurch jedoch der Druck in seinem Kopf wieder stärker wurde und er, um den

Schmerz auszuhalten, die Augen schloss. Als er die kurz darauf öffnete, lachte sie nicht mehr, sondern sah eher besorgt aus. Sie näherte sich ihm, zog seinen Kopf leicht nach unten in ihren Schoß und beleuchtete ihn mit einem brennenden Ast von allen Seiten. Als sie von ihm ab ließ, schaute sie noch besorgter. Dann versuchte sie ein Stück des Bodens der Höhle zu ebnen, mit trockenem Laub auzulegen, so gut es ging und bedeutete ihm, er möge sich so lang auf den Rücken legen, wie es für ihn möglich war. Ein Stück Moos, das sie plötzlich aus ihrer Kleidung zauberte, bestrich sie mit Schnee und als dieser geschmolzen vom Moos aufgesogen war, drückte sie diesen Moosballen auf seinen Lippen aus. Das war mehr als nur wohltuend für ihn. Das ganze wiederholte sie mehrmals und begann dabei auch immer mal seine Schorfkruste am Kopf feucht abzutupfen.

Draußen fegte weiter der Blizzard durch den Wald.

Irgendwann erlahmte ihre Fürsorge. Körperwärme suchend kuschelte sie sich mit ihrem Rücken an seinen Bauch und schlief mit ihm ein.

Dass der Sturm nachgelassen hatte, merkten sie an der plötzlich einsetzenden, ungewohnten Stille.

Das Brummen in seinem Kopf hatte ein ganz klein wenig nachgelassen, dafür grummelte sein Magen um so mehr. Das Feuer war herunter gebrannt, Holz kaum noch vorhanden. Sie schlief weiter und so beschloss er selbst, die Höhle zu verlassen. Dazu musste er aber als erstes den von ihr unter dem Schnee geggrabenen Ausgang etwas verbreitern, damit er hindurch kam. Draußen war es sternenklare Nacht. Der Schnee lag um den gestürzten Baum mindestens fünf Fuß hoch und er hatte ernthafte Schwierigkeiten, durch ihn hindurch zu kommen. Zwischen dem Unterholz waren es noch immerhin gute drei Fuß. Unter solchen Umständen Brennholz zu finden, schien für ihn als Mitteleuropäer so gut wie unmöglich. Zumindest hatte er aber sein Jagdmesser dabei und so schnitt er herab hängende Zweige, die er erreichte.

Wo er sich indes befand, konnte er beim besten Willen nicht

rekapitulieren. Alle Spuren seines Transports waren vom Winde
verweht. Als er wieder in ihre Höhle zurück kehrte, war sie
aufgewacht. Sie betrachtete seine Arbeit, sagte aber nichts dazu,
sondern deutete nur auf sein Messer, das er nun offen trug. Er gab es
ihr und sie verschwand nun selbst nach draußen, auf ihre Krücke
gestützt. Nach einiger Zeit kehrte auch sie mit einem Arm voll Holz
zurück und gab ihm sein Messer. In der sturmlosen Stille hörten sie
durch den Schnee die Tiere des Waldes. George hatte sich bei seinen
bisherigen Ausflügen nie unsicher gefühlt, jetzt aber, entkräftet wie
er war, schon! Das Heulen der Wölfe ließ ihn förmlich frösteln.

XX.   In den Alleghannys unterwegs

Dass der Tag begann, merkten sie nur daran, dass es im
Eingangsbereich der Höhle etwas heller wurde. Das Pochen
zwischen Georges Schläfen war wieder stärker geworden, sein
Magenknurren indes auch. Ihr schien es ähnlich zu ergehen. Da sie
keine Hilfe von irgendeiner Seite erwarten konnten, mussten sie sich
selber durchschlagen. Auch sie wusste nicht, wo sie sich befanden,
aber ewig konnten sie hier nicht bleiben, das war beiden klar. Nicht
ohne die Höhle für den Notfall sorgsam hinter sich zu verschließen,
man konnte nicht wissen, ob sie nicht heute noch einmal hierher
zurück kommen mussten, verließen sie die.
Um den gröbsten Hunger und ihren Durst zu stillen, aß sie etwas
Schnee. Er tat es ihr gleich. Dann versuchte er, seinen Kopf etwas zu
reinigen. Als er aber sah, wie blutig der Schnee dabei um ihn herum
wurde, ließ er davon ab. Es war schneidend kalt. Sein relativ dünner
Mantel aus deutschen Leinen hielt die Kälte bei weitem nicht so ab,
wie ihr nach innen geschlagener Pelz. Im Gegenteil sog er sich noch
voll Feuchtigkeit.

Sie indes, mit ihrer Krücke, offenbar war ihr linker Knöchel
gebrochen, war auch nicht so beweglich. Einem, in diesem Falle
falschen, Instinkt folgend, hinkte sie auf einen Wildwechsel zu, der
in Richtung Sonnenaufgang führte. Zur Straße nach Bedford hätten

sie aber in die andere Richtung gemusst, was sie aber nicht wussten. Er folgte ihr durch das Gesträuch.

Die Sonne begann auf ihrer Bahn schon wieder zu sinken, als sie plötzlich unter einem Baum begann, im Schnee herum zu wühlen. Nach wenigen Augenblicken förderte sie etwas zutage, was George schon einmal einen Soldaten in Bedford verächtlich als „Bärennuss" hatte bezeichnen hören. Eine Frucht etwa so groß wie ein Apfel, vom Aussehen aber eine Mischung aus Kastanie und Walnuss und in der Farbe einem Braunbären sehr ähnlich. Die Squaw hielt ihm die Frucht entgegen und sagte etwas, was er nicht verstand. Sie sah seinen fragenden Blick und brach die Bärennuss auf.

George erkannte zwar, dass es sich bei den vier darin enthaltenen Früchtchen um so etwas wie Kastanien handelte, aber er wusste noch immer nichts damit anzufangen. Die Früchte der in Berlin gelegentlich auf öffentlichen Plätzen stehenden Rosskastanie konnte man nicht essen. Ihr wurde seine Begriffsstutzigkeit zu bunt und sie Schlug eine der Nüsse, die viel größer, als eine Walnuss war, am nächsten Baumstamm auf, verzehrte den Inhalt und versuchte, ihm dann mit Gesten zu zeigen, dass man diese Kastanien auch ins Feuer legen und danach essen konnte. Endlich verstand er. Er kostete die ihm von ihr hingehaltene rohe Frucht und befand, dass sie mehlig schmeckte, aber immerhin besser, als gar nichts war. Sofort begann er mit ihr den Schnee um diesen Baum herum zu beseitigen und sich an der Suche zu beteiligen.

Sie waren beide so vertieft in ihre Suche, dass erst das relativ nahe Geheul eines Wolfes sie wieder in die Gegenwart hinein holte. Erschrocken umklammerte George seinen Bogen, der am Baum gelehnt hatte und beobachtete die Umgebung, während sie im Schnee weiter wühlte.

Sie beschlossen, an dem Nussbaum zur Nacht zu bleiben. Sie schichteten die gefundenen Nüsse auf einen Haufen und begannen

danach noch Holz zu sammeln. Sie waren dabei ein doch recht ungewöhnliches Paar, sie, hinkend, schwer auf einen starken Ast, der ihr als Krücke diente, gestützt, dabei nach trockenen Ästen an den Bäumen ringsum ausschau haltend. Was sie fand, band sie ihm an Lederriemen aus ihrer Kleidung auf den Rücken. Er, dicht bei ihr, hielt seinen gespannten Bogen in den Händen. Mit dem letzten Sonnenstrahl, der den Schnee glutrot färbte, kehrten sie zum Hickory zurück und machten Feuer. Als sich die erste Glut gebildet hatte, schob sie die ersten Bärennüsse ins Feuer. Immer wenn die aufplatzten, holte sie wieder welche heraus. George meinte bei sich, mit ein wenig Salz oder Honig würden die wohl besser schmecken, aber im Moment waren sie besser, als nichts. Sie sättigten verdammt gut.
(Anmerkung: Hickory-Nüsse gibt es in verschiedenen Arten, die bei uns in Europa bekannteste Variante aus dem Handel ist die Pekannuss.)

Lang gezogenes Wolfsgeheul, ganz plötzlich aus ihrer Nähe, schreckte sie beide vom Hickory, an den sie sich mit ihren Rücken gelehnt hatten, hoch. Sie mussten jetzt schnell handeln. Mit einem gekonnten Handgriff, warf sie einen längeren Lederriemen um einen etwas tiefer hängenden, dicken Ast des Baumes und zog sich an ihm hinauf. Als sie oben angelangt war, gab sie George zu verstehen, er möge ihr seinen Bogen hinauf reichen. Das nächste, noch nähere Geheul gab ihm ungeahnte Kräfte und er versuchte, ungelenk, wie ein Großstädter nun einmal war, mit zu ihr auf den Baum zu gelangen, aber musste dafür direkt am Stamm hinauf und auch das gelang ihm erst dank ihrer helfenden Hände und dank seiner Angst. Nun saßen sie zu zweit auf dem Baum und starten nach unten.
Es dauerte nicht lange, bis sich der erste Wolf vorsichtig ihrem bisherigen Lagerplatz näherte. George kletterte höher und in eine andere Richtung, bis er auf einem Ast fast über dem Feuer hing. Sie folgte ihm und hatte wohl auch eine Idee, denn sie bat George um sein Messer und hieb mit diesem trockenes Astwerk aus dem Baum heraus und verschnürte es vorerst.

Die Wölfe unter ihnen umkreisten das Feuer immer dichter, ohne sich ihm jedoch vollständig zu nähern. Dafür war wohl ihr Respekt davor noch zu groß. Sie hielten sich grad außerhalb des Lichtkreises auf. Man sah vor allem ihre glühenden Augen.
Als sich ein Wolf, offenbar ein Leittier, noch weiter näherte, fasste George einen plötzlichen Entschluss, nahm seinen Bogen, spannte ihn bis aufs Äußerste und ließ einen Pfeil von der Sehne surren.
Das Tier unter ihm brach sofort tot zusammen.

Was George in diesem Moment angerichtet hatte, bemerkte er erst , als das Wolfsrudel schlagartig auseinander stieb und sich das Geheul nach und nach immer weiter entfernte. Er spürte ihren Griff auf seiner Schulter, blickte sich zu ihr um und sie lächelte ihn zuversichtlich an.

Sie blieben beide dennoch für eine Weile auf dem Baum und nährten das Feuer unter sich durch herab gelassene, tote Äste.
Als auch das letzte Geheul so klang, als käme es erst aus dem nächsten Tal, stiegen sie beide vorsichtig herunter.
Mit sehr viel Gefühl, so dass der Pfeil nicht zerbrach, entfernte ihn die Squaw aus dem Kadaver des Wolfes. Sie bat ihn, ihr dabei zu helfen, das Tier aus seinem Fell zu schlagen. Wobei es sich wieder erwies, dass sie wesentlich geschickter im Umgang mit dem Messer war, als er. Sie filetierte das Fleisch des Wolfes, barg seine Sehnen und Knochen, barg die Eckzähne des Tieres für einen späteren Zweck, den er nicht verstand, hing dann einige Fleischstücke über dem Feuer an Sehnen in die Zweige des Baumes, wie George vermutete, zum räuchern, dann ließ sie einige Stücken Fleisch an Hickory-Zweigen am Feuer garen.

Nun hatte ihn zwar einerseits der abgezogene Wolf sehr an Hund erinnert, andererseits war er froh, nach den Bärennüssen nun auch noch etwas Fleisch zwischen seine Zähne zu bekommen. Die blutigen Innereien des Wolfs aber, bis auf Herz und Leber, verbrannte sie nach ihrem Mahl im Feuer. Es stank zwar erbarmungswürdig, wie halt verbranntes Fleisch stinkt, aber er vermutete, dass sie dadurch weitere Fleischfresser von hier fern hielt.

Er sah ein, dass er jetzt in ihrer Welt war und eigentlich sie die Fäden ihres Überlebens in der Hand hielt. Gerade einmal sein Kaninchenbogen bewahrte ihn davor, vollends von ihr abhängig zu sein.
Sie saßen am Feuer, er Pfeil und Bogen griffbereit, sie mit seinem Messer ruhig arbeitend, wobei sie vor allem dem Pelz innen alle Fleischreste mit dem Messer abschabte und auch diese Reste ins Feuer warf.
Mit „ich“, „du“, „wir“, „gehen“, „laufen“, „essen“ und „Feuer“ versuchte er erste Vokabeln ihrer Sprache zu lernen.

Irgendwann schien es ihr zu viel mit ihm zu sein. Sie bedeutete ihm, dass er sich mit seinem Rücken zum Feuer legen und schlafen sollte. Was er wiederstandslos tat.

Das Holz war fast herunter gebrannt und die Glut waberte nur noch ein wenig, als sie ihn weckte, um ihm zu bedeuten, dass sie nun schlafen wolle. Er starrte ins Feuer, bei dem er immer mal wieder einen Ast nachlegte und entsann sich der Geschehnisse in seinem Leben.
Mit der Dämmerung erkannte er, dass sie die halbe Nacht über am Wolffell durchgearbeitet haben musste, denn es hatte jetzt Ösen und schlaufen aus Sehnen im Fell.

Relativ schnell, nachdem sie wach war, packten sie ihre wenigen Sachen und machten sich auf den Weg. Sie hinkte genau so stark, wie am Tag zuvor und stützte sich noch immer auf die selbst gebaute Krücke. Auch hatte sein Brummen im Kopf kaum nachgelassen, nur der nagende Hunger war verschwunden. Der Schnee war tief. Wie oft versanken sie fast vollständig in Schneeverwehungen. Da sie mehr als anderthalb Köpfe kleiner war, als er, musste er voran gehen. Oft genug brach er vor ihr in dünnes Geäst oder in von Mullen und

Erdhörnchen angelegte Gänge. Er war definitiv zu leicht bekleidet für diese Jahreszeit und nur die ständige Bewegung hielt ihn warm. Bis es erneut dämmerte, hatten sie vermutlich keine anderthalb Meilen zurück gelegt. Dieses mal wählte die Squaw einen hohen Hickorybaum als nächtliches Lager für sie, bei dem man wieder ohne Weiteres die unteren starken Äste erreichte. Unter seiner Krone fand sie noch ein paar Nüsse, die ihre schmalen Nahrungsmittelreserven, bestehend aus den letzte Nacht angefertigten und nun gefrorenen Wolfsfleichstreifen, ergänzten. Neben Holz verheizten sie auch die Zapfen von Nadelbäumen, die sie am Tage mitgesammelt hatten.
In dieser Nacht wurden sie von keinem wilden Tier angegriffen. Sie arbeitete weiter am Wolfsfell und er lernte von ihr einfache Vokabeln. Wie schon am Tag zuvor übernahm sie die erste und er die zweite Wache. Während der nächtlichen übergabe, gab sie ihm zu verstehen, dass er auf die Innenseite des Felles pinkeln solle. Ihm war erst nicht klar, was sie wollte, entsann sich dann aber, dass auch die Gerber in Berlin regelmäßig ihre Runden gedreht hatten, um volle Urinfässer, die an jedem öffentlichen Platz standen, wieder gegen leere einzutauschen. Er war auch einmal in einer Gerberei gewesen und hatte auf seine Frage, was denn das für Flüssigkeit sei, in der die Häute hingen, nur verschmitzte Blicke geerntet. Und so ahnte George, dass seine Pisse etwas mit dem Fell zu tun haben musste.

So, wie dieser Tag, so verging auch die nächste Zeit. Sie wanderten ein paar Tage nach Osten, dann ein paar Tage nach West oder nach Nord. Der dichte Wald machte es fast unmöglich, sich genauer zu orientieren, der tiefe Schnee tat sein Übriges. Gelegentlich kam George auch mal mit seinem Bogen zum Schuss und erbeutete einen Hasen oder eine Wandertaube. Hin und wieder kreuzten sie die Fährte eines Puma oder von Hirschen, an die sie jedoch nie heran kamen.
Sein Schädel brummte noch immer, ihr Hinken hatte nur unmerklich nachgelassen, aber zumindest waren sie am Leben und hungerten kaum.

Nach etwa einer Woche ihrer Wanderschaft überraschte sie ihn eines Morgens mit einer dicken Weste, die sie aus dem Wolfsfell gezaubert hatte. Aus Fellresten hatte sie ihm obendrein eine Mütze gemacht, die er dringend benötigte. In den nächsten Tagen folgten ein paar Mokassins aus Kaninchenfellen. Seine ungefütterten, schweren und nicht wirklich passenden, ausgemusterten Armeestiefel, die er sich beim ersten Schneefall in Bedford vom Quartiermeister hatte geben lassen, konnte er somit endlich ausziehen. Das Laufen in diesen neuen Schuhen war wesentlich angenehmer.

Wenn sie abends am Feuer saßen, beobachtete er ihre Arbeiten ganz genau und versuchte dabei von ihr zu lernen. Einmal kamen sie an einen kleinen Bach, an dessen vereisten Ufern Weiden standen. Sie schnitt mehrere herunter hängende Zweige von den Bäumen und als sie abends lagerten, flocht sie daraus, wie sie es nannte: Schneeschuhe, die sich gleich am nächsten Tag bewährten, weil man mit denen weit weniger im Schnee versank, als ohne sie.
Der Bach war eine nette Abwechslung in ihrer Reise. Die Indianerin stöberte Krebse auf und fing, in Ermanglung anderer Möglichkeiten, mit ihren bloßen Händen ein paar Fische.

Georges Vokabular wurde immer besser, sein Wortschatz umfangreicher. So erfuhr er beispielsweise, dass sie bereits vierzehn Sommer alt war. George nahm mit Recht an, dass vierzehn Sommer mit vierzehn Jahren gleichzusetzen war. Am Bach erläuterte sie ihm ihren Namen. Der war zusammengesetzt, was die Sache für ihn etwas erschwerte. Der frühe Morgen war der eine Teil ihres Namens. Für den anderen Teil benetzte sie ihr Gesicht mit etwas Wasser. Er verstand nicht. Dann nahm sie einen Tannenzweig und tauchte den in den Bach. Er rätselte: „Morgens getauchter Ast?" Als er versuchte, ihr seine Interpretation ihres Namens zu verdeutlichen, musste sie sich fast ausschütten vor Lachen.
Aber genau das waren sie, diese kleinen Missverständnisse, an denen sie beide lernten.

Nun versuchte er ihr seinen Namen darzulegen, aber da verstand sie nun überhaupt nichts, zumal er selbst die eigentliche Bedeutung seines Vornamens, nämlich „Erdbearbeiter", überhaupt nicht kannte.

Sie zogen wieder tiefer in den Wald hinein, weil es am Bachufer einfach zu glitschig war. Ein paar Tage schleppten sie sich bereits in Richtung untergehender Sonne, als sie eines Tages auf eine Lichtung trafen, die größer war, als alle natürlichen Lichtungen, die George bisher hier in Amerika gesehen hatte. So langsam, wie sie waren, brauchten sie vermutlich mindestens anderthalb Tage, um sie zu durchqueren. George wusste nicht, dass er hier einen der ersten kleinen Ausläufer der viel weiter westlich gelegenen Prärien vor sich hatte, die zu diesem Zeitpunkt bisher kaum ein Europäer je gesehen hatte und von deren Existenz und wirklicher Größe niemand ahnte. Was ihn aber am meisten faszinierte, waren die großen, massigen Körper, mitten auf der Lichtung, die mit ihren großen, starken Köpfen den dicken Schnee beiseite schoben, um an das darunter liegende Gras zu kommen. George hörte tiefes Grunzen. Die Tiere schienen entfernt verwadt zu sein mit dem Wisent. Die Squaw versuchte, mit ihm wieder im Wald zu verschwinden. Er aber fand diese großen Tiere so interessant, dass er sie bat, hier am Rande des Waldes, wo sie sich gerade befanden, ihr Lager für die Nacht herzurichten. Er selbst wollte noch etwas näher an diese Tiere heran. Widerstrebend gab sie nach. Ohne sich der Illusion hingeben zu können, mit seinem Kaninchenbogen eines dieser Tiere je schießen zu können, versuchte er dennoch, immer dichter an die großen, rotbraunen Tiere heran zu kommen.

Als er für seine Begriffe so nah war, wie er es vertreten konnte, betrachtete er diese Wildrinder, für die er sie hielt, genauer. Sein „kleiner Ausflug" dauerte den ganzen Nachmittag. Die Indianerin hatte während seiner Abwesenheit einiges getan. Das Feuer, das sie entfacht hatte, fütterte sie mit altem, getrocknetem Büffelmist. Sie hatte auch wieder Bären- und Hickory-Nüsse gesammelt. Als George und die Squaw ab Beginn der Dunkelheit am Feuer zusammensaßen, wollte er wissen, wie diese riesigen Tiere denn nun hießen. Er erklärte ihr, dass er so ein Tier, allerdings von der Körperform und Statur her etwas schmaler, schon einmal in seiner Heimat, in Berlin, auf diesem anderen Kontinent in einem Metallkäfig auf einem Pferdewagen zum Brandenburger Tor transportiert gesehen hatte und dass man bei ihm diese Tiere „Waldrind" oder „Wisent" nannte. Sie versuchte George darauf hin zu erklären, dass es bei den vielen Indianervölkern auf ihrem Kontinent auch entsprechend viele Namen für diese Tiere gäbe. Die Indianer, die näher bei Sonnenuntergang auf Wiesen lebten, die mehr als hundertmal größer waren, als die hier vor ihnen liegende Lichtung, ernährten sich fast vollständig von diesen Tieren, die sie dort „Tatonka" nannten. Die Herden dort seien wesentlich größer, als die hier im Wald und würden mitunter sogar von Sonnenauf- bis Sonnenuntergang reichen. Bei Irokesen, Huronen, Mowhikans und Algonkins würden diese Tiere meist „Bison" genannt. Sie seien indes recht schwer zu jagen und gefürchtet wegen ihrer temperamentvollen Wutausbrüche.

An diesem Abend machte sie einen erneuten Versuch, ihm ihren Namen zu erklären, denn ihre gegenseitige Verständigung klappte ja von Tag zu Tag besser. Als er es dann spät in der Nacht endlich kapierte, war es eigentlich ganz einfach: „die, deren Augen oft wie Morgentau glitzern", Kurzform „Morgentau". Das stimmte! Ihre Augen hatten häufig etwas glitzerndes, glänzendes und er fragte sie direkt danach. Sie antwortete ihm nicht sofort, sondern erst ein paar Tage später, als sie in einer kleinen Schlucht Zuflucht vor einem aufkommenden Blizzard suchten. Sie sei seit vier Sommern sehr, sehr traurig, weil erst ihre ältere Schwester und kurz darauf ihre beste Freundin jeweils genau von den Männern zur Frau genommen worden seien, in die sie selbst, „Morgentau", sich verliebt gehabt habe.

Der Umgang mit diesen Männern sei für sie in der Familie deshalb immer recht schwer gewesen. Aber sie habe, und jetzt bebte ihre Stimme ein wenig und obwohl George in der Dunkelheit des

Lagerfeuers es nicht direkt sehen konnte, so glaubte er dennoch zu erkennen, wie rot ihr Gesicht in diesem Moment wurde, die Liebe wieder gefunden.

Der in dieser Nacht mit voller Wucht einsetzende Blizzard zwang sie dazu, aneinander gekuschelt in einer kleinen Höhle unter einem Felsvorsprung für zwei volle Tage zu verweilen.

In den Tagen danach blieben sie in der Schlucht, an deren Grund ein kleiner Bach vor sich hin säuselte. Hier unten war der Winter nicht ganz so streng, wie es schien. Nahrung fanden sie reichlich. Wandertauben ließen sich für den Abschuss mit dem Bogen relativ einfach mit ein paar aufgebrochenen Hickory-Nüssen anlocken. Im eisig kalten Bach fingen sie Krebse, Forellen und Elritzen. In den Büschen an dessen Rändern fanden sich noch zur genüge Brombeeren, Sanddorn, Bucheckern, Berberitzen, Schlehe, Erd-, Preisel- und Blaubeeren.

Ihr Hinken hatte mittlerweile fast ganz aufgehört. Auch war ihr linker Knöchel nicht mehr geschwollen, wie sie beide voller Zufriedenheit feststellten. Das Brummen war aus seinem Kopf verschwunden, allerdings fühlte er, dass sowohl sein Bart, als auch sein Haar mächtig gewachsen waren.
Wie lange sie inzwischen unterwegs waren, wusste er nicht zu sagen. Über ihre zurück gelegte Strecke noch weniger, da sie ja sehr langsam waren. Er hatte aber den Eindruck, als wenn die Tage wieder ein ganz klein wenig länger würden.
Eines schönen Tages öffnete sich ihre Schlucht zu einem nach nordwesten hin offenen Tal, in dem ihr Bach und zwei weitere zusammenflossen. Morgentau jubelte: „Ich weiß endlich, wo wir sind! Ich weiß endlich, wo wir nun sind! Wir sind am Truthahnfuß! Von hier aus sind wir in einem halben Tag meinem Dorf!"

XXI.   **bei den Indianern**

Sie hatte wohl Kanue-Fahrtzeit berechnet, denn es dauerte gut drei
Tage, in denen sie den Fluss entlang ihren Weg immer aufs Neue erst
finden mussten. Als sich der Urwald am Ufer dann plötzlich lichtete,
war George überwältigt. Er erkannte große, dicht verschneite Äcker
und uralte Obstbäume.
Entlang des Baches standen lange Häuser, ähnlich denen, die George
bei seiner Reise von Berlin über Hamburg in den Dörfern an der Elbe
und an der Küste Norddeutschlands gesehen hatte. Er glaubte, zu
träumen, denn dies hier war doch ein anderer Kontinent. Sollte es
etwa in diesem abgeschiedenen Teil der Erde preussische Siedlungen
geben?
Aber da waren sie auch schon von indianischen Kindern umringt.
„Hier wohne ich.“, sagte Morgentau erleichtert.
Und da kamen stolze Krieger und alte Frauen aus den Türen der
Langhäuser. Sie wurde freudigst begrüßt, er misstrauisch
begutachtet. Oh, mein Gott, kam es George in den Sinn,
wahrscheinlich bin ich der erste Weiße, den die meisten von denen
hier, bisher jemals gesehen haben. Sie wurden zu einem Haus etwa in
der Mitte des Dorfes, das sich auf einer ganzen Uferseite am Fluss
entlang zog, geleitet. Sie raunte ihm in der Menge zu: „Hab keine
Angst, sie wollen nur ein kleines Powwow wegen meiner
glücklichen Rückkehr machen. Immerhin ist meine Mutter in diesem
Jahr die Clanmutter aller Clans.“ Er konnte weder etwas mit
„Clanmutter“ noch mit „Powwow“ anfangen. Auch von den
zwischen den Menschen hier hin und her geworfenen Wortfetzen
verstand er kaum die Hälfte und manchmal nur ein einziges Wort.
Wahrscheinlich hatte Morgentau auf ihrer Wanderung mit ihm
extrem langsam und deutlich gesprochen.

Als sie am Haupthaus ankamen, wurden sie dort mehr oder weniger
hinein gestoßen und Georges noch immer vom Schnee draußen halb
geblendete Augen mussten sich erst an das Dunkel des Raumes
gewöhnen. Aber da wurde auch schon in der Mitte ein großes Feuer

entzündet. Von überall her, das Haus hatte vier Eingänge, kamen plötzlich Menschen mit Schüsseln voller Esswaren, mit Fleischstücken und frischen Fischen. George wurde bedeutet, dass er sich direkt ans Feuer setzen und beim Essen ordentlich zulangen solle. Morgentau, die zu seiner Erleichterung an seiner Seite blieb, riet ihm zu Bärennüssen mit Honig, dann zu Maispudding mit Sonnenblumenöl und ganz bestimmt müsse er auch noch Hickory-Nüsse in Biberfett und Wapitifleisch mit Ahornsirup probieren.

Erst jetzt beim Zulangen bei all diesen leckeren Gerichten merkte George, wie ausgehungert er in Wahrheit und wie geschwächt sein Körper war.

Das allgemeine Essen war noch nicht vorbei, George hatte wegen der Wärme mittlerweile sein Wolfsfell und auch seinen Mantel abgelegt, stürmten plötzlich Männer mit Trommeln in den Raum und weitere mit vielen Federn festlich geschmückte Indianer begannen, dazu im Takt um das Feuer und um sie beide herum zu tanzen. Ihre Beine stampften rhythmisch den Boden und aus dem einsetzenden Singsang erkannte George den Text:

„Unsere Tochter ist wieder da – hey-yo

sie ist wieder gekommen – yo-yo

der Große Geist hat Gutes getan – hey-yo

er bringt uns auch einen neuen Freund – yo-yo"

In den Refrain setzten alle im Raum ein „Hey-yo-hey-hey hey-yo-hey-hey hey-yo-hey-hey" und dann sangen die Tänzer den Text erneut. Als der Refrain wieder einsetzte, sprangen alle im Raum auf und tanzten gemeinsam mit den Sängern um das Feuer herum und selbst George hielt es nicht mehr auf dem Boden und er tanzte mit. So ging das eine ganze Zeit lang, bis die Kräfte der ersten Tänzer erlahmten. Man setzte sich wieder, griff in die Schüsseln mit dem Essen und irgendwann verstummten auch die Trommeln.

Als sich das Geschehen etwas beruhigt hatte, standen plötzlich ein mit sehr vielen Federn geschmückter Indianer und eine, sehr große Autorität ausstrahlende Squaw mittleren Alters auf. „Das sind der Häuptling und die oberste Clanmutter.", raunte Morgentau George zu. Die Frau sprach: „Wir sind sehr stolz und froh, dass der Große Geist unsere Tochter wieder lebend zu uns zurück gebracht hat. Unsere Gebete sind erhört worden." Man hörte zustimmendes Gemurmel im Raum. Nun ließ sich der Häuptling vernehmen: „Wir hatten nicht erwartet, dich > deren Augen oft wie Morgentau glitzern< noch einmal lebend wieder zu sehen. Am Tag, nachdem du den Jagdtrupp kurz zum Nüsse sammeln am Fort verlassen hattest und bis zum Abend nicht mehr zurück gekehrt warst, ist unser Trupp noch einmal in dem Laden im Fort gewesen, um sich zu erkundigen, ob man dich dort vielleicht gesehen hätte. Aber auch da gab es nur Leid, denn die beiden Frauen darin weinten. Daraufhin wurde ich als Häuptling geholt. Als ich einige Tage später im Fort ankam, unterhielt ich mich mit einem der Hauptlinge der Weißen.", der Indianer wandte sich nun direkt an George: „Du kennst ihn vielleicht. Er nannte sich Lieutenant Miller." „Ja, Lieutenant Miller, …. das ist der stellvertretende Kommandeur des Forts.", flüsterte George in die Stille hinein. Da hob der Häuptling wieder an: „Dieser Lieutenant Miller sagte mir, ein Weißer, kein Soldat, habe > deren Augen oft wie Morgentau glitzern< entführt, missbraucht und getötet. Bist Du dieser Weiße?", fragte der Häuptling rethorisch George und fuhr fort: „Da du und auch sie noch am Leben sind, kann irgendetwas an der Geschichte des Lieutenants nicht stimmen. Und so wissen wir nicht, Weißer," fuhr er feindsehlig fort, „bist du Freund oder Feind der Irokesen?" Sehr viel milder im Tonfall wandte er sich an Morgentau: „Wir haben mehrere Tage lang im Wald nach dir gesucht, aber Schneestürme hatten alle Spuren verweht. Tochter, willst du uns nicht erzählen, was wirklich vorgefallen ist?"

Genau in diesem Moment begann sich alles um George herum zu drehen. Der stechende Kopfschmerz, das Pochen zwischen seinen Schläfen, kam ganz plötzlich wieder und dieses mal übermannte es ihn und er fiel in eine tiefe Ohnmacht.
Zwei starke Männer sprangen sofort zu George hin. Der Medizinmann, Weise Eiche, erhob sich etwas schwerfälliger, als die beiden jungen Burschen. Er fühlte Georges Puls, öffnete mit den

Fingern dessen geschlossene Augen, fühlte mit einer Handaussenfläche den Atem und sagte: „Der Weiße ist total erschöpft und ringt mit dem Tode." An die Oberste Clanmutter, Aufgehende Sonne, gewandt fragte Weise Eiche: „Bei welchem Clan kann er für ein paar Tage ruhen?" Und die antwortete: „Er kommt zu uns, zu den Falken. An der Südtür ist noch eine Kammer frei. Morgentau wird sich um ihn kümmern."

Während die beiden jungen Krieger, Weise Eiche, Aufgehende Sonne und Morgentau ins Langhaus des Falkenclans brachten, ging das Powwow vorerst weiter. Die Kammer an der Südtür, war einer der üblichen Gäste-Räume dieser Art, wie ihn jedes Langhaus hatte. Sorgsam legten die Frauen ein Bären- und ein Bisonfell auf die rundum laufende Bank und betteten George darauf. Der Medizinmann befühlte, als er endlich lag, Georges Oberkörper und stellte fest: „Der Weiße braucht Ruhe und ordentlich zu essen. Er ist total abgemagert." Vorwurfsvoll fragte er: „Morgentau, hast du das nicht gesehen?" „Nein, Weise Eiche! Aber du hast recht, er hat mir während unserer Wanderschaft meist die besseren Stücken beim Essen überlassen." „Der Weiße wird schon vorher falsch ernährt worden sein. Aber auch du, Tochter, solltest dich die nächsten Tage schonen. Ich werde morgen wieder nach dem Weißen sehen."
„Wenn unsere Tochter wieder zum Powwow will, um dort zu berichten, was ihr geschehen ist, bleibe ich gerne bei dem Weißen.", bot sich einer der Krieger, Schneller Bogen, der George ebend mit getragen hatte, an. Aufgehende Sonne stimmte dem zu und so ging Morgentau mit den anderen wieder ins Haupthaus.
Morgentau war ein wenig verlegen, als sie nun allein im Mittelpunkt des Interesses stand. Man hätte im Haupthaus ein Maisblatt fallen hören können, so ruhig war es, als sie mit ihrem Bericht begann.
Sie und ihr kleiner Jagdtrupp wären in die Nähe des Forts gelangt. Dort wären sie auf einen weißen Fallensteller Namens Ray Cooper gestoßen, der ihnen von einem neuen Laden im Fort berichtet hatte. Daraufhin sei ihr Trupp ein paar Tage später zum Fort gelang. Sie hätten ihre kleine, lederne Jagdhütte, die einem Tipi der Sioux

ähnelte, vor dem Fort aufgestellt und seien sodann ins Fort gegangen. Ein neuer Händler bedeutete auch immer einen Ort des Informationsaustauschs und des Friedens, weil, wer miteinander Handel treibt, führt keinen Krieg. Ihr Trupp habe im Laden auch gute Geschäfte gemacht und ein paar Wapitifelle gegen ein Säcklein voll Salz getauscht. Während die Krieger und die Frau mit ihrem Kind danach sofort wieder zu ihrer Hütte gegangen waren, wollte sie, Morgentau, noch ein paar Bärennüsse vor den Palisaden des Forts sammeln. Dabei sei sie von einem Soldaten überwältigt, geknebelt und gefesselt und in einem Leinensack ins Fort geschleppt worden, wo dann dieser Soldat und der besagte Lieutenant Miller sich an ihr vergangen hätten. Der Weiße, mit dem sie gekommen sei und mit dem sie kurz zuvor noch im Laden gefeilscht hatte, habe versucht, sie aus ihrer Lage zu befreien, wurde aber nun seinerseits von den Soldaten niedergeschlagen und gefesselt. Sie beide wurden anschließend betäubt, in Holzfässern versteckt und abtransportiert. Kurz bevor man sie aus den Fässern wieder hinaus holte, habe man sie beide erneut bewusstlos geschlagen.

Großes Gemurmel im Raum. Weise Eiche ergriff kurz das Wort: „Ich glaube, unser Häuptling Flinker Bär hat dem Weißen Mann vorhin unrecht getan. In den vielen Sommern meines Lebens habe ich schon viele Menschen kennengelernt und diese Weißer ist bestimmt kein schlechter Mensch." Der angesprochene Flinke Bär räusperte sich kurz, bevor er sagte: „Weise Eiche spricht das aus, was ich vorhin fühlte. Auch ich glaube nicht, dass dieser Weiße ein Feind der Irokesen ist. … aber willst du nicht fortfahren, Tochter?"

Morgentau griff mit ihren Fingern noch einmal in eine Schüssel mit Maispudding und erzählte dann, was sie gemeinsam mit dem Weißen, dessen Name wohl George sei, erlebt hatte. Ja, eigentlich war sie es, die Feuer machte, die Nüsse gegen den gröbsten Hunger sammelte, die Fische mit ihren bloßen Händen fing und die die Schutzhütten gegen die eisigen Nächte gebaut hatte. Andererseits habe sie auch noch nie einen Weißen mit einem Bogen umgehen sehen. Alle anderen Weißen, die sie bisher kennen gelernt hatte, hatten immer ihre Büchse dabei und konnten selbst mit denen schlecht schießen. Aber George konnte sich da in seinen Schießkünsten mit dem Bogen garantiert mit den besten Schützen des Dorfes hier messen. Sein Bogen und seine Pfeile seien auch noch etwas ganz besonderes, schwärmte sie, denn sie seien aus einem ihr unbekannten Holz, das nur auf dem Kontinent wuchs, von dem die Weißen ursprünglich kamen. Morgentau erzählte auch noch von dem Wolfsangriff und von dem dünnen Mantel, den George getragen hatte, bis sie ihm das Wolfsfell zurecht gemacht hatte. Sie berichtete davon, wie er ihre Sprache gelernt und was es dabei für Missverständnisse gegeben hatte und davon, was er ihr von seinem Leben auf dem anderen Kontinent erzählt hatte und warum er nun hier war.

Die ersten Dorfbewohner gähnten schon, als Flinker Bär ihren Bericht abschloss mit den Worten: „Der Weiße sollte einen richtigen Namen bekommen."
Da flogen nochmals Worte durch den Raum, hin und her, bis man sich auf: „ Der Weiße Mann im grauen Wolfspelz, der von einer Indianerin gerettet wurde", kurz: „der Weiße Wolf" einigte.

Der, um den es dabei ging, George, bekam von all dem nichts mit. Er schlief tief und fest und begann gegen Morgen zu fiebern.
In seinem Geist gab es einen bunten Reigen von Träumen und Erlebnissen. Und wenn er zwischendurch mal die Augen öffnete, wusste er nicht mehr, wo er sich befand. Er merkte nur, dass es meist dunkel um ihn herum war und dass er auf einem dicken Fell lag. Hin und wieder tauchte das Gesicht von Morgentau vor ihm auf. Oder war es Clara? Und wer war dieser fremde Mann, der ihn laufend fütterte. Wer diese Frau, die ihm aus einer Kalebasse immer wieder dieses frische Wasser gab? Alles drehte sich schon wieder um ihn herum und er driftete weg ins ferne Berlin, wo er Hasen und Enten jagte.

So ging es einen halben Mond lang.

Er wurde wach, oder besser, er driselte ins Bewusstsein zurück, durch die Kanonenschüsse der Sweet Revenge. Er dachte noch so bei sich, dass die ja heute fürchterlich langsam schössen, aber auch so rhythmisch …. und allmählich kämpfte sich sein Geist an die Oberfläche des Seins. Er fieberte nur noch leicht. Er fühlte ein Fell unter und eines über sich. Endlich öffente er seine Augen.

Es war halbdunkel. Er lag in einem Raum, an deren Wänden entlang unten eine einzige Bank rundum entlang lief. Gerade so viel Platz, dass an jeder der Wände eine Person auf der Bank liegen konnte. Die Wände, so bemerkte er jetzt, bestanden aus Rindenstücken. Waren also sehr dünn. Die vierte Wand war nur halb so breit, wie der Raum, nur mit einem halben Schlafbrett, und sie öffnete sich offenbar zu einem Gang hin, in dem ein Feuer schwach flackernd brannte. Die Wände des Raumes waren auch nicht bis zum Dach hinauf gezogen. Etwa auf Mannshöhe war eine Zwischendecke eingezogen, mit einem Loch in der Mitte, so dass man von unten bequem etwas dort hinauf stellen und auch wieder herunter holen konnte und dass ein Kind hindurch konnte.

Die Schüsse, die George gehört hatte, waren in ein gleichmäßiges Rumpel über gegangen, …Tack-Tack, Tack-Tack, Tack-Tack …

Er versuchte, sich etwas aufzurichten, sah aber noch nicht genug. Mit viel Anstrengung schaffte er ein sitzen. Als er sich aber aufstellen wollte, knackten ihm sofort die Beine weg und er hatte Mühe, sich noch an der Bank irgendwie zu halten.

Seine gewollten und nicht gekonnten Bewegungen hatten wohl im Gang für Aufsehen gesorgt, denn sofort war Morgentau bei ihm.

Als sie ihn aufrecht sitzen sah, strahlte sie übers ganze Gesicht: „Du bist aufgewacht!" „Und ich möchte gerne aufstehen. Aber ich kann es nicht. Ich bin noch zu schwach.", ergänzte er weinerlich.

„Komm, stütz dich auf mich. Wir gehen nur ein paar Schritte bis zum Feuer.", bot sie an. Er nickte. „Ich glaube, das ist eine gute Idee."

Sie machte ihm ein weiches Lager aus Fellen am Feuer und half ihm dann, aufzustehen. Dieses wenige an Bewegung tat ihm sehr gut. Als er, in weitere Felle gehüllt, endlich seine Kammer verlassen und am Feuer platzgenommen hatte, schaute er sich als erstes neugierig um. Das Haus war für seine Begriffe riesig. Es war mindestens einhundert Schritt lang. Er sah hier im Mittelgang mehrere Feuer brennen, die offenbar alle von anderen Familien bewirtschaftet wurden. An denen das Dach tragenden Querbalken hingen dichte Büschel voller Mais, Kräuter, getrockneten Fleisches und Felle. Wohl auch kultige Gegenstände wie Adlerschwingen. An einem entfernteren Feuer sah George ein paar Kinder leise mit ihren Maisstrohpuppen spielen. Überall sah er diese Kammern. Er erkannte, dass einige von ihnen bewohnt, andere hingegen wohl als Lagerraum für Lebensmittel genutzt wurden.

Er wurde aus seinen Gedanken gerissen, als Morgentau anfing, zu reden. „Du hast einen ganzen Mond lang gefiebert. Viele glaubten schon, du kommst nicht durch. Ich aber schon. Und so habe ich dir hier einen eine Schale und einen Löffel geschnitzt." Sie flitzte in eine andere, offenbar ihre Kammer, holte das Essbesteck und fuhr fort: „Wenn du Hunger hast, kannst du dich hier an jedem Feuer aus den Kesseln bedienen, denn du bist unser Gast. Weise Eiche hat gesagt, du sollst dich schonen und nicht vor dem >Monat, in dem der Samen sprießt< mit auf die Jagd gehen."
George musste nachfragen: „>Monat, in dem der Samen sprießt<? Wann ist der?"
„Das ist der dritte Mond nach der Wintersonnenwende." „Und wie lange ist die jetzt her?" „Knapp zwei Monde.", sagte sie.
Dann erzählte sie ihm von ihrem Haus und welche Familien hier wohnten. Er hörte ihrem Geplauder eine ganze Weile zu, nahm sich immer wieder etwas Maisbrei aus dem Topf über dem Feuer.
Er merkte, wie schnell seine Kräfte erlahmten und so ließ er sich von ihr bald wieder in seine Kammer, von der er nun wusste, dass das der Gästeraum für den Clan sei, bringen. Nach einer Weile schlief er ein.
Geweckt wurde er von Morgentau, weil Weise Eiche nach ihm sehen wollte: „Wie geht es >dem weißen Mann im grauen Wolfspelz, der von einer Indianerin gerettet wurde< heute?", fragte Weise Eiche.

George war verdutzt. „Ich verstehe nicht, wer >der weiße Mann im grauen Wolfspelz, der von einer Indianerin gerettet wurde< ist." Morgentau rettete ihn: „Das ist der Name, den dir die Ratsversammlung beim Powwow gegeben hat. Seine Kurzform ist >Weißer Wolf<! Du sollst einen richtigen Männer-Namen haben, wenn du bei uns bist, wurde beim Powwow beschlossen." George bedankte sich artig und ließ sich von Weise Eiche untersuchen, der ihm anschließend empfahl, sich mehr zu bewegen, damit seine Muskeln wieder kräftiger würden.
Als der Medizinmann ging, schlief George erneut ein.

Die nächsten Wochen lebte sich George mehr oder weniger gut ein bei den Irokesen. Aus irgendeinem Grunde fühlte er überhaupt kein Verlangen, nach Bedford und zu Clara zurück zu kehren. Es schien, als habe er ein gänzlich neues Leben für ihn begonnen. Sein indianischer Name „Weißer Wolf" wurde passte einfach zu ihm.
Ihm gefiel bei den Indianern besonders, dass die Kluft zwischen Oben und Unten relativ klein war, niemand besaß viel mehr, als ein anderer. Ihre Vorräte teilten sie. Die obersten Clanmütter und selbst die Häuptlinge wurden regelmäßig demokratisch gewählt und konnten ebend auch abgewählt werden. Arbeiten erledigte man gemeinsam. Hier wurde niemand allein gelassen, selbst er als Fremder nicht. Seine ersten Schritte in dieser für ihn neuen Gesellschaftsform waren tapsig und manchmal etwas unbeholfen, aber niemand schalt ihn wegen seiner anderen Hautfarbe, wegen seiner wenig ausgebildeten handwerklichen Fähigkeiten oder weil er noch nicht mit auf die Jagd ging. Er half indes, wo er konnte. Und wenn er abends am Feuer seine Lebensgeschichte erzählte, von Berlin auf diesem ganz anderen Kontinent, dann fand er immer sehr aufmerksame Zuhörer, die oft auch aus anderen Clanhäusern hinzukamen.

Wie von Weise Eiche vorausgesagt, war George mit Beginn der Schneeschmelze wieder stark genug, um erste kleine Ausflüge in die Umgebung machen zu können. Dabei trainierte er nach und nach

seinen Körper, denn er fühlte, er müsse nun bald zurück in die
„Zivilisation". Er dachte auch an sein Eheversprechen Clara
gegenüber. Sein Plan war, Clara zu heiraten und dann mit ihr genau
hier, quasi an der Quelle der Felle, einen kleinen Laden
aufzumachen. Aber dazu musste er noch mehr von den Indianern
lernen.
Die staunten nun ihrerseits über seine Treffsicherheit mit dem Bogen.
Bald, bald geh ich zurück nach Bedford, nahm er sich regelmäßig
vor, verschob es dann aber doch immer um eine weitere Woche, weil
es für ihn noch so viel zu lernen galt.

Besonders mit Schneller Bogen, der Indianer, der ihn in seiner ersten
Nacht hier gepflegt hatte, freundete er sich an. Sie lieferten sich, sehr
zur Freude des ganzen Dorfes, immer wieder öffentliche
Wettschießen mit ihren Bögen, bei denen es um nichts weiter ging,
als um die aufreizenden Blicke junger, unverheirateter Squaws.
Von Häuptling Flinker Bär bekam er Einführungen ins Fährten lesen.
Dabei erzählte er auch die Geschichte von den Lenape-Kriegern, die
in einen Hinterhalt ihrer Feinde geraten waren, nachdem sie der Spur
eines Bisons gefolgt waren. Die Feinde der Lenape hatten sich für
ihren Hinterhalt Stelzen gebaut, die beim Gehen eine Bisonfährte
hinterließen. „Darum ist es ganz wichtig, auch immer auf
vorhandene Losung, also auf das Vorkommen von entsprechendem
Tier-Kot zu achten! Indianer können keinen Bisonkot!", lachte
Flinker Bär.

Damit George sich im Gelände orientieren konnte, musste er sich an
Falkenauge, einen schon relativ alten, grauhaarigen, aber noch
immer flinken Mann wenden. Der zeigte ihm, wie man auch im
dichtesten Wald den ungefähren Sonnenstand erfahren konnte. Auch
an einzeln stehenden Bäumen auf Lichtungen konnte man die
Himmelsrichtungen erkennen. Die Bäume waren auf der
Nordwestseite am meisten bemost und bildeten nach Süden stärkere
Äste. Mehrere Tage waren Falkenauge, Schneller Bogen, Steht-mit-
einer-Faust und er in der Umgebung des Dorfes unterwegs. Dabei

lernte George obendrein so ganz nebenbei, wie man sich im Notfall für den Winter eine Schutzhütte baut, wie man eine Reuse baut und mit der Fische fängt, welche Bäume schmackhaften Ahornsirup haben und wie man mit Kleintierfallen zum Beispiel Opossums fängt.

Auf den Feldern des Dorfes ging derweil die Arbeit voran. George bekam das bei seinen Ausbildungen regelrecht am Rande mit. Im Gegensatz zu den europäischen Siedlern, wo jeder nur seine eigenen Felder bestellte, arbeiteten die Leute hier zusammen und es wurde nacheinander immer von allen gleichzeitig, erst die Äcker des einen Clans, dann die eines anderen bearbeitet. Welcher Acker in der Reihenfolge als nächstes heran kam, entschied die Oberste Clanmutter. Erst wurden mit knöchernen Hacken Maisstrünke, Bohnen-, Kürbis-, Tomatenranken und Unkraut von den Feldern entfernt. Das trockene Gesträuch wurde auf kleinen Hügeln auf den Feldern zusammengetragen, nachdem es getrocknet war einige Tage später verbrannt und die Asche als Dünger verwendet. Danach wurde gesät. Und auch hier für George Erstaunliches und ein totaler Gegensatz zu den europäischen Bauern, die pro Feld immer nur eine Frucht anbauten. Bei den Irokesen wurden die Samen von Tomaten, Bohnen, Mais und Kürbis gemeinsam in einem Erdloch versenkt. Morgentau erklärte George auf seine Frage hin, dass so ihre „Lebenserhalter" einander gemeinsam schützen würden. An dem wachsenden Mais konnten sich die Bohnen entlang ranken, die Tomaten sich daran abstützen und der Kürbis hielt mit seinen großen Blättern die Feuchtigkeit an heißen Tagen im Boden, damit der nicht austrocknete.

Der Sommer 1751 kam schlagartig mit brütender Hitze. George fühlte sich als Weißer Wolf im Indianerdorf am Bieberfluss sau wohl, wie er für sich selbst feststellte. Für ihn war das Langhaus mittlerweile mehr sein zu Hause, als Bedford oder als es Berlin je war. Das war in so weite Ferne gerückt, wie auch sein Eheversprechen gegenüber Clara. Sicherlich hielten ihn on Bedford mittlerweile alle für tot. Der Weiße Wolf musste sich entscheiden: wollte er das Leben eines Irokesen in seiner Gänze führen, wollte er wieder vollends zurück zu den Weißen oder gab es auch eine Möglichekeit, zwischen diesen beiden Welten zu pendeln und ein bischen Händler zu sein und auch ein bischen Indianer?

Und was würde Clara sagen oder war die wieder nach Berlin zurück gekehrt? Seine Beziehung zu Morgentau war in den letzten Wochen noch intensiver und einzigartiger geworden, als sie es ohnehin schon war. Eine gemeinsame Kammer hatten sie zwar noch nicht, aber sie war es, die ihm seine Sachen in Ordnung hielt, die ihm neue Kleidungsstücke fabrizierte und der er von seinen kleinen Jagdausflügen immer mal etwas mitbrachte, sei es eine Hand voll Kibitzeier, das zarte Fleisch eines erlegten Flughörnchens oder ein paar Halme des seltenen Zitronengrases, mit dem sie sich so gern ihre Zähne pflegte.

Aber nein, er musste nach Bedford, um dort einmal nach dem Rechten zu sehen. Da Morgentau ihn aus verständlichen Gründen nicht begleiten wollte, fragte George, der Weiße Wolf, seinen Kumpel Schneller Pfeil. Der sagte auf Anhieb zu und so machten sie sich an einem drückenden Sommertag auf den Weg nach Bedford. Bis zum Truthahnfuß nahmen sie ein Kanu, das George erst hier zu steuern lernte. Auf dem weiteren Weg folgten sie zu Fuß uralten Handelspfaden der Irokesen.

Eines Mittags lag dann ganz plötzlich in einer großen, Hand geschlagenen Lichtung, Bedford vor ihnen.

XXII.   In Virginia

Ein gutes halbes Jahr zuvor, am Nachmittag des Verschwindens von George. Joe Clark war gerade dabei, mit Sabine ein neues Fass Bier anzusetzen, als der zu ihnen immer freundlich zunickende Lieutenant Miller plötzlich neben ihm im Laden stand. Miller entschuldigte sich wortreich bei ihm. „Mister Clark, unter der Post, die der Kurier vorhin gebracht hat, war auch ein Brief für sie mit dabei, der leider ins falsche Fach gerutscht war und mir mit der Militärpost ausgehändigt wurde. Ich glaube, er ist von ihrer Verlobten, Lady Summerfield, aus Chesterfield bei Richmond. Bitte entschuldigen sie die Unannehmlichkeiten, Mr. Clark.", verabschiedete sich Miller sofort wieder.

Während in Preussen bereits seit über dreußig Jahren, seit 1717, eine Schulpflicht bestand, gab es so etwas in England oder Frankreich noch nicht und dementsprechend konnten weder Sabine noch Joe lesen oder gar schreiben. So musste Clara den Brief vorlesen. Die Schrift sah wie eine Frauenhandschrift aus, mit recht vielen Schnörkeln, aber irgendwie erschien es ihr, als ob die Feder zu tief gekratzt hätte, als sei das Papier zu neu, die Tinte noch nicht ganz trocken und als habe der Brief nicht mehrere hundert Meilen in Satteltaschen zurück gelegt.
„Lieber Joe … unser Vater ist erkrankt … ob du sofort zu uns kommen könntest … eine Wegskizze kann ich leider nicht malen, du müsstest dich ab Richmond durchschlagen ….in Liebe Lady Shirley...."

Betreten schauten sie sich an.
„Joe, du machst dich sofort auf den Weg! Du nimmst unser Maultier Billy! Noch ist es hell. Wenn du dich beeilst, kannst Du noch heute Abend das nächste Dorf erreichen.", bat ihn Clara.
„Das kann ich doch aber nicht....", versuchte Joe abzuwiegeln, aber Clara unterbrach ihn: „Bist ja sicher bald wieder mit Billy hier … und vielleicht sogar mit deiner Braut?" Sabine kicherte. „Nun los, Joe!", drängte Clara und der ließ sich nun nicht noch einmal bitten, packte schnell ein paar seiner Sachen, sattelte Billy und verschwand, nachdem er noch an ein paar Jagdtipis der Irokesen vorbei gekommen war, im Wald auf der Straße nach Philadelphia. Der Blizzard, der George und Morgentau einschneien ließ, überraschte auch Joe, der sich trotz der schneidend kalten Temperaturen anderthalb Tage, Tag und Nacht, bis zum nächsten Dorf durchschlug.

Er brauchte zehn weitere Tage bis Philadelphia, nochmals genauso lang bis Richmond und von dort ganze zwei Tage, mit durchfragen, bis er die Pflanzung der Summerfields bei Chesterfield erreicht hatte. Sein Erscheinen dort sorgte indes für einige Überraschung.

Das was Joe hier in Virginia sah, war etwas vollkommen anderes, als in der nächst nördlich gelegenen Kolonie Pennsylvania! Das hatte er schon auf dem Weg nach Richmond gesehen. Riesige Ländereien. Offenbar gut durchbeackerter Boden. Wunderschön anzuschauen waren die gewaltigen Herrenhäuser, meist noch aus Holz gebaut, aber oft schon, zumindest Teile oder Etagen davon, aus Stein. Fast immer waren die zwei Etagen hoch, weiß gestrichen, mit großen Säulen vor dem Hauptportal. Allerdings lagen immer, vom Herrenhaus gut einsehbar, aber in einem gewissen Abstand zu diesem, traurige, graue, oft windschiefe Hütten. Einen Reisenden auf einem Pferd, der ihm hinter Richmond entgegen kam, fragte Joe danach. „Ach, sind doch nur Nigger.", bekam er abschätzig zur Antwort. Die Farbigen, die er sah, liefen fast alle leicht gebeugt, waren in Lumpen gehüllt und wurden, wenn sie auf einem der Felder arbeiteten, von einem Aufseher hoch zu Ross bewacht. Er sah auch viele Farbige, die an den Füßen Eisenfesseln trugen.

Die Plantage der Summerfields machte den gleichen Eindruck, wie alle anderen Pflanzungen, die Joe auf dem Weg hierher gesehen hatte. Von der ausgefahrenen Hauptstraße, auf der er kam, musste er in einen noch relativ neuen Weg einbiegen, in einem Bogen an den Hütten der Sklaven vorbei und stieg vor dem Haus von seinem Muli. Sofort sprang einer der Haussklaven auf ihn zu, hielt das Tier am Zügel während er abstieg und eine farbige, ältere Frau, in der Tracht einer Köchin, eilte die Stufen vom Hauptportal hinab. „Ich bin Lizzy, Master, zu wem der Herrschaften möchten sie denn?", fragte sie dienstbeflissen.
„Zu Lady Shirley Summerfield, Miss....", sagte Joe eifrig. So viel Aufmerksamkeit, wie man ihm hier schenkte, kannte er sonst nicht. Die Sklavin: „Folgen sie mir bitte, Masser. Darf in der Zwischenzeit

Tobi ihr … auf was auch immer sie da geritten sind … versorgen?"
Joe musste grinsen. Obwohl die Pflanzung nur um wenige hundert
Meilen südlicher war, als Bedford, lag hier dennoch kein Schnee,
obgleich es recht frostig war. Billy sah wahrlich abgekämpft und
zottelig aus und konnte ein paar ruhigere Tage sicher mal vertragen.
„Mein Maultier, Miss", das Wort >Maultier< betonte Joe extra,
„kann gerne versorgt werden. Es heißt Billy, Mister!" Der
angesprochene Sklave, der Billys Zügel noch immer hielt, errötete.
„Masser, es genügt, wenn sie mich mit >Boy< oder mit >Tobi<
ansprechen. Masser, ich werde mich um Billy kümmern."
Hatte Joe jetzt etwas falsch gemacht? Er wusste es nicht. Das hier
mit den Sklaven verwirrte ihn.
Schon stand Joe in einem Vorraum, in den ihre Hütte aus Bedford
locker dreimal über und dreimal nebeneinander gepasst hätte.
„Lady Shirley! Lady Shirley! Hier ist ein Masser Clark, aus Bedford
und möchte sie sprechen!", rief Lizzy und verschwand hinter einer
Tür. Es gab von irgendwoher einen Jauchzer und aus einem Zimmer
in der oberen Etage schwebte in einem Hauch aus Tüll Miss Schirley
herunter. Sie strahlte übers ganze Gesicht!
„Ist mein Verlobter gekommen, um sein Eheversprechen
einzulösen?", fragte sie.
„Nein, nein! Ich bin hier, wegen eines Briefes, den sie mir, verehrte
Lady, geschrieben haben.", antwortete Joe. Shirley blieb auf einer
Stufe kurz vor dem Ende der sich zu beiden Seiten des Raumes
herunter räkelnden Treppe stehen und schaute ihn verdutzt an.
„Ich habe dir keinen Brief geschickt, liebster Joe!"
„Das ist aber merkwürdig."
„Dann lass uns doch zusammen in Vaters Arbeitszimmer gehen, er
wird sich sicher genauso freuen, wie ich. Oder willst du dich erst
noch frisch machen?"
„Nein lass, liebste Miss Shirley! Denn in dem Brief, der angeblich
von dir ist, schriebst du etwas davon, dass dein Vater schwer erkrankt
sei."
„Tja, tot gesagte, leben länger!" Sie grinste und zog ihn fort in ein
Zimmer im Erdgeschoss. Auch hier staunte Joe wieder über die

Größe und Ausstattung. Ledermöbel überall, die ganzen Wände voller Buchregale, eine kleine Bar und in einer Zimmerecke direkt an der Tür stand wie versteinert ein weiterer Sklave.

Auch Mister Summerfield strahlte vor Freude: „Na, junger Freund, sind sie in Pennsylvania als Kaufmann schon so reich geworden, dass sie meine Tochter ehelichen können?"

Joe schwieg betreten, denn daran hatte er nicht gedacht. Miss Shirley würde sicher nicht mit ihm armem Schlucker zufrieden sein und ihn nach Bedford begleiten. Aber sie sprach schon: „Vater, Joe ist hier wegen eines sehr merkwürdigen Briefes!"

Joe kramte jetzt das Schreiben aus den verborgenen Teilen seiner Kledage hervor und reichte es Mister Summerfield, während Shirley sich hinter ihn stellte, um mitlesen zu können. Schon beim ersten auseinanderfalten des Briefes musste sie kichern. „So ein blütenweißes Papier benutzen wir hier nicht. Wir haben eigenes Büttenpapier mit leichtem Gelbstich und einem Wasserzeichen." Ihr Vater zeigte ihm einen ihrer eigenen Bögen auf dem Schreibtisch, blickte auf den geöffneten Brief von Joe und sagte: „Als erstes, Lady Shirley hat eine ganz andere Handschrift." Sie nickte bedeutsam und ihr Vater fuhr fort: „In meinen Jahren als Zahlmeister hab ich viele Briefe gelesen: Bittstellungen, angebliche Arztatteste und so weiter und ich kann hier sagen, dies ist die Handschrift eines Mannes, der extra viele Schnörkel verwendete, damit es nach einer weiblichen Schrift aussieht. Ist aber zu krakelig und zu fest mit der Feder aufgedrückt. Was meinst du, meine Tochter?" Lady Shirley antwortete: „Das ist richtig, Papa. Aber nun lass uns sehen, was der unbekannte Autor unserem Joe für ein Horrormärchen geschrieben hat."

Sie lasen beide und Mister Summerfield wurde dabei immer ernster und bedenklicher im Gesicht. „Mister Clark, ich weiß nicht, was das soll! Wer hat ihnen denn diesen Brief übergeben?" Joe erzählte die Sachlage und als er geendet hatte, fuhr Mr. Summerfield fort: „Es sieht mir so aus, als wollte sie irgendwer, warum auch immer, aus Bedford fortlocken. Haben sie dort Feinde?" „Nein, Mr.

Summerfield, um Gottes willen nein! Wir sind dort mit allen gut Freund." „Am liebsten würde ich sie sofort wieder zurück nach Bedford schicken, aber in Anbetracht der Lage, wie sie hier vor mir stehen, erschöpft und ausgelaugt, erscheint es mir besser, einen Spion nach Bedford zu schicken, der dort die Lage peilt. Was halten sie davon, Mr. Clark?" „Das Angebot ist sehr verlockend, Sir. Ein paar Tage Ruhe könnten mir und unserem Maultier ganz gut tun." „Das ist schön, Mr. Clark. Meine Tochter wird sich sehr darüber freuen. Wir werden sie oben in einem der Gästezimmer, wenn es ihnen genehm ist, einquartieren. Bis sie sich erfrischt haben, werde ich zwei Männer hier haben, die das erledigen können." „An wen dachtest du da, Vater?", fragte Miss Shirley. „Beim Fuhrunternehmen von James Garner im nächsten Dorf arbeiten zwei äußerst zuverlässige Fahrer, Mr. Michael Jagger und Mr. Paul Simon, die ich beide mit einer kleinen Freundschaftslieferung Tabak zur Tarnung nach Bedford schicken werde." „Das ist Recht so, lieber Vater."

Joe wurde von Lizzy in eines der Gästezimmer nach oben geführt. Er staunte über blütenweiße Wäsche und das daunenweiche Bett. Für einen Bauernjungen aus England, der es sonst gewohnt war, auf dem Boden oder höchstens mal auf Strohmatrazen zu schlafen, war dies hier Luxus pur. Er schaute sich noch immer im Eingang des Zimmers um, als er von hinten herrlich lisbelnd angesprochen wurde. „Ich bin Tildi." Er drehte sich zu ihr um und sah in die dunklen Augen einer blutjungen Sklavin. „Masser, ich werde ihnen sofort im Nebenraum heißes Wasser in ein Bad einfüllen. Unser Tobi bringt ihnen sicher auch gleich ihr Gepäck herauf. Darf ich dann auch ihre Sachen zum Waschen haben, Masser?" Joe starrte sie verdattert an: „Miss, ich habe keine anderen Sachen zum anziehen dabei." Tildi kicherte: „Ich bin sicher, dass wir in der Kleiderkammer hier im Herrenhaus noch etwas passendes für sie finden werden."

Beim Abendessen im Salon in der unteren Etage stieß Joe wieder auf die Summerfields. Der geliehene Anzug passte nicht wirklich zu ihm, er sah aber auch ein, dass die Klamotten, die er in den letzten beiden

Wochen seit seiner überhasteten Abreise aus Bedford getragen hatte, nun wirklich einmal reif für die Wäsche gewesen waren.

Beim Essen, an dem auch die beiden Kutscher von Garners anwesend waren, erläuterte Mr. Summerfield diesen, was sie für eine Mission hätten und dass er sie selbstverständlich mit einem leichten Zweispänner, zwei schnellen Pferden, einer kleinen, wie er es nannte „Kriegskasse" ausstatten und den Wagen mit einigen Ballen ihres Tabaks beladen lassen werde.

Joe erbat zu wissen, wie die Summerfields zu ihrem Reichtum gelangt seien. Als bloßer Zahlmeister auf einem Schiff könne das doch nicht mit rechten Dingen zu gegangen sein, dacht er bei sich! Daraufhin erzählte ihm Mr. Summerfield, dass er vor einigen Jahrzehnten, als junger Bursche, einiges an Geld geerbt habe. Er habe dieses Geld gewinnbringend in Unternehmen hier in Amerika angelegt und selbst mehr als sparsam, um nicht zu sagen ärmlich, gelebt, weshalb er Joes derzeitigen Zustand selber nur zu gut aus seiner eigenen Vergangenheit her kenne. Vor vier Jahren indes habe einer seiner Geschäftspartner sehr viel Geld beim Spiel an ihn verloren und nur so sei er an diese florierende Pflanzung gekommen. An die ständige Anwesenheit von Sklaven musste auch er sich aber erst noch gewöhnen, kicherte er.

Am nächsten morgen machten sich Mr. Jagger und Mr. Simon auf den Weg nach Bedford. Joe, so sah es Mr. Summerfields Plan vor, sollte die Rückkehr und den anschließenden Bericht der beiden abwarten und dann erst würde man neue Pläne schmieden.

Für Joe brach eine herrliche Zeit an. Lady Shirley zeigte ihm am nächsten Morgen die Farm. Etwas so Großes hatte Joe in England nicht kennen gelernt. Sie auf einem rassigen Reitpferd, er auf einem massigen Kaltblüter, der sonst zum Pflügen genutzt wurde, ritten einen halben Vormittag gemächlich an immer neuen Feldern vorbei. Dreißig Feld- und fünf Haussklaven arbeiteten auf der Farm. Summerfields hatten diese und auch die beiden Aufseher, arme

Weiße wie Joe, noch vom Vorgänger übernommen. Lady Shirley ließ durchblicken, dass ihr Vater noch ein paar weitere Sklaven kaufen und im Frühjahr einen zusätzlichen Aufseher einstellen wolle und dass Vater in Joe, seinem Schwiegersohn in spe, seinen künftigen Oberaufseher über die ganze Plantage sah.

Auf zwei der großen Felder sah Joe die Sklaven in gebeugter Haltung Tabakstrünke aus dem Boden entfernen. Es waren magere Gestalten in zerlumpten Kleidern. Deren jeweilige Aufseher saßen auf ihren Rössern am Rand der Felder und hielten ihre Schlaggerte schon bereit, die sofort auf dem nächsten Rücken niedersauste, wenn der Aufseher glaubte, einer der Sklaven arbeite nicht schnell genug. Neben den großen Tabak-Feldern umfasste die Pflanzung auch noch einige Wiesen, von denen mehrfach im Jahr das Heu für die Pferde und Kühe der Pflanzung geerntet wurde. Drei reine Weiden gab es auch. Man bewirtschaftete außerdem noch je einen Acker mit Mais, dessen Stroh gleichmaßen verwendet wurde, Gerste und Roggen. Einen großen Gemüsegarten hinter dem Herrenhaus zeigte Shirley ihrem Joe, als sie zur Mittagszeit wieder heim kehrten. Naürlich besaß die Pflanzung auch Schweine, Hühner und Schafe, sowie eine Webstube. „Fast alles, was wir hier benötigen, wird auf der Pflanzung hergestellt, hat mir Vater gesagt.“, erzählte Lady Shirley ihrem Joe. „Holz schlagen wir in einem kleinen Wäldchen am Rande unsere Anwesens.“

Am Nachmittag musste sich Joe noch die Gebäude ansehen, in denen die Blätter der diesjährigen Tabakernte in langen Reihen an Kordeln in zwei Etagen aufgefädelt waren. Während hier einige Sklaven damit beschäftigt waren, die Blätter heraus zu suchen, die schon für die nächste Bearbeitungsstufe geeignet waren, schnitten andere bereits mit speziellen Messern, die an etwas schlankere Metzgerbeile erinnerten, den Tabak.

Und so vergingen die Tage. Joe hatte nicht wirklich etwas zu tun und trieb sich deshalb auf der Pflanzung herum, meist von Lady Shirley begleitet. Als sie vier Tage später gemeinsam mit Mr. und Mrs. Summerfield in ihrem Landauer zum sonntäglichen Gottesdienst ins nächste Dorf fuhren, wurde Joe dort bereits offiziell als Summerfields Schwiegersohn in die Gemeinde eingeführt.

So verging auch die nächste Zeit. Joe merkte zwar schon, dass man sich ans süße Nichtstun gewöhnen konnte, aber er begann allmählich, sich zu langweilen und bei all dem offenen Land um sie herum, über das man gerade jetzt im Winter Meilen weit schauen konnte, sehnte er sich nach den bewaldeten Hügeln der Appalachen.

Es dauerte indes noch weitere fünf Wochen, bis Mr. Jagger und Mr. Simon aus Bedford zurück gekehrt waren und ihnen Bedeutsames berichteten.

XXIII.   Miss Claras Schicksal

Nachdem Joe am Abend Bedford verlassen hatte, warteten Sabine und Clara vergeblich auf George. Als der Blizzard einsetzte und George noch immer nicht vom Holz sammeln zurück war, machten sie sich ernsthafte Sorgen und gingen zum Tor der Festung, aber niemand dort hatte George irgendwo gesehen. Nachdem der Sturm richtig einsetzte, kam als Letztes noch einer der Wagen das Forts durch das Tor.

„Lieutenant Miller, haben sie nicht unseren George am Waldrand gesehen?!“, rief Clara dem kommandierenden Offizier zu. Der aber schrie durch den aufkreischenden Sturm nur zurück: „Nein Miss Clara! Ich habe ihn seit Mittag nicht mehr gesehen! Jetzt ist es auch zu schwer, ihn zu suchen! Erst wenn der Sturm nachlässt … Beten sie, Miss Clara, dass ihr George irgendwo einen Unterschlupf findet! Hat er denn wenigstens Feuerstein und Zunder mit dabei?!“ „Nein, Lieutenant! Aber seinen Bogen!“, schrie Clara zurück. Miller stieß Fullster mit dem Ellenbogen unbemerkt in die Seite, bevor er antwortete: „Dann ist ja alles gut! Wenn George bis morgen Mittag nicht da ist, kommen sie nochmals zu mir! Wir werden dann ein paar

Leute von uns den Waldrand …!", der Rest des Satzes ging im Geheul einer erneuten Windbö unter. Miller tippte sich mit den Fingern zum Gruß an seine Mütze, knallte mit den Zügeln und setzte den Wagen wieder in Bewegung.
Clara und Sabine hatten beide Angst um George, aber sie sahen ein, dass sie derzeit nichts machen konnten und so hofften sie das Beste. Sie gingen zurück zu ihrem Laden und verzehrten schweigend ihr Abendbrot.

Vor der Kantine hielt Miller den Wagen an und befahl den Soldaten, die mit Schnee beladenen Fässer abzuladen, den Wagen auszuspannen und die Pferde zu versorgen. Der Sturm kreischte immer mehr, so dass eine Unterhaltung so gut wie unmöglich war. Lieutenant Miller und Sgt. Fullster gingen deshalb in die BA-Kammer (Bekleidung und Ausrüstung), in der sie vor ein paar Stunden noch diese dreckige Indianerin vergewaltigt hatten. Sie schlossen sich darin ein. Erst jetzt redeten sie. „Fullster, hast du den Bogen dieses Mistkerls vorhin gesehen?" „Nein, Lieutenant, er hatte nichts dabei." „Hast du ihn denn wenigstens durchsucht, als du ihn ins Fass gesteckt hast?" „Wie? Sollte ich?" „Fullster, du bist so ein Esel! Was wenn der auch noch ein Messer bei sich hatte?" „Chef, einen Bogen und Pfeile hätte man gesehen und mit einem Messer kann der jetzt, in seinem Zustand, doch nichts anfangen." „Und was ist mit der Indianerin?" Fullster grinste süffisant: „Die hat gut gevögelt, oder? Schön eng war sie …." „Mein Gott, Fullster, ist mittlerweile dein Hirn eingefroren?" „Ach so. … Nein, 'n Messer oder 'n Feuerstein hatte sie nicht bei …. außerdem, die hat so geblutet …. nicht nur zwischen ihren Beinen, die überlebt diese Nacht auch nicht." „Das hoffe ich sehr, Fullster. Wir müssen uns noch für die Clara, diese kleine Nutte, ausdenken, was wir ihr für eine Herz zerreißende Geschichte erzählen." „Ich könnte sie ja mal, wenn sie allein in ihrem Laden ist, unbemerkt von hinten nehmen und du errettest sie." „Das ist vom Prinzip her, Fullster, gar keine so falsche Idee. Aber was hältst du davon, wenn wir das anders machen. Die wäre doch eine prima Partie für dich, mein Guter! Sie hat Geld!

Ich fädle es ein, dass sie dich heiratet und wir beide teilen dann anschließend ihr Vermögen!"

Wie immer, wenn zwei von Grund auf schlechte Menschen einen Deal zusammen aushecken, versucht jeder der beiden den anderen am Ende ihres miesen Plans auszustechen. Sgt. Fullster befürwortete Lieutenant Millers Plan, hatte aber überhaupt nicht vor, das Vermögen von Clara mit Miller zu teilen. Sie verließen jeder in seine Gedanken vertieft die BA-Kammer und begaben sich auf ihre Quartiere.

Der Blizzard dauerte fast vier Tage, in denen niemand, der es nicht unbedingt musste, seine geschützte Unterkunft verließ. Der Pastor des nächsten Dorfes ließ sich per eigens ausgesandtem Boten vielfach entschuldigen und bat um die Verschiebung der Hochzeit um eine Woche. Der Alltag in Bedford kam so gut wie zum Erliegen und George tauchte natürlich nicht auf. Major Heyes ließ sich einmal im Laden bei Miss Clara sehen und sprach ihr sein Beileid aus. Wenn George noch am Leben wäre, würde er sich schon längst habe sehen lassen, aber wie die Dinge nun einmal stünden, könne man froh sein, wenn man nach der Schneeschmelze im Frühjahr überhaupt noch Überreste von ihm im Wald finden würde.
Als der Blizzard endlich nachgelassen hatte, schickte Miller eine Hand voll Männer an den Waldrand, um den absuchen zu lassen, selbstverständlich ohne Erfolg zu haben.

Es war zwei Tage später, als Clara abends noch einmal ihren Laden verließ, um am Tor des Forts in die Landschaft zu starren, in der irrigen Hoffnung, sie könne George vielleicht doch wo entdecken. Sie achtete nicht darauf, dass gerade keine Wache über ihr auf dem Palisadengang war, was es eigentlich laut Anweisungen nicht gab. Statt dessen hörte sie außerhalb des Forts, hinter der Palisade jemanden röcheln und stöhnen: „Clara ..... Clara ..." Vorsichtig näherte sich Clara der Stelle, von der aus sie die Stimme gehört hatte. Die langen Schatten einer untergehenden Sonne tauchten vieles schon in graue Dunkelheit. „Clara … Clara …", kam es noch einmal aus den Büschen vom Flussufer hinauf. Sie trat näher, einen Schritt und noch einen Schritt … .

Plötzlich umfassten sie vier Hände, da war sie sich sicher. Ihr wurde der Mund mit einem Knebel verschlossen, am Hals wurde sie gewürgt, jemand schlug ihr ihre Beine so weg, dass sie seitlich im Schnee zum liegen kam. Irgendwer verband im Halbdunkel ihre Augen und während der eine Mann hinter ihr sie fest hielt, riss ein ein weiterer ihr die Kleider vom Unterleib und drang mit seinem hart pochenden Penis so wütend in sie ein, dass sie am liebsten vor Schmerz aufgeschrien hätte. In dem Moment hörte sie Sgt. Fullsters bittere Bassstimme dröhnen: „Hey! Was machen sie da? Lassen sie sofort die Frau los!" Die Hände die sie von hinten festhielten und der Mann in ihr lösten sich von ihr und Clara hörte, wie zwei Männer in ihren Armeestiefeln davon rannten. „Das wird für sie Konsequenzen haben!", hörte Clara Sgt. Fullster noch poltern, dann riss der ihr die Binde von den Augen. Clara musste sich übergeben und kotzte dem Sergeant vor die Füße, erst dann besann sie sich und bedeckte ihre Blöße. Fullster drehte sich weg von ihr und murmelte ein: „Der Mistkerl wird seine Strafe noch bekommen. Bekleiden sie sich erst einmal und wenn sie wollen, begleite ich sie dann zum Doc, Miss." Verlegen schaute sie ihn von der Seite an. „Da gibt's nichts, was nicht schon mein betrunkener Lehrherr in Berlin mit mir gemacht hätte. Aber der war wenigstens etwas sanfter." Sie schluchzte. „Gut Mister Fullster, bringen sie mich zu Doc Richards."

Zur gleichen Zeit betrat ein gewisser Soldat Ike Turner die BA-Kammer auf der rechten Seite des Forts. Etwa zehn Minuten nach ihm folgte Lieutenant Miller. „Haben sie den Auftrag wie abgesprochen ausgeführt?", fragte Miller scheinheilig, war er es doch selbst, der Clara vor ein paar Minuten von hinten gefesselt, gehalten und geknebelt hatte. Er hatte in seiner Zivilkleidung im Dunkel einer hohlen Weide gelauert, von wo aus er auch nach Clara gerufen hatte. Aber ob Turner ihn erkannt hatte, darüber war sich Miller nicht ganz sicher. „Jawohl Lieutenant.", zischte Turner in den Halbschatten der

Kammer hinein. „Danke auch für die Belohnung, die sie mir versprochen haben, dabei war das doch ein reines Vergnügen für mich. Endlich konnte ich mal dieser arroganten Pfeffersäckin zeigen, was ein echter Mann ist." „Wir haben zu danken, Soldat.", sagte Miller. „Und hier ist ihre Belohnung." Miller griff sich in die linke Innentasche seines Armeemantels. Das Messer, das sich durch Soldat Ike Turners Rippen bohrte, war eindeutig aus französischem Stahl. Als Miller aus der BA-Kammer huschte, ließ er es wohl plaziert neben dem Toten zurück.

Es dauerte nur wenige Minuten, bis im Fort Alarm gegeben wurde. Der Posten vom Tor sei verschwunden. Spuren im Schnee rührten offenbar von einem Kampf am Flussufer her. Sgt. Ben Fullster, der soeben noch Miss Clara zum Doc gebracht hatte, gab diesen Alarm. Aufgeregt begann man in der Nähe des Flusses nach dem vermissten Ike Turner zu suchen.
Clara war die Untersuchung durch Doc Cliff Richards nur peinlich. Er besah sich ihre Schamgegend intensiver, als nötig, tupfte mit Watte etwas Blut und auch, ja, Samenflüssigkeit ab, befühlte unnötiger Weise ihre Brüste und ließ sie dann noch unbedeckt vor sich sitzen, während er sich ein paar Notizen machte. Er gab ihr ein Fläschen Laudanum mit der Anweisung, in den nächsten Tagen bis zum Abklingen des Scherzes nach jeder Mahlzeit ein paar Tropfen auf Zucker einzunehmen, dann schickte er sie wieder nach hause.
Als Clara über den Hof ging, fiel ihr das Gewimmel an Soldaten auf, die offenbar jeden Winkel des Forts absuchten.
In ihrem Laden fand sie Sabine verängstigt vor. Die Soldaten wären auch schon bei ihnen im Laden und den angrenzenden Räumen gewesen, hätten aber nichts gefunden.
Es dauerte nicht lange, bis Lieutenant Miller in Begleitung von vier Soldaten geradewegs auf ihren Laden zu kamen.
Triumphierend hielt er ein blutverschmiertes, offenbar französisches Jagdmesser, das man leicht an seiner viel schmaleren Klinge von den britischen Messern unterscheiden konnte, hoch.

„Nehmt die französische Spionin fest!", befahl er und zeigte auf Sabine. Ängstlich wich die zurück und stellte sich hinter Clara. „Leutnant!", sagte Clara in ihrer Erregung auf deutsch, bevor sie in englisch weiter sprach, „Was soll das? Was geht hier vor? Ich verlange sofort eine Erklärung!" Schade, dass jetzt weder Joe noch George da waren, um sie zu unterstützen. Da aber sah man schon vom Offiziershaus Major Heyes antraben. Er hatte natürlich schon von dem Vorfall Wind bekommen. Auch war er durch Doc Richards von Claras Vergewaltigung in Kenntnis gesetzt worden.
„Was soll das, Miller?", polterte er schon von weitem. Während die Soldaten urplötzlich stramm standen, deutete Lieutenant Miller eine devote Verbeugung an.
„Sir, wir haben den Vermissten Soldaten gefunden, Sir. Tot in der rechten BA-Kammer. Daneben ein französiches Jagdmesser. Wir haben auch Spuren eines Kampfes am Bach gefunden, Sir." Plötzlich mischte sich auch Sgt. Fullster ein, der von Gott weiß woher dazu gekommen war. Eifrig sagte er: „Sir, ich habe vor einer knappen halben Stunde Ike Turner, dieses Mistschwein, dabei erwischt, wie er sich gegen ihren Willen, an Miss Pruz vergehen wollte, Sir. Das stimmt doch, Miss Pruz, oder?" „Ja, ja, ich glaube, er ist es gewesen. Ich hab ihn an seinem Geruch erkannt ...", stammelte sie. „Am Geruch, Miss Pruz?", fragte Heyes ungläubig nach. „Naja, jeder der Soldaten hier in Bedford, riecht immer etwas anders, wenn er zu uns in den Laden kommt. Oh, sie sind sehr nett zu uns Frauen und nie aufdringlich!", ereiferte sie sich jetzt, „Manche von denen träufeln sich immer einen Hauch zu viel Parfüm oder Haarwasser auf ihre Kleidung. Und Ike Turner hat immer wenn er zu uns in den Laden kam, etwas sehr viel eines schweren Veilchenparfüms an sich, das wohl seine ständige Alkoholfahne etwas verdecken soll, Major Heyes."

Heyes schmunzelte, dann fragte er barsch: „Miller, nun weiter!" Aber Fullster antwortete statt dessen: „Nachdem ich Turner bei seinem Unfug ertappt hatte, sah ich, als ich Miss Pruz zum Doc brachte, wie Turner in die BA-Kammer ging." Jetzt übernahm Miller: „Kurz

bevor wir ihn dort tot, neben sich dieses französiche Messer, auffanden, sah ich Miss Lecroix aus Richtung dieser BA-Kammer hierher eilen, Sir."
„Das ist Humbug, Miller. Warum sollte Miss Lecroix Ike Turner umbringen? Außerdem hab ich so ein Messer noch nie bei ihr gesehen und wir kennen uns ja nun schon seit unserer Fahrt durch die Karibik."
Frech antwortete Lieutenant Miller: „Was weiß ich, Sir? Französiche Frau, französisches Messer, ein toter britischer Soldat, in einer Zeit, in der unsere Beziehungen zu Frankreich eh nicht die besten sind! Vielleicht war diese kleine Hure nur eifersüchtig auf Miss Clara, aber vielleicht ist sie auch von Turner bei ihrer Spionagetätigkeit gestört worden. Was hat diese Frau sonst in der BA-Kammer zu suchen? Sir?"

Tränen in den Augen ob dieser Unverschämtheit trat Sabine hinter Clara hervor und schrie Miller an: „Selbst wenn ich eine Spionin wäre, was sollte ich denn dann ausgerechnet in der BA-Kammer wollen?" Sie spuckte Miller ins Gesicht. „Soll ich mir etwa mal wieder ansehen, wie sie sich an einem ihrer Rekruten vergehen? Weiß ihre Frau eigentlich, dass sie auch Männer vögeln, sie schlapper Sack?"
Miller wurde puterrot, hatte sich aber erstaunlicher Weise weiter alles im Griff und drehte die Situation wieder zu seinen Gunsten: „Da sehen sie mal, was sich dieses Weibsstück alles heraus nimmt, Major. Sie hat schon einmal versucht, mich zu erpressen, sag ich ihnen. Sie würde meiner Frau erzählen, ich triebe es mit meinen Soldaten, wenn ich ihr nicht eine silberne Haarspange aus Paris beschaffen würde!", log Miller.

Major Heyes sah sich betroffen um.
„Die Anschuldigungen gegen Miss Lecriox sind zu ernst, als dass ich das alles ignorieren könnte. Wir müssen das wohl oder übel von einem Richter entscheiden lassen. Bis dahin, tut mir leid Miss Lecroix, müssen wir sie leider ins Gewahrsam nehmen. Aber", Heyes

wandte sich jetzt an die Soldaten, „behandelt sie dort bitte wie eine Lady und nicht wie einen von euch verdammten Hurensöhnen."

Kurz nachdem der Major wieder in seinem Arbeitszimmer angelangt war, bekam Heyes unangekündigten Besuch von Sgt. Fielsch. „Was kann ich für sie tun, Sergeant? Ach bitte, schließen sie hinter sich die Tür." Sgt. Fielsch tat, wie ihm geheißen, dann zischte er so leise, dass man es wirklich nur in diesem Raum hören konnte: „Major, der Lieutenant und der Fullster stecken unter einer Decke." „Erzählen sie mir mal bitte etwas Neues, Fielsch, denn das ist mir schon lange klar.", gab Heyes genauso leise zurück. „Ich weiß selber, dass die beiden Scheißkerle sind. Wahrscheinlich ist alles erstunken und erlogen, was sie ebend dort draußen erzählt haben. Ich jedenfalls glaube den beiden kein Wort. Aber irgendwie handeln musste ich jetzt, …. schon zum Schutz von Miss Lecroix." „Sir", platzte es aus Sgt. Fielsch heraus, „Mein Bruder, der auf Gibraltar stationiert ist, musste mal ein spanisches Mädchen vor einer ähnlichen Anschuldigung schützen. Wissen sie, was der gemacht hat, Sir?" „Nein, Sergeant, ich bin ganz Ohr." „Er hat die Frau einfach geheiratet. Damit nahm er sie ein wenig aus der Schussrichtung der Anfeindungen und sein schlechtes Ansehen bei seinen Vorgesetzten, das er sich dadurch einhandelte, verging nach einer Weile wieder wie von allein, Sir. Ich wollte ihnen nur diese Möglichkeit aufzeigen, Sir." „Danke Sgt. Fielsch. Ich werde es mir einmal durch den Kopf gehen lassen. So und jetzt machen wir mal einen Verpflegungsplan für die weibliche Gefangene, nicht wahr Sergeant? Nicht dass jemand von draußen noch denkt, wir zwei hätten hier nur eine Partie Whist oder so gespielt. Nicht wahr?"

Sabine hatte unter dessen ganz andere Sorgen. Recht grob wurde sie von den Soldaten abgeführt. Aber immerhin gab man ihr eine eigene Zelle, die sie sich nicht mit anderen zu teilen brauchte. Sie hatte ein wenig Angst vor der Nacht und vor pöbelnden und betrunkenen Soldaten, die ihr möglicherweise an ihre Wäsche wollten. Es war für sie nur ein schwacher Trost, dass es die Wache von Sgt. Fielsch freiwillig auf sich nahm, zusätzlich zu ihren sonstigen Pflichten auch noch ihre Arrestzelle zu bewachen. Fielschs Soldaten schienen ihr etwas weniger wild, wenn die getrunken hatten.

Clara indes kam mit ihren Arbeiten kaum nach. Tiere versorgen, verkaufen, den immer rüpelhafter und zudringlicher werdenden Soldaten Bier ausschenken, Lebensmittel verarbeiten und bei all dem noch lächeln. Aus ihren Augenwinkeln sah sie Sgt. Fullster immer mal an ihrem Laden vorbei eilen, aber trotzdem die Soldaten teilweise schon unverschämt wurden in ihren Anzüglichkeiten, schritt Fullster nicht ein. Mit dem Zapfenstreich ließ sie sich auf ihre Matraze fallen.

Die Belästigungen in den nächsten Tagen nahmen eher noch zu, die Arbeit auch. Nach Sabine sah sie einmal am Tag, mehr Zeit hatte Clara einfach nicht. Sie brachte ihr mal eine Decke, mal neue Kleider und wusch dafür die dreckigen ihrer Gefährtin, auch brachte sie ihr immer eine warme Mahlzeit, da sie wusste, mit welch schmalen Zutaten Eric Idle, der Koch der Garnison, grundsätzlich die Kost für die Arrestierten zubereitete. Es waren immer die Reste vom Vortag.

Nach einer Woche, ihre Wunden von dem Vorfall waren halbwegs verheilt und die Soldaten des Forts belästigten sie nun auch bei ihrem Gang zur Latrine oder zum Stall, sie fassten ihr dabei sogar offen an ihre Brust oder ließen ihre Hände im vorbei gehen, schwups, zwischen ihre Beine fahren, fiel es wohl auch Sgt. Fullster auf, dass gerade seine Soldaten sich die gröbsten Dreistigkeiten heraus nahmen. Aber anstatt nun seine Untergebenen ordentlich zusammen zu stauchen, ranzte er mitten auf dem Hof, beim Waffenexerzieren, Clara an.
„Miss, was bilden sie sich ein, hier ständig vorbei zu scharwenzeln und meine Männer verrückt zu machen?" Clara war wie vom Donner gerührt. „Sergeant …. und wie soll ich ihrer Meinung nach meine Arbeit machen?" „Ohne Mann und unverheiratet …. da müssen meine Männer ja durchdrehen!", blaffte Fullster sie an. Clara bekam

einen roten Kopf. „Was soll das denn jetzt, Sergeant?", fragte Clara zurück. „Kommen sie nach dem Essen nachher in unser Dienstzimmer, … Miss!", bläkte er.

Das ließ sie sich nicht zweimal sagen und so schloss sie, als es Zeit war, ihren Laden ab und ging in den Dienstraum des Wachhabenden. Zum Wachlokal gehörte der Arrest, der aus nicht mehr, als drei Zellen bestand, die zum Innenhof hin vergitterte Fenster hatten, in einer war ja nun Sabine, aus dem Aufenthaltsraum für die Freiwache und einem winzig kleinen Kabuff für den Diensthabenden.

„Da sind sie ja endlich!", raunzte Sgt. Fullster sie an, als sie erschien. Er war so unhöflich, ihr nicht einmal einen Stuhl anzubieten, sondern pöbelte gleich weiter: „Miss Pruz, sie müssen sich unverzüglich einen Mann besorgen, denn so geht das nicht weiter!"
Im selben Moment, als sie antwortete, erschien „rein zufällig" Lieutenant Miller und stellte sich halb hinter Clara in die offene Tür. „Mister Fullster, ich habe einen Mann!", sagte sie ziemlich wütend. Miller, den sie erst jetzt bemerkte, unterbrach: „Ich kann ihn nirgends entdecken, Miss Pruz." Sie antwortete mit vor Erregung leicht geröteten Wangen: „Er wird schon wieder auftauchen!" „Sind sie sich da sicher?", schnauzte Fullster und Miller kicherte: „Wenn ihr kleiner Joe noch hier wäre, wär das sicher etwas anderes." Verwirrt schaute Clara zu Miller: „Wieso?" „Dann hätten sie einen Mann im Haus, der sie beschützen und den sie heiraten könnten.", gab Miller schnippisch zurück. „Meine Herren, warum wollen sie mich denn unbedingt verheiraten? Das war ja weder auf der Überfahrt von Berlin nach hier oder auch während der Wochen, in denen wir hier zu viert unverheiratet, meine Herren, zusammen gelebt haben, ein Problem.", zischte sie wütend. Fullster sah Miller an und sagte dann zu Clara: „Fakt ist, Miss, dass sie aber zur Zeit ein Problem haben." „Und sie bieten mir sicherlich gleich die Lösung an.", lachte Clara höhnisch. „Nicht so zynisch, Miss, sonst schließe ich ihren Laden gleich!", giftete Miller sie an.
Clara wich einen Schritt zurück. „Das können sie doch nicht machen,

Lieutenant .....", sagte sie unsicher. „Oh doch, Miss.", gab der zurück. „Der Laden ist unser Leben, ... er ... er ... er ist unser Einkommen!", stammelte Clara. „Ich, ich werde das Major Heyes melden ....", schob sie nach. „Tun sie es, sie werden schon sehen, wer hier im Fort wirklich die Macht hat, der alte Knacker oder ich!", sagte Miller zynisch. „Ich hätte auch den passenden Mann für sie! ... Einen der sie hier beschützen kann ...." Clara blickte beide Männer immer wieder an, sie sah ins pockennarbige Gesicht von Fullster, sie sah, wie Miller sich mit der Zunge über seine aufgesprungenen Lippen fuhr und sie ahnte, wen Miller als ihren Bräutigam auserkohren hatte.

„Miss Pruz, ich gebe ihnen noch zwei Wochen! Wenn bis dahin Mister Hungerlund nicht wieder aufgetaucht ist, werde ich entweder ihren Laden schließen oder sie werden heiraten, Miss Pruz.", sagte Miller.

Wie vor den Kopf geschlagen, verließ Clara das Kabuff und rannte zum Haupthaus. Fullster feixte sich eins, als sie weg war. „Ben, du weißt, was du zu tun hast!", fauchte Miller ihn an und verließ gleichfalls den Raum.

Clara war verängstigt. So lief sie zum Haupthaus und bat um ein Gespräch mit Major Heyes. Der empfing sie sofort und ließ sie erzählen. „Tja, Miss Clara, mir sind in dieser Beziehung leider die Hände gebunden. Ich darf leider immer erst dann einschreiten, nachdem etwas passiert. Noch ist ja nichts passiert. Und ich kann leider auch nicht nun noch weitere Männer von Sgt. Fielsch zum Schutz ihres Ladens abkommandieren. Der stellt ja nun schon freiwillig die Bewachung für Miss Sabine." „Na, Major, ist das denn nicht Meuterei, wenn sich ihr Untergebener Miller so gegen sie stellt?", fragte Clara traurig. „Das ist es ja nun mal ebend nicht, und ich kann leider auch nicht jeden mal randalierenden Soldaten gleich arrestieren, dann müsste die halbe Fortbesatzung in den Knast und mir fehlen die Leute ja jetzt schon." „Bei uns in Preußen haben, so hat es mir mal ein Stadtscherge in Berlin gesagt, die Soldaten mehr

Angst vor ihren Vorgesetzten, als vor dem Feind! Was ist das denn für eine komische Armee, in der sie dienen, Major?", klagte Clara. „Die sehr diszipliniert kämpfende britische, Miss Clara.", sagte Heyes ruhig. „Warten wir mal die nächsten zwei Wochen ab, Miss Clara. Es wird sich schon eine Lösung finden."

Die folgenden zwei Wochen waren für Clara überhaupt kein Zuckerschlecken. Von Sgt. Fullsters Leuten wurde sie immer wieder bei ihrer Arbeit begrabscht. Es gab auffallend viele Streitereien unter seinen Soldaten, die meist in Schlagereien, auch in ihrem Laden, endeten. Die Leute von Sgt. Fielsch hielten sich dagegen erstaunlicher Weise zurück und rüpelten ihr gegenüber nur, wenn Lieutenant Miller in Sichtweite war.

Wieder einmal bahnte sich eine Schlägerei im Laden an, als ein leichter Zweispänner mit mehreren Ballen Tabak durch das Haupttor von Bedford über vereisten Boden auf ihren Laden zuckelte. Die beiden Kutscher sahen mindestens genauso abgekämpft aus, wie ihre Gäule. Michael Jagger und Paul Simon, genau um diese beiden von der Summerfield-Pflanzung handelte es sich, erkannten sofort, was da vor ihnen los war und mischten sich so lange in die Prügelei mit ein, bis auch der letzte Soldat Claras Laden verlassen hatte.
Außer Atem verschloss Clara schließlich den Laden hinter den Soldaten und stöhnte: „Meine Herren, ich bedanke mich für die uneigennützige Hilfe bei ihnen. Wie kann ich mich bei ihnen erkenntlich zeigen?"
Michael und Paul schüttelten Clara herzhaft die Hände und dann berichteten sie, dass sie von Joe und seinem Schwiegervater in spe mit dieser Ladung Tabak und auch ein wenig zum spionieren ausgeschickt worden seien und sie erkundigten sich sofort nach dem Stand der Dinge hier in Bedford.

Es dauerte gar nicht lange, sie waren noch mit dem Abladen und dem Verstauen der Ladung beschäftigt, als sich Sgt. Fullster, unterstützt von Lieutenant Miller und vier Soldaten dem Laden näherten.

Michael und Paul schauten sich, sie waren gerade dabei, sich jeder einen der Tabackballen auf den Rücken zu hieven, an und verständigten sich mit einem Lidschlag. Wie von der Tarantel gestochen schwang sich Michael auf den Kutschbock und ließ die Pferde vom Stand aus angaloppieren, während Paul auf die Ladefläche sprang und die letzten beiden Ballen hinabstieß.

Clara sah das von der Tür ihres Ladens aus. Nur ein kurzer Ruf zu ihr: „Die wollen uns Saures geben, wir haben ja schließlich ihre Armee verkeilt!", dann stob der Wagen schon in Richtung Tor. Die Wache dort, war es, weil sie halb schlief, war es, weil sie der Mannschaft von Sgt. Fielsch angehörte, schlossen die Flügel des Tores, trotz großem Geschrei durch Sgt. Fullster, nicht schnell genug, so dass Paul und Michael noch hindurch gerast kamen. Erst weit hinter dem Fluß, etwa anderthalb Meilen von Bedford entfernt, hielten sie inne. „Und was machen wir jetzt?", fragte Paul. „Weiß auch nicht, Michael. Ich denke, wir sollten hier in der Nähe bleiben." „Du, wir hatten Glück, dass wir die letzten zwei Wochen immer in irgendwelchen Dörfern waren, wo wir ein festes Dach über dem Kopf hatten. Hier draußen, in der Wildnis zu übernachten dürfte ganz schon hart werden." „Du hast Recht Michael. Vor allem aber sollten wir von der Straße herunter, falls die doch noch auf die dämliche Idee kommen sollten, uns zu folgen."

Ihr Wagen war leicht. Sie fuhren bis zur nächsten Lichtung und verließen dann quer Feld ein die Straße, wobei sie darauf achteten, die Spuren hinter sich zu verwischen. Am anderen Ende der kleinen Lichtung fanden sie einen Wildwechsel. Jedenfalls hielten sie diese kleine Schneise dafür.

Sorgfältig verbargen sie ihren Wagen hinter hohem Gesträuch und spannten die beiden Pferde aus. Mit ihnen am Halfter und ihrem Gepäck und einigen Decken auf deren Rücken liefen sie noch etwa anderhalb Meilen auf diesem Pfad, bis sie erneut auf eine kleine Lichtung kamen. Sie pflockten die Gäule an, sammelten Holz, fingen mit einer Schleuder sogar noch einen Schneehasen und bauten sich aus ein paar Weidenruten und ihren Decken einen Windschutz.

Ihr Feuer prasselte schon und die Dämmerung war bereits weit fortgeschritten, als plötzlich neben ihnen ein kleiner Zweig knackte und unverhoft ein fremder Mann an ihrem Feuer stand. Michael griff sofort nach seinem Gewehr, aber der Fremde, unverkennbar ein Weißer, aber in indianische Leggings gekleidet, war schneller und sprach sie an. „Gut Freund! Ich tu ihnen nichts. Habe nur ihr kleines Feuerchen gesehen und gedacht, ich könnte bei ihnen vielleicht eine Tasse heißen Kaffees und ein paar Neuigkeiten erfahren. Ich bin Ray Cooper und von Beruf Waldläufer. Und sie sind, wenn ich das recht sehe, ein paar echte Greenhorns, wenn ich mich nicht irre." Paul schaute Michael an. Der ließ zwar langsam seinen Finger vom Abzug des Gewehres gleiten und fuchtelte damit nicht mehr wie Wild vor dem Gesicht Ray Coopers herum, ließ die Waffe aber weiterhin nicht aus der Hand. „Wie meinen sie das, dass wir Greenhorns sind, Mister?", frage Paul gedehnt. „Beobachte sie schon seit sie von der Straße nach Bedford herunter sind. Wissen sie, dass sie sich hier mitten auf einem Handelspfad der Lenape befinden? Bestimmt nicht, sonst hätten sie hier nicht campiert, wenn ich mich nicht irre.", kicherte Cooper. „Wir hielten das für einen Wildwechsel, Sir.", sagte Michael. „Dann viele Dank für ihren Hinweis.", ergänzte er. „Muss ich jetzt erst zu den Lenape gehen, um zu schwatzen? Schätze, sie sind Tabakhändler. Ihrem Gestank nach, den sie jedenfalls bis zu drei Meilen gegen den Wind ausdünsten, sind sie es, wenn ich mich nicht irre." Paul nickte Michael zu und der befüllte ihre kleine Zinnkanne mit frischem Schnee und schob sie ins Feuer. „Na seh'n sie mal, da hab ich doch auch glatt noch eine Schulter von einem Gabelbock, den ich mir gestern geschossen hab und den ich gern mit ihnen teile. Ist lecker, wenn ich mich nicht irre."

Sie luden Cooper nun vollends ein, ihnen zur Nacht Gesellschaft zu leisten. Sie plauderten am Feuer über woher und wohin. Cooper konnte sich auch noch an George erinnern, den er ja vor einigen

Wochen ein Stück des Weges nach Bedford begleitet hatte und er kannte auch den Laden. Nachdem Michael und Paul Mr. Cooper erzählt hatten, warum sie aus Bedford und hierher geflüchtet waren, bot ihnen Cooper an, sich in den nächsten Tagen mal im und am Fort herum zu treiben, um Neues zu erfahren. Michael und Paul sollten die nächsten Tage hier mit in der Gegend verbleiben. Cooper bot ihnen jedoch an, sie zu einer kleinen Höhle in einer nicht weit entfernten Schlucht zu geleiten, da sie hier auf dem Handelspfad der Lenape wie auf einem Präsentierteller säßen.

Am nächsten Morgen brachen sie recht zeitig auf. Die kleine Schlucht, durch die sich ein jetzt vereistes, winziges Rinnsal schlängelte, war nur einen halben Tagesmarsch entfernt. Die Höhle, die Cooper ihnen zeigte war mehr ein Felsüberhang, der von zwei Seiten aus gegen den Wind schützte. Cooper versprach, spätestens übermorgen wieder zu ihnen zu kommen, um zu berichten und um zu beratschlagen, was man noch für Miss Clara tun könne.

Die hatte unterdessen ganz andere Sorgen.
„Was waren das für zwei Kerle, Miss Pruz?", herrschte Sgt. Fullster sie an. „Lieferanten aus Chesterfield, Mister Fullster." „Und warum haben die meine Männer verprügelt, Miss Pruz?" Clara war es unterdessen leid, sich ständig dafür zu rechtfertigen müssen, dass Fullsters Soldaten andauernd ihren Laden zertrümmerten und so gab sie kess zurück: „Einer ihrer Männer hat sich vor den anderen damit gebrüstet, dass er von Ihnen, Fullster, ständig von hinten gefickt wird. Und meine beiden Kutscher waren der Meinung, soetwas sollte man, bei aller Freude darüber, lieber für sich selbst behalten. So kam es zur Keilerei, Fullster!"

Der Sergeant bekam einen hochroten Kopf, so dass man fast schon befürchten musste, er platze, machte auf dem Absatz kehrt und verließ den Raum. Dafür schnauzte jetzt Lieutenant Miller: „Miss Pruz, ihre Frechheiten reichen mir für heute. Damit sie etwas, nun sagen wir mal, umgänglicher werden, schließe ich bis auf Weiteres

ihren Laden und sie werden Miss Lecriox in ihrer Zelle für die nächsten Tage etwas Gesellschaft leisten." Dann kommandierte er: „Abführen, das Miststück."
Wortlos ließ sie mit sich geschehen, was sie eh nicht mehr ändern konnte. Als man sie in die Zelle zu Sabine stieß, war ihr letztes Aufbäumen ein: „Lieutenant, es hat noch nie jemanden gegeben, der es so nötig hatte, einen geblasen zu bekommen, wie sie!" Auf der Holzpritsche neben Sabine brach sie aber zusammen und weinte bitterlich.

Kurz vor Einbruch der Dämmerung am nächsten Tag erschien der Waldläufer Ray Cooper in Bedford. Als er den Laden betrat, wunderte er sich sehr darüber, dass dessen Inneneinrichtung total zerschlagen war. Er hörte nebenan die Schweine hungrig grunzen und als er den Stall betrat, fand er auch die Hühner ohne Futter und Wasser vor. Vor dem Laden lagen acht Tabackballen, die aber schon an den Rändern ausgefranzt waren, als hätten Soldaten immer mal im vorbei gehen dort hinein gegriffen. Von den Ladenbesitzern weit und breit keine Spur.
Cooper fragte am Torposten, ob der etwas wisse. Der Soldat grinste nur dreckig und sagte: „Wenn sie was aus dem Laden brauchen, bedienen sie sich. Der ist seit gestern zur Plünderung frei gegeben. Und die Besitzerin, na die ist doch selber dran schuld, wenn sich die Soldaten wegen ihr laufend ins Prügeln bekommen. Darum muss sie jetzt erstmal im Knast schmoren."
Die Arrestzellen mit dem Wachlokal waren leicht zu finden. Cooper fragte sich durch und wurde schließlich ohne weitere Fragen bis zu Clara und Sabine an die Zellentür gebracht. „Ich habe bei ihnen schon ein paar mal Felle gegen Tabak, Munition und Bier getauscht.", stellte er sich vor. Clara erinnerte sich daran und auch dass Cooper ihr von Georges bevor stehender Rückkehr nach seiner letzten Reise im voraus berichtet hatte.

„Das freut mich sehr, Mr. Cooper, aber ich weiß gerade nicht, wie ich ihnen jetzt helfen kann?" „Miss, vielleicht kann ich ihnen ja helfen.

Erzählen sie mir bitte in drei Sätzen, was passiert ist. Aber schnell, denn der Posten in der Tür wird schon ungeduldig."

Als sie geendet hatte, sagte er: „So Miss Pruz, ich werde mich jetzt als erstes einmal um die Versorgung ihrer Tiere kümmern und gehe danach zum Kommandanten des Forts."

Für die Tiere brauchte er eine ganze Weile. Er fand indes alles Nötige und mistete auch schnell noch die Ställe aus. Danach ging er ins Offiziershaus, um bei Major Heyes vorzusprechen. Der Ordonnanzsoldat im Vorzimmer rümpfte die Nase, als er Cooper in sein Dienstzimmer eintreten sah, aber er ließ ihn auch gleich zu Heyes durch.

Als Cooper dessen Office betrat, sah er gleich, was hier los war. Er hatte diese Art Menschen schon zu oft erlebt. Heyes schien nüchtern, die zwei leeren Flaschen hingegen, die unter dessen Schreibtisch standen, sprachen von etwas anderem. Auf einer auf einem Kartentisch ausgebreiteten Landkarte konnte er mit einem Blick das Wort „Plymouth" und einige Papierschiffchen erkennen. Cooper war sich sofort klar darüber, dass Heyes begann, sich von der Außenwelt abzukapseln, um in eine Phantasiewelt aus seinem früheren Leben zu flüchten. Cooper kannte diese Offiziere zur genüge, die hierher auf den letzten zivilen Außenposten der Menschheit abgeschoben waren, weil sie irgendwem Anderes im Inland oder in Brittanien im Wege oder zu unbequem waren. Diese bedauernswerten Geschöpfe schwatzten meist nur noch, taten hier indes leider nichts mehr. Dennoch, einen Versuch war es wert. Vielleicht hatte Heyes ja gerade einen lichten Moment.

Major Heyes hörte ihm aufmerksam zu und lud ihn dann auf ein Glas „Feuerwasser", Indianerwhiskey, ein, was Cooper dankend ablehnte. Nachdem Heyes zwei kleine Gläschen getrunken hatte, kam er ins plauschen und erzählte den alten schottischen Witz: „Wann erscheint im allgemeinen das Ungeheuer von Loch Ness? Meistens nach drei bis vier Whisky."
Irgenwie musste Heyes aber heute seinen guten Tag erwischt haben,

denn danach schrie er nach seiner Ordonnanz und ließ Lieutenant Miller und die beiden fest gesetzten Frauen holen.

Als die drei schließlich vor ihm standen, Cooper war mit im Zimmer, ließ Heyes als erstes eine Tirade über den allgemeinen Verfall der Sitten von sich, bis er weiter mit leicht lallender Zunge, er hatte mittlerweile zwei weitere Gläschen seines Feuerwassers inhaliert, polterte: „Mir sind hier ungeheuerliche Dinge zu Ohren gekommen! Ungeheuerliche Dinge, sag ich ihnen. … und ich finde es wahrlich zum Kotzen, sag ich ihnen, das sag ich ihnen, dass ich mich hier um allen Scheiß selber kümmern muss. Da hätte ich ja auch genauso gut in Plymouth bleiben können, … ja das hätte ich, wenn ich mich sowieso um alles alleine kümmern muss. Und so habe ich, … Ordonnanz! Wollen sie mal bitte ein paar Gläser für alle Anwesenden und auch für sich selbst holen und uns allen ein Gläschen echten irischen Whiskeys einschenken, … und so habe … Ordonnanz, nun machen sie mal oder sollen wir hier bis zum Frühjahr fest wachsen … na bitte, geht doch … wollen uns mal gleich 'n Kleinen über den Wurzelschnurz gießen … wohl sein … gleich nochmal 'ne Runde, Ordonnanz … und so habe ich beschlossen, dass … Ordonnanz, sie schicken sofort einen Kurier ins nächste Dorf, 'n Pfaffen holen … also ich habe beschlossen, dass ich, um sie aus der Schusslinie zu bekommen, als erstes sie Miss Lecriox so schnell wie möglich zu heiraten. … Nein, sie brauchen sich nicht bei mir zu bedanken. … Mister Cooper, was heißt hier, da solle ich Miss Lecriox erstmal fragen. Schauen sie sich mal deren roten Kopf an, das ist doch die Gelegenheit für die, sich einen reichen Mann zu angeln. …“ Sabine war wie vor den Kopf geschlagen. Der Mann war gut fünfunddreißig Jahre älter als sie und könnte somit fast ihr Großvater sein. Aber wenn es half, dass sie nicht angeklagt würde. Die „ehelichen Pflichten“ würden sich dann sicher ja auch bald von selbst erledigen. Was hatte sie denn für eine andere Wahl. Und so wurde sie nochmals ein Stück roter und nickte verlegen. Aber Heyes sprach schon weiter: „So und nun mal zu ihnen Miss Pruz. Ich nehme an, der Waldläufer wird mir sicher zustimmen, zustimmen wird er mir, wenn ich sage, dass ihr George nach diesen vielen Tagen allein im Wald jetzt sicher schon ein fettes Mahl für Wölfe oder Pumas geworden ist, da bin ich mir sicher. … Mister Cooper, sie sind so still …" „Major, so leid es mir tut, muss ich ihnen beipflichten, wenn ich mich nicht irre." „Sehn' 'se, 'n guter Mann. Kennt sich aus hier in der Wildnis, unser Mister Waldläufer. Also Miss Pruz, um den Frieden hier im Fort zu wahren, weise ich an, dass sie so schnell wie möglich einen guten Mann zu heiraten haben. Ich bin ja nun schon leider vergeben, Miss. Und sie Lieutenant Miller ja leider auch und der Waldläufer wird sich sicher kein Weib aufhalsen, nein das wird er nicht. Aber vielleicht weiß Lieutenant Miller jemanden hier aus dem Fort. Lieutenant …." „In der Tat.", sagte der Angesprochene, „Ich hätte da jemanden. Sergeant Fullster wäre der richtige Mann für Miss Pruz, Major." „Sehr gut, Miller. Aber warum nicht Sgt. Fielsch?" „Sir, weil Sgt. Ficlsch mit einer Lady in Boston verlobt ist. Außerdem hat Fullster das richtige Durchsetzungsvermögen, Sir." „Sehr gut, Miller. Gut mitgedacht! Miss Pruz, sie kommen wieder auf freien Fuß, aber, so lange wie Miss Pruz noch nicht verheiratet ist, so lange bleibt der Laden von ihr für die Soldaten geschlossen. … Geschlossen bleibt er. Ausnahme: sie darf an Offiziere, Sergeanten und Zivilisten verkaufen. Ordonnanz, jetzt wo alles klar ist, nochmal die Gläser für alle und dann führen sie meine Anweisungen aus. Prösterchen Ladys und Gentleman."

Sprachlos und in Tränen aufgelöst rannte Clara in ihren Laden und schloss sich darin ein. Sabine wurde bis zu ihrer Heirat wieder in ihrer Zelle eingeschlossen. Auch Cooper verschwand genauso lautlos, wie es sich für einen echten Trapper gehörte.

Es war gegen Mittag des nächsten Tages, als er bei Paul und Michael in der Schlucht auftauchte. Die hatten sich aus ihren Decken eine dritte Windschutzwand gebaut und waren sehr überrascht, über das lautlose Erscheinen von Cooper. Die beiden hatten Mühe gehabt, ihre Pferde und auch sich selbst mit etwas Essbarem zu versorgen. Nachdem Cooper berichtet hatte, was er in Bedford erlebt hatte, beratschlagten sie, was sie tun könnten.

Fakt war, an der Heirat von Sabine ließ sich nicht mehr rütteln. Ebendso wenig an der von Clara. Sie waren sich auch einig darüber, dass sie George für tot erklären mussten.

„Wir können nur noch bei der Hochzeit etwas Störfeuer geben, denke ich.", sagte Paul und Michael gab ihm recht: „Am liebesten möchte ich Mäuschen spielen, um zu sehen, was sich dort in der Hochzeitsnacht abspielt." Cooper stimmte zu: „Ich trau diesem Sgt. Fullster nicht. Miller und er arbeiten zusammen, wenn ich mich nicht irre." „Und dieser aalglatte Lieutenant ist der Kopf hinter ihm.", ergänzte Michael. „Was meinen sie, Cooper, was passieren wird, wenn wir noch einmal ganz offen ins Fort fahren?", fragte Paul. „Keine Ahnung.", sagte Cooper und fuhr fort: „Jetzt, wo Miller das hat, was er offenbar wollte, wird er wohl friedlich sein, wenn ich mich nicht irre. … Im Notfall hole ich euch aus dem Knast.", grinste er und ergänzte: „Sie können ja gern nach der Hochzeit, wenn sie wollen, zu ihrem Auftraggeber nach Virginia zurück. Ich für meinen Teil hab gerade beschlossen, bis zum Ende des Frühjahrs hier in der Gegend zu bleiben und etwas zu jagen und meine Fallen zu stellen. Jetzt im tiefen Winter ist es auch für mich zu beschwerlich, durch die ganzen Indianerdörfer hier in der Gegend zu reisen. Ich habe ohnehin nur einen viertel Tag von hier entfernt ein kleines Baumhaus in einer alten Platane, zu dem sie mich gern begleiten können. Im Frühjahr werden die Rothäute hier von ganz allein wieder oben am Fluss auftauchen. Wäre doch gelacht, wenn ich von denen nichts über den George erführe. Ich glaube, da ist noch nicht das letzte Wort gesprochen, wenn ich mich nicht irre. Und nun lassen sie uns zu meiner bescheidenen Winterhütte aufbrechen, meine Herren."

Das Baumhaus von Cooper befand sich in etwa acht Metern Höhe in einer Astgabel, war nur über eine von ihm selbst gefertigte Strickleiter zu erreichen und somit außer Reichweite von Wölfen und Pumas. Den Nachteil, dass man hier oben kein Feuer machen konnte wog auf, dass Cooper Paul und Michael anbot, Nachts zu ihm zwischen zwei dicke Bärenfelle zu schlüpfen. Die winzige Hütte im

Baum hatte ohnehin nur begrenzt Platz und war eher ein Aufbewahrungsort für Felle und getrocknete Lebensmittel. Ein Feuer direkt unter dem Baum zu machen, lehnte Cooper auch deshalb ab, um seine kleine Behausung umher streunenden Jagdtrupps der Indianer nicht zu verraten. Die beiden Pferde stellten indes ein echtes Problem dar, dass sich über Nacht nur dadurch löste, indem im Wechsel immer je einer von ihnen Wache schob. Um den Geruch von Feuer wenigstens halbwegs zu imitieren, sollte derjenige immer jeweils eine glimmende Zigarre im Mundwinkel haben.

Am nächsten morgen brachen sie relativ schnell nach der erst spät einbrechenden Dämmerung wieder auf. Nur durch Coopers Hilfe fanden sie ihren Wagen wieder und schirrten ihre Gäule davor. Sie fuhren Ray voraus, den sie dann im Fort „rein zufällig" treffen wollten.
In Bedford angekommen, hielten sie natürlich zuerst bei Miss Clara. Hinterhältig grinste ihnen Lieutenant Miller im Office entgegen, als sie sich bei ihm meldeten, mit der Bitte um Übernachtung für eine Woche.
„Sie werden sich hier nicht mit meinen Soldaten prügeln.", zischte Miller.
„Ih, wo, Sir. Das letzte mal hat uns auch so gereicht. Wir haben da keinen Bedarf mehr.", gab Michael zurück. „Aber, sagen sie, Sir,", schob Michael vorsichtig und distanziert nach, „wir haben gehört, dass es hier in Bedford bis vor kurzem noch einen direkten Stellvertreter von Major Heyes gegeben haben soll. ... einen gewissen Captain Harrison. Was ist aus dem eigentlich geworden, Sir." Miller grinste noch dreckiger: „Der ist vor vier Wochen nach London aufgebrochen, wo er meine Schwester heiratet. Aber das geht sie eigentlich nichts an. Na, jedenfalls wird er wohl nicht vor dem Frühjahr hier wieder auftauchen und so lange bin hier als Stellvertreter des Kommandanten kommissarisch eingesetzt." Paul fragte nach: „Sir, hätten sie denn eine Unterkunft für ein paar Tage hier bei sich im Fort?" In verschwörerischem Tonfall jammerte Michael: „Wenn wir unsere Gäule zu sehr schinden, schickt unser

Boss sonst das nächste mal vielleicht zwei seiner nichtsnutzigen und faulen schwarzen freien Nigger hierher. Und das wollen sie ja sicherlich auch nicht." „Und außerdem wollten wir noch unseren Segen zu Miss Pruz' und Miss Lecriox's Hochzeit geben.", log Paul. „Naja …. wir haben ja extra auch vorn links neben dem Tor einen Ausspann für eingeschneite Kutscher und Kuriere. Melden sie sich mal beim Zahlmeister, Second Lieutenant Phil Collins. Der soll ihnen einen guten Preis machen. Bekochen kann sie ja das Flittchen aus dem Laden!"

Nachdem sie bei Collins waren, der ihnen einen fairen Preis gemacht hatte und sie den kleinen Raum mit den acht Feldbetten und dem kleinen Stall nebenan betreten hatten, grinste Michael Paul an: „Klappt doch immer wieder, oder?" Und Paul erwiderte: „Eitle, verlogene Menschen, mit ihren eigenen Waffen schlagen. Ganz genau."

Rein „zufällig" kam am Vormittag des nächsten Tages Ray Cooper in Bedford an. Er tat aber so, als würde er Paul und Michael nicht kennen, denn sie wollten keinen Verdacht erregen. Am Abend trafen sich Cooper und die beiden heimlich in einem Schuppen hinter der Schmiede.
„Meine Herren", eröffnete ihnen Cooper, „ich halte es nicht für eine gute Idee, die kommenden Feierlichkeiten zu stören." „Das haben wir uns auch überlegt.", sagte Paul, „Wir sollten die Lage lieber beobachten und nur im Notfall handeln." „Genau das wollte ich vorschlagen, meine Herren.", sagte Cooper. „Ein paar Tage nach der Hochzeit wird es die wirkliche Überraschung geben, wenn ich mich nicht irre.", kicherte er.

In den nächsten Tagen halfen Paul und Michael Clara beim Wiederaufbau ihres Ladens. Ihr „Bräutigam" ließ sich während der ganzen Zeit lang nicht blicken.
Eine Woche später ließ sich endlich der Pfaffe aus dem nächsten Dorf in Bedford sehen.

Sabine durfte endlich aus dem Knast. Für die Doppelhochzeit von Major Heyes mit Sabine Lecriox und von Sgt. Ben Fullster mit Clara Pruz putzten sich beide Frauen, so gut es in Anbetracht ihrer Lage ging, heraus. Für ihre künftigen Ehemänner stand die Paradeuniform an. Die Feier war kurz, aber angemessen, das Essen, dass Erik Idle, der Chefkoch des Forts, auftafelte, war reichhaltig. Neben den Offizieren und Unteroffizieren des Forts waren auch die wenigen Zivilisten, einschließlich Paul und Michael und Cooper anwesend. Einer der Soldaten des Forts hatte eine Fiddle und spielte zum Tanz das schottische Lied vom Old McDonald mit seiner Farm, das irische Stück vom Whisky in the Jar und auch das englische Greensleeves.

Der Abend war, schon wegen der Wacheinteilung der Soldaten, recht kurz und so verschwanden die frisch Getrauten, während vor allem die Zivilisten und der Pfaffe bei amerikanischem Bourbon weiter feierten.

Für Sabine war es kurz und schmerzlos. Der Major hatte im Verlauf des Tages so viel gesoffen, dass er es kaum noch bis nach oben in ihr nun gemeisames Schlafgemach schaffte. Nachdem sie sich zuerst ausgezogen hatte und im Bett lag, beobachtete sie ihn, wie er schwankend mit seiner Uniform zu tun hatte, wie sein dicker Bauch aus der Unterhose quoll und wie bedrückend der Major nach Fusel stank. Irgendwann aber schaffte er es, sich zu ihr unter die Decke zu legen. Als er sich auf sie schob und sie seinen nach Schweiß stinkenden Körper roch und seinen Atem nach faulen Zähnen und billigem Fusel, grunzte er noch zweimal kurz auf ihr, ohne jedoch in sie einzudringen und fiel dann wie ein nasser Sack schlapp über ihr zusammen. Sie wälzte ihn von sich und auf die andere Seite des Bettes, bevor sie sich angewidert von ihm abwand, um zu schlafen. „Ihm immer ordentlich zu saufen geben, dann vollzieht der die Ehe wenigstens nicht.", merkte sie sich.

Ganz anders lief es dagegen bei Clara ab. Im Vorfeld hatte Fullster ihr zugetragen, dass sie beide künftig in ihrem Laden wohnen

würden. Seinen Seesack mit all seinem Habe hatte er ihr schon am Nachmittag des Hochzeitstages gebracht.
Fullsters glühenden, Blut unterlaufenen Augen, die sie laufend lüstern musterten, hatten ihr schon während der Trauung Angst bereitet.

Nachdem sie dann am Abend in ihrem Laden allein waren, warf er sie ohne Umschweife und ohne Zärtlichkeiten brutal aufs Bett. Er machte sich nicht einmal die Mühe, sich seine Hosen herunter zu ziehen, sondern drang, noch während sie fiel, wütend auf sie ein. Er riss ihr ihre wenigen Sachen vom Leib, würgde sie halb und ließ sie eine Stunde lang kaum zu Atem kommen. „Du dreckige Fotze, nun beweg dich langsam mal unter mir! Da liegt diese Hure hier unter mir, wie ein totes Stück Holz! Mistweib!" Weil sie überhaupt nicht so tun wollte, als würde ihr seine Lust gefallen, wurde er immer wütender und brutaler und schließlich schlug er mit beiden Fäusten auf sie ein. Als er nach einer Stunde noch immer nicht zum Erguss bei ihr gekommen war, schleifte er sie an ihren Haaren aus dem Bett und schmiss sie nebenan in den Schweinekoben. Dann brüllte er über den Hof „Miles O'Brien! Soldat Miles O'Brien! Sofort zum Rapport bei mir antanzen!"
Als O'Brien, ein schmaler, schüchterner Jüngling, endlich bei ihm im Laden auftauchte, verging sich Fullster, laut grunzend genüsslich und schließlich befriedigt an dem jungen Mann.
Clara, die das vom Stall nebenan mitbekam, übergab sich.

XXIV.   Winter in Virginia

Clara wurde mitten in der Nacht geweckt, weil Fullster sie anschrie: „Mistweib! Pennt hier auf dem sauberen Stroh bei meinen Schweinen, anstatt ihrem Mann zu Diensten zu sein! An die Arbeit, du Hure!"

Wieder schlug er sie, wieder versuchte er, sich gewaltsam an ihr zu vergehen, wieder versagte er auf ihr und wieder schlug er sie deshalb. Als er sich ausgetobt hatte, machte sie sich, mühsam und erschöpft von seiner Prügelei, an die Versorgung der Tiere.

Paul und Michael beobachteten sie die nächsten Tage aus der Ferne. Sie sahen die blauen Flecke in ihrem Gesicht, sahen ihre durch die andauernden Schläge aufgedunsene Haut und beschlossen, etwas zu unternehmen. Sie beratschlagten sie sich mit Cooper und schmiedeten schließlich einen Plan.
Eine halbe Woche später ergab sich dafür die Gelegenheit.

Noch am Nachmittag hatten Paul und Michael ordentlich ihr Quartier im Fort bezahlt und waren anschließend offiziell mit ihrem Wagen und den beiden Gäulen in Richtung Virginia aufgebrochen, als am Abend ein neuer Blizzard über die Appalachen stürmte. Man konnte kaum einen Arm weit in dem Schneegestöber sehen. Das Tor von Bedford war deshalb geschlossen. Die wenigen Wachen im Fort suchten sich windgeschützte Ecken, in denen sie vom Wachlokal selber aus nicht sofort gesehen wurden, die aber den Überblick in genau diese Richtung gewährten. Die Soldaten hatten bei diesem Wetter mehr Angst vor ihren eigenen Vorgesetzten, als vor einem möglichen Feind, der bei dieser Witterung sicher auch eher das Warme suchte, als einen Angriff vorzubereiten. Zumal alle Indianerstämme in diesem Tal, so hieß es, friedlich seien.
Und genau diese Einstellung nutzten Jagger, Simon und Cooper für ihren Coup aus!

Letzterer war mit seiner Wildniserfahrung den anderen beiden natürlich mit seinen Sinnen ein Stück voraus und so war er es, der ihnen voranging. Die von Cooper erdachte Strickleiter bestand aus nur einem einzigen Seil mit halbfaust großen Knoten im Abstand von einer Spanne. Am oberen Ende des Strickes hatte er einen ellenlangen starken Knüppel befestigtm mit dem sich diese improvisierte Leiter oben zwischen den zugespitzten Pfählen der Palisade des Forts verhaken sollte.

Nach mehrfachen Versuchen und mit viel Schwung gelang ihnen dieses Vorhaben. Oben hatte wohl niemand etwas davon bemerkt. Cooper erkletterte als erster die Palisade. Mit gezielten Knüppelschlägen schlug er zwei Soldaten, die ihn nicht hatten kommen sehen, nieder, knebelte und fesselte sie und gab dann Paul und Michael bescheid, dass sie ihm über die Palisade folgen sollten. Geduckt und durch das starke Schneetreiben und die frühe Dunkelheit getarnt, wollten sie durch den Stall in Claras Laden schlüpfen, fanden sie aber zu ihrer Verwunderung auf einem Strohballen bei den Schweinen schlafend. Paul weckte sie, hielt ihr aber sofort den Mund zu, damit sie nicht schrie. Er flüsterte: „Keinen Mucks. Wir holen dich raus hier." Als sie wortlos nickte, ließ er seine Hand von ihrem Mund gleiten. „Meine Schweine, die Hühner …. was wird aus denen? Ich kann die doch nicht bei diesem Grobian lassen." zischte sie. „Nehmen wir mit, wenn du willst. Michael verschnürt schon deren Schnauzen und Schnäbel, wie du siehst. Brauchst du sonst noch was?" „Ja. Wenigstens einen halben Eimer voll von Georges Sauerkraut. Mit dem kann ich mir im nächsten Jahr dann meine neue Existenz aufbauen. Das Fass steht aber nebenan.", flüsterte sie. Paul nickte: „Kümmern wir uns gleich. Ist der Fullster auch nebenan?" Clara nickte erneut: „Unser Erspartes hab ich zum Glück hier im Stall unter dem Hühnerfutter versteckt." „Michael und Ray kümmern sich zuerst um die Tiere, ich bleib in der Zwischenzeit hier."

Alles ging ganz schnell und bis auf das Schweinegegrunze fast lautlos von statten. Nachdem die zwei Männer Claras Tiere in Sicherheit gebracht hatten, versuchten sie zu dritt leise in den Laden des Anwesens zu dringen. Was der draußen tobende Sturm an Geräuschen aus dem Nebenraum verborgen hatte, wurde ihnen sofort klar, als sie die Tür geöffnet hatten. Sie erwischten Fullster wahrlich mit herunter gelassenen Hosen. Er verging sich gerade, laut grunzend, wieder einmal an Miles O'Brien. Zwar griff Fullster in einem Reflex nach seiner Pistole, aber das Bowiemesser von Cooper war schneller. Noch ehe O'Brien einen Mucks von sich geben konnte, wurde der einfach niedergeschlagen.

Flugs füllte Clara ein kleines, leeres Rumfass mit gutem Sauerkraut, ein zweites mit ihrem angesetzten Bier, verstaute ihr Erspartes in einem langen, runden Sack, den sie wie eine Gürtel um ihre Hüften legte, griff sich dann noch ihr wichtiges Nähzeug, ein paar Messer, sowie ihre hier bisher verblieben zwei Gewehre und etwas Schießzeug, also Pulver, Blei, Zündkraut und so weiter und vergaß auch nicht ein paar warme Anziehsachen. Die drei Männer halfen hier beim schnellen Packen und beim Abtransport. Endlich flüchteten sie gemeinsam aus dem Stall. Sie hätten es nicht später tun dürfen, denn O'Brien kam aus seiner Bewusstlosigkeit wieder zu sich. Bis indes bei diesem Wetter die Alarmkette durchlaufen war, waren Clara, Michael, Paul und Ray mit ihrem Wagen bereits mitten im Wald verschwunden. Der Blizzard verwehte ihre Spuren fast augenblicklich.

Da sich in Bedford niemand den Tod von Fullster und das Verschwinden Claras samt ihres halben Hausrats erklären konnte, wurde zunächst O'Brien eingekerkert. Nach einer Woche wurde schließlich der Unschuldigste von allen, der arme, missbrauchte O'Brien nach einer sehr schnellen Militärgerichtsverhandlung wegen Mordes an seinem Vorgesetzten gehängt.

Clara wurde mit ihren Tieren zu Ray Coopers Baumhaus gebracht. Der zimmerte in den nächsten Tagen mit Unterstützung der anderen beiden Männer schnell noch auf weiteren Platanen zwei Baumhäuser als Ställe für Claras Schweine und Hühner, die so in luftiger Höhe vor den Angriffen von Pumas, Wölfen und Adlern wenigstens halbwegs sicher waren.

Nachdem all diese Arbeiten erledigt waren, machten sich Paul und Michael nach ein paar Tagen auf den Rückweg zur Pflanzung der Summerfields nach Virginia.

Das gemeinsame versorgen ihrer Tiere mit Eicheln, Gras und Bärennüssen, auch der alltägliche Ablauf aus Ray's Jagd und ihrem allabentlichen Beisammensein schweißte Ray und Clara an einander.

Als im nächsten Frühjahr der erste Schnee schmolz, ergab es sich fast automatisch, dass sie sich schließlich ihm hingab. Wobei sie nun der antreibende Pol war. Erfreut stellte sie dabei fest, dass der schweigsame, eigenbrötlerische Ray unter der Bettdecke genau das war, was sie sich als Frau von einem Manne immer erhofft hatte: einen sensiblen, einfühlsamen, zärtlichen Partner.

***

Nach ihrer Rückkehr auf die Pflanzung der Summerfields mussten Paul und Michael erst einmal ausgiebig über die Vorfälle in Bedford berichten. Joe war sehr in Sorge und wollte eigentlich sofort wieder nach Bedford aufbrechen, aber Mr. Summerfield hielt ihn davon ab und erklärte ihm, dass er derzeit, im Winter, eh nichts in der Wildnis der Appalachen erreichen könne. Clara sei vorerst bei Ray gut aufgehoben und auch Sabine, von der Paul und Michael allerdings nicht viel mehr zu berichten hatten, als dass sie auch nach einer Woche Ehe noch blendend ausgesehen habe, sei vorerst nicht in Gefahr. Michael und Paul boten Joe indes an, ihn im Frühjahr bei einer möglichen Reise nach Bedford nur all zu gern zu begleiten, schon allein um den alten Waldläufer wieder zu sehen, der sich ihnen gegenüber als wahrer Freund hatte bewähren können.

Das Jahr verging. Auch in Virginia gab es frostige Nächte. Joe wurde ohne daß er es eigentlich wollte, nach und nach mit den Aufgaben eines Oberaufsehers betraut. Georges Muli betreute er indes weiterhin ganz persönlich.

***

Weihnachten kam. Die Pflanzung wurde herrlich geschmückt. Einige der Dächer der Sklavenhütten bekamen neue Dachschindeln, Fenster und Türen wurden mit Wollresten und Moos abgedichtet. Der Heiligabend, für deutsche Auswanderer so wichtig, war im anglikanischen Teil der Welt nur die heilige Nacht vor den beiden

Feiertagen. An diesen allerdings hatten sich die Köche sowohl für das Herrenhaus, als auch für die Sklavenquartiere mächtig ins Zeug gelegt. Mister Summerfield hatte für die Sklaven sogar die Rippchen eines halben Schweins zusätzlich als Verköstigung genehmigt.
Wann Joe es zeitlich überhaupt geschafft hatte, kleine Geschenke für alle im Haus und auch für die Kinder der Sklaven, sehr zur Missbilligung übrigens des Hausherren, zu besorgen, war allen unklar, da doch Miss Shirley kaum noch von seiner Seite wich. Das Geld war dagegen kein Problem, seit sein Schwiegervater in spe ihm nun auch eine kleine wöchentliche Apanage für seine Arbeit auf der Pflanzung zugestand.

Joe begann, sich wohl und heimisch zu fühlen. Auch der Jahreswechsel 1750/51 wurde durchgefeiert. Der Neujahrstag war ein Freitag und schon liefen die Vorbereitungen für das nächste Ereignis. Zwei Tage später, am Sonntag den 3.Januar 1751, heirateten Miss Shirley und Joe unter den feuchten Blicken ihrer Eltern. Für einen einst obdachlosen Schiffsjungen, der er ja noch vor einem Jahr war, kein schlechter Aufstieg!
Joe merkte indes immer häufiger, wie sehr es ihm an richtiger Bildung fehlte. Er konnte nur rudimentär lesen und schreiben, halt das, was er sich von Clara und George abgeschaut und was ihn Shirley hier gelehrt hatte und auch seine Rechenkünste endeten mit der Anzahl seiner Finger. Um diesen Bildungsmangel zu beheben, beschloss er, natürlich in Absprache mit Mr. Summerfield, sich vom Buchhalter der Pflanzung, Pete Seeger, der mehrfach in der Woche zu ihnen aus dem nahen Chesterfield kam, im Lesen, Schreiben und Rechnen ausbilden zu lassen. An den Tagen, an denen Mister Seeger nicht auf der Pflanzung war, sattelte Joe Georges Billy und ritt seinerseits zu ihm in die Stadt.
Joe liebte dort vor allem das Getümmel auf dem Markt. Als ehemaliger Londoner, der sich dort vor allem im armen Hafenviertel mit seinen Nutten und Spelunken herum getrieben hatte, fehlte ihm so manches mal auf der Pflanzung der rauhe, aber ehrliche Ton der Unterschicht. Hin und wieder ließ Joe es sich deshalb auch nicht

nehmen, mal in der einen, mal in der anderen herunter gekommenen Kaschemme ein Pint billiges Bier zu schlürfen.
Schockiert war Joe indes, wenn er auf dem Marktplatz im vorbeireiten eine Versteigerung von Sklaven miterleben musste. So behandelte man doch nicht Menschen!

„Sehn' 'se mal hier, ein junger Bock aus Afrika! Wenn sie den mit einer Zippe zusammensperren, arbeitet der nicht nur besser und hat keine Lust mehr auf Flucht, nein, der sorgt mit der noch dafür, dass sich ihre kleinen Negerlein, also ihr Kapital im wahrsten Wortsinne >vermehrt< !" „Und hier haben wir eine reizende Zippe! Schüchtern, drahtig, mit vollem Gebiss! Die können sie sogar selbst bespringen, wenn ihnen ein junger Bock zu teuer ist. Kommen sie hier auf das Podest und prüfen sie die Ware selbst!" Und dann sah Joe, wie sabbernde, alte, reiche Knacker, aber auch arme Luder, die sich kaum mehr ihr nächstes Saatgut kaufen konnten, auf die zur Versteigerung dargebotenen Sklaven zu strömten und mit ihren schmierigen Händen die Brüste der schwarzen Frauen ausgiebig betasteten, ihnen in die Ohren und in den Mund schauten. Manch einer bestastete auch ausgiebig von innen den Schoß der einen oder anderen Frau oder das Geschlechtsteil der männlichen Sklaven. Joe musste sich fast übergeben, wenn er daran dachte, dass er einfach nur Glück hatte, kein Afrikaner oder kein Farbiger zu sein.

Mitte März war es, die ersten Leberblümchen blühten bereits, die Weidenbäume streckten ihre Köpfchen keck in die Höh und der Hartriegel begann seine ersten neuen Zweige auszutreiben, als Shirley ihrem Gatten kund tat, dass sie möglicherweise von ihm Schwanger sei. Das junge Paar war sich aber darin einig, um ganz sicher zu sein, das bevorstehende Osterfest noch abzuwarten, um ihre Eltern von diesem frohen Ereignis in Kenntnis zu setzen.

Ostern beendete die Fastenzeit, was wohl sicher nur für die Besitzer der Pflanzungen zutraf, denn bei den Sklaven landete nun statt „zu wenig Fisch" ganz einfach „zu wenig Fleisch" auf den Tellern. Im

Gegensatz zu manch anderem Sklavenquartier, bei denen es so eingerichtet war, dass jeweils am Wochenanfang jeder Sklave seine Wochenration an Mais, Sonnenblumenöl, Fisch oder Fleisch und auch sein Bündel Holz sich beim Oberaufseher abholen konnte, gab es bei den Summerfields einen Gemeinschaftsspeiseraum für die Sklaven mit angrenzender Küche. Ein Arm voll schon vorgehackten Reisigs und Feuerholz gab es während der kalten Monate aber auch hier jeweils am Ende der Woche. Diese Gemeinschaftsverpflegung hatte gegenüber der individuellen den alles überragenden Vorteil, dass die Sklaven keine Messer, Beile oder Gabeln unbeaufsichtigt in die Hand bekamen. Davor hatten ihre weißen Dienstherren ja die meiste Angst, dass ihre Geldanlage sie in einem unbeobachteten Moment mit ihrem Besteck erdolchte. Und so ganz nebenbei hatte so eine Massenabfertigung auch noch den Vorteil, dass es sich in einem großen Topf einfach billiger kochte. Man sparte Holz, den zerkochten Fleischfasern sah man nicht an, wie alt sie waren oder wo sie her kamen und die Grütze quoll nicht nur im Topf, sondern vor allem im Magen nach und machte bei höherem Wassergehalt trotzdem erstmal satt.

Am Karfreitag gab es bei den Summerfields frischen Fisch, der ihnen noch am Gründonnerstag von einem Händler aus Chesterfield geliefert worden war.
Für Ostersonntag, der am 13.April in diesem Jahr 1751 lag, hatte man Pflanzer aus der Umgebung zum Lammessen eingeladen. Das Lamm war schmackhaft, der frische Spinat und die Topinamburknollen waren dazu reichhaltig. Nachdem auch der Nachtisch, Wackelpudding, an der Tafel verzehrt war, stand Joe schließlich auf, um seine vorher einstudierten drei Sätze in einer kleinen Rede aufzusagen. Er sprach recht umständlich von dem guten Herren Christ und von der Bedeutung der Wiederauferstehung und endete schließlich mit dem Hinweis darauf, dass sein einzig und innig geliebtes Eheweib, Miss Shirley, nun eine richtige Frau geworden sei und dass Lady Jane und Sir Dirk in einem guten halben Jahr wahrscheinlich Großeltern werden würden. Als Joe sich wieder

setzte, stand Mr. Summerfield am ganzen Körper zitternd vor
Freunde auf, erhob sein Weinglas zu einem Toast, prostete allen zu
… und genau in dem Moment, als er das Glas an seine Lippen setzen
wollte, ließ er es plötzlich fallen, fasste sich mit den Händen auf die
Brust in Höhe des Herzens, kippte dabei nach hinten um und landete
zum Glück auf seinem Stuhl. Stieß dabei aber mit dem Kopf von
hinten auf die Holzlehne und röchelte nur noch.

Es dauerte bis zum späten Abend, bis man den Doktor der Gegend
gefunden hatte. Mr. Summerfield hatten kräftige Männer in der
Zwischenzeit ins eheliche Schlafgemach getragen.

Als der Doktor schließlich kam, röchelte Mister Summerfield nur
noch. Der Arzt stellte einen schweren Schlaganfall fest. Bevor Mister
Summerfield zur allgemeinen Linderung seines Zustandes vom Doc
Laudanum bekam, holte er noch einmal die Familie an sein Bett. Er
nahm seine Frau in die Pflicht, ihrer Tochter und seinem künftigen
Enkel möglichst lange erhalten zu bleiben. Miss Shirley solle eine
gehorsame Ehefrau bleiben und wunderbare Mutter werden und Joe
wurde das Versprechen abgenommen, sich um Jane, Shirley, all seine
Kinder die hoffentlich noch kommen mögen und um die Pflanzung
bestens zu kümmern.

Endlich erschien der Pfaffe zur letzten Ölung und auch ihm wurde
das Versprechen abgenommen, sich so gut es ging um die Familie
Summerfield, die ja nun Clark hieß, soweit es ging zu kümmern und
sie durch ihre Trauerzeit zu begleiten. Nachdem der Pfaffe ihm unter
vier Augen seine letzte Beichte abgenommen hatte, schloss Mister
Summerfield seine Augen.
Es dauerte aber noch bis zum Mittag des übernächsten Tages, bis der
Tod seinen letzten Lebenswillen endgültig besiegt hatte und das
Familienoberhaupt in Ruhe verschied.

Trotz aller Vorbereitungen musste nun alles recht zügig ablaufen.
Mister Summerfield wurde in der großen Halle des Herrenhauses

aufgebahrt und bereits für den kommenden Samstag, die Beisetzung angekündigt.

Trotzdem der Bestatter John Fitzgerald Kennedy sein bestes gab, müffelte Mr. Summerfields Leichnahm bereits nach wenigen Stunden recht unangenehm. Es gab halt noch keine morderne Kühlung.

Die Trauerfeier selbst fand gleichfalls in dieser Eingangshalle statt. Auch die in diesem Moment abkömmlichen Sklaven nahmen daran, allerdings am äußersten Rande stehend, mit teil. Ob sie nun deshalb weinten, weil sie nicht wussten, wie Streng ihr neuer Herr, Joe, nun mit ihnen, weil er jetzt die Macht dazu hatte, war oder ob ihre Trauer echt war, darüber machten sich die Familienmitglieder und die geladenen Gäste aus dem ganzen County keine Gedanken. Über Sklaven dachte man nur als Wertanlage und Arbeitskraft und ansonsten gar nicht mehr nach. War die Trauer der Sklaven jedoch echt, so war diese nur mit dem vergleichbar, was man Jahrhunderte später „das Stockholmsyndrom" nennen würde.

Die Arbeit ließ in den folgenden Wochen für Joe aber überhaupt nicht nach. Er musste sich, gemeinsam mit Shirley, die ihn da sehr unterstützte und mit Hilfe ihres Buchhalters Pete Seeger nicht nur in die Bücher, sondern auch in die Führung der Farm einarbeiten.

Joe merkte nicht, dass er dabei allmählich den Südstaatenslang, gerade was die Sklaven betraf, annahm. Aus dem ehemals bescheidenen, freundlichen, human denkenden jungen Mann wurde bis zum Sommer ein etwas eingebildeter Schnösel, der glaubte, die Macht über die Menschen auf einer Pflanzung sei Gott gegeben und er als Inhaber und Hausherr sei wenigstens hier absolut unfehlbar. So änderte sich auch sein Wortschatz recht schnell. Aus „Tante Mimi", wurde „die schlampige Köchin", aus „Onkel Tobi" ein „fauler Nigger", aus dem „kleinen Tom" der „nichtsnutzige Boy" und aus allen anderen Sklaven nur noch „die Nigger".

Aber wie immer im Leben änderte sich auch das wieder, als sich für Joe eine neue Sichtweise auftat und als er sich mit Shirley, Paul und Michael im Sommer nach den möglichen Resten von George in die Appalachen aufmachte.

XXV.   Überraschungen in Bedford

Das Leben in Bedford war an diesem Sommertag wie erschlagen. Die Glieder der Soldaten schienen wegen der Hitze wie gelähmt. Das einzige, was sie zu schnellen Bewegungen veranlasste, waren die unzähligen Mückenschwärme die vom nahen Fluss herauf surrten, gierig nach Blut. Die großen Tiere hatten ganz besonders zu leiden, denn in den empfindlichen Ohren von Pferden und Schweinen saugten die Insekten besonders gern.
Sabine machte wieder einmal ihre Runde durch das Fort. Seit ihre beste Freundin und die einzige andere Frau hier im Fort, Clara, verschwunden war, hatte sie niemanden mehr, mit dem sie hätte schwatzen können. Sie gab sich zwar nie dem reinen Müßiggang hin, aber die Ehe mit ihrem ständig betrunkenen Ehemann, war nicht sonderlich anstrengend. Major Heyes war meistens betrunken. Er wachte Nachts im Schlaf auf, um sich einen einzugießen, hatte beim Aufstehen meist schon „eins-acht auf der Lampe", aber er pöbelte nie, schlug sie nie, im Gegenteil, meist würdigte er sie nicht einmal eines Blickes. Das gemeinsame Ehebett mied sie aber, da der Major sich Nachts oft einnässte. Von Sgt. Fielsch hatte sie sich heimlich ein klappbares Feldbett bringen lassen, das sie Nachts im ehelichen Schlafgemach direkt neben der Tür aufgestellte. Der Wohnbereich des Kommandanten war der einzige im Fort, der vier Räume hatte. Der größte Raum war das Schlafgemach, in dem auch die beiden Seetruhen des Majors standen. Nur für Sabine hatte er im Frühjahr einen nagelneuen Kleiderschrank aus Philadelphia kommen lassen, der einer Arbeit von Chippendale nachempfunden war. Im Schlafgemach aßen sie auch gelegentlich an einem kleinen Tischchen am Fenster. Dabei saßen sie auf zwei groben Holzstühlen. Direkt vor dem Schlafzimmer lag die eigene Küche, in der Sabine die

anstehende Wäsche wusch und sich selbst meist ihre eigenen kleinen Mahlzeiten her richtete, denn Gesinde hatten sie nicht. Für dieses existierte jedoch eine kleine Kammer, die direkt an die Küche anschloss. Eine Pritsche, ein Stuhl und ein breites Brett zum Fenster, das einen Tisch ersetzte, waren dessen einzige Möbel. Aus dieser Kammer hatte man einen guten Blick auf die Stallungen und den Hufschmied. Eine Vorrats- und Besenkammer gehörte gleichfalls zu der Wohnung. Um aus der Wohnung heraus zu kommen, musste man erst die Küche verlassen, dann aber stand man bereits auf dem oberen Flur des Hauses. Die Tür auf dem Flur direkt gegenüber von ihrem Wohnbereichs war bereits das Vorzimmer von Major Heyes Arbeitsbereich. Am Ende des Flurs, zur Nordmauer des Forts hin, lag das Klo, dessen Eimer einmal am Tag durch den jeweils dazu eingeteilten Soldaten zur Latrine des Forts geschleppt, dort ausgeschüttet und wieder gereinigt wurde. Und genau zwischen diesen Räumen, also einmal direkt über den Flur und einmal quer über den Flur, hielt der Major sich auf. Und genauso klein wie seine Welt war mittlerweile auch sein Denkvermögen geworden.

Aus alter Gewohnheit heraus schlenderte sie zum ehemaligen Laden von George und Clara, um sich darin kurz umzusehen. Nachdem Clara verschwunden war, hatte Lieutenant Miller den Laden gewissermaßen zur Plünderung freigegeben. Die Eingangstür hing windschief in ihren Angeln. Von den einstigen Gerätschaften war nichts mehr vorhanden. Clara hatte wohl bei ihrer Flucht alles von Wert, also auch die ganzen Messer, ihre Flinten und Pulver und Blei mitgenommen. Der hier einst gelagerte Tabak war von den Soldaten des Forts restlos aufgebraucht worden, genauso wie das Bier und der Whisky. An das in Salzlake eingelegte Pökelfleisch hatte sich indes bisher kaum jemand heran getraut. Genauso erging es dem Sauerkraut. Es hätte zwischendurch mal gepflegt werden müssen, also umgeschichtet, mit neuer Lake begossen und so weiter. So breitete sich auf allen Fässern oben dicker Schimmel aus. Hin und wieder nahm Sabine sich die Zeit, wieder so viel abgekochtes Salzwasser in die Gärbehälter zu geben, dass die wieder bis zum

Rand mit Flüssigkeit gefüllt waren, aber den Schimmel entfernte sie
nicht. Nichts destso weniger roch es in der ganzen Hütte sehr
säuerlich, was sicher so manchen möglichen Plünderer, darunter
auch die Vierbeiner, wieder vertrieb.

Als Sabine den Laden verließ, sah sie am Eingang des Fort zwei
Indianer stehen. Der eine von beiden, der sich ein wenig im Schatten
der Torflügel herum drückte, sagte anscheinend etwas zu dem
anderen und dieser nun winkte ihr zu. Sabine sah sich um, dann
schlenderte sie sehr gemächlich, um nicht aufzufallen, zur
Tordurchfahrt. Je näher sie den beiden kam, um so mehr verzog sich
der eine Indianer in den Schatten. Schließlich schob er sich auch
noch seine kleine Lederkappe über die auftopierten, im typischen
Irokesenschnitt gestylten Haare so weit ins Gesicht, dass sie, als
Sabine vor den beiden stand, fast nur noch seinen Mund sah.
„Hallo Sabine!“, sagte der Indianer mit typisch deutschem Akzent.
Bevor sie vor Freude aufjauchzen und ihm um den Hals fallen
konnte, war aber schon der andere Indianer bei ihr, hielt ihr den
Mund zu und hinderte sie an jeder weiteren Bewegung.
„Wir beobachten das treiben hier schon anderthalb Tage und ich
denke, es ist zu gefährlich für dich, als auch für mich, wenn wir uns
hier länger miteinander sehen lassen. Darum sei bitte ganz ruhig.“,
zischte er leise.

Als sie leicht nickte, fuhr er genauso leis fort: „Ich sehe, hier ist
einiges passiert. Geh heute Nachmittag bitte an den Waldrand
gegenüber der Nordmauer zum Holz sammeln. Dort, wo du eine von
einem Pfeil durchbohrte Wandertaube findest, verschwindest du im
Wald. Wir werden dort auf dich warten.“ Sie nickte, doch bevor sie
etwas entgegnen konnte, sprach er weiter: „Du wirst dich jetzt
abwenden und mich wenn du in Höhe unseres alten Laden bist,
anschreien mit den Worten >Nein, ihr könnt hier im Fort nicht eine
Nacht lang verbringen.<, wendest dich dann wieder ab und wirst in
großen Schritten auf das Offiziershaus zustampfen. Das müsste für
uns als Ablenkung reichen, damit wir möglichst ungesehen wieder

verschwinden können. Alles klar?“, sie nickte leicht. „Na dann los.“, zischte er.
Sabine tat wie geheißen, und als sie nach ihrem Spruch auf dem Weg zum Offiziershaus nochmals kurz einen Blick über ihre Schulter zurück tat, waren die beiden „Indianer“ wie Schatten wieder verschwunden.

Das Leben im Fort kroch für Sabine an diesem Tag wahnsinnig langsam dahin. Der Major, der bereits am Vormittag gut betrunken war, legte sich nach seiner kleinen Mahlzeit, die Sabine ihm bereitet hatte, für ein Viertelstündchen aufs Ohr. Er aß ja kaum noch etwas. Sie selbst machte sich indes auf den Weg zum Waldesrand, schlenderte ganz gemütlich durch das Fort, an den Posten des Tores vorbei, den Fluss ein Stück hinauf und sah dann plötzlich neben einem Busch eine mit einem Pfeil getötete Taube. Unsicher sah sie zum Palisadengang des Forts hinüber, aber der Wächter dort, fand es gerade viel interessanter, auf den Innenhof des Forts zu schauen, als den Waldrand zu beobachten. Vielleicht balgten sich im Hof wieder ein paar Katzen.

Schon schlüpfte sie zwischen einigen Sträuchern an einem Wildwechsel ins Dickicht hinein. Zwei, oder drei Schritte machte sie, als plötzlich George vor ihr stand. Er ergriff ihre Hand und zog sie fort in die Kühle. Sie gingen nur wenige Minuten, bis sie zu einem kleinen, kaum erkennbaren Biwak kamen, das einen umgestürzten Urwaldriesen nutzte. Vor der Laubhütte saß Schneller Bogen. Auf einen Wink Georges hin, verschwand der Indianer in genau der Richtung, aus der Sabine und George gekommen waren, um den Waldrand und das Fort im Auge zu behalten. Endlich konnten Sabine und George sich fest in die Arme schließen und kurz ihr Widersehen genießen.
Sie setzten sich vor das Biwak und George erzählte, dass er nun „der Weiße Wolf“ heiße und Irokese sei. Er berichtete über seine Erlebnisse und stellte klar, warum er Bedford nicht mehr betreten konnte. Wenn Fullster und Miller ihn sähen, war er genauso schnell

tot, wie eine Taube, die sich auf ihrem Jungfernflug in ein Adlernest verirrte.

Dann erzählte auch Sabine von den Vorfällen seit seinem Verschwinden, von der Heirat Claras mit Fullster und ihrer eigenen mit Major Heyes, der sich zum Säufer entwickelt hatte, davon, dass Georges Heiligtum, einige Sauerkrautfässer, überlebt hatten und davon, dass angeblich Indianer, so erzählte man es sich jedenfalls in Bedford, die gute Clara mit all ihren Waffen, Werkzeugen und Tieren, geraubt hätten. Sabine wusste auch zu berichten, dass der Trapper Ray Cooper sie immer einmal pro Woche mit frischem Wildbret versorge und dass der vermutlich mehr über Claras Verbleib wisse.

Das genügte George. Er wollte auch das Treffen mit Sabine, zu ihrem Schutz, nicht unnötig in die Länge ziehen, um damit die Gefahr für sie zu minimieren. Als sie sich beide vor dem Biwak wieder erhoben, drückte er ihr ein großes, zuvor zu diesem Zwecke extra von ihm gesammeltes Bündel Brennholz und Hand voll Preiselbeeren in die Arme und trug ihr auf, Ray Cooper genau an diese Stelle am Waldrand zu schicken, von der George Sabine abgeholt hatte und wohin er sie auch gleich wieder bringen würde.

Sie verabschiedeten sich einige Schritte vor der von Hand geschlagenen Lichtung, nachdem Schneller Bogen, der dort gelauert hatte, ihr mit einem Wink zu verstehen gegeben hatte, dass die Luft für Sabine sauber sei.

Ohne Aufsehen zu erregen, gelangte Sabine wieder bis ins Offiziershaus.

Einige Tage später war es soweit. Ray Cooper tauchte im Fort auf und Sabine übermittelte Georges Nachricht. Der fand ihn und Schneller Bogen im Wald sofort. Es war eine sehr freundliche Begrüßung auf beiden Seiten. Cooper lud die beiden dann auch gleich zu sich in sein Quartier ein. Die Wiedersehensfreude mit Clara war unbeschreiblich, wenn auch nicht ungetrübt. George berichtete ihr von Morgentau, der er auf seiner winterlichen Wanderung so nah gekommen war und Clara gestand ihm unter vier Augen, dass sie zwar noch offiziell mit Sgt. Fullster verheiratet sei, sie sich aber hier im Wald in den manchmal nach außen hin etwas grantelnden Cooper verliebt habe und möglicher Weise sogar ein Kind von ihm zu erwarten sei.

Sodann beratschlagten sie alle vier, was zu tun sei. Man müsste Miller und Fullster in einen Hinterhalt locken, dachten sie. Anderseits war George das ihm so wertvolle Sauerkraut noch wichtig. Das kleine fünf-Liter-Fass, das Clara gerettet hatte, war zwar noch nicht verdorben, aber sie brauchten dennoch recht bald Nachschub an Kohl oder Fässern, um Neues anzusetzen.
Fakt war, sie brauchten noch ein paar mehr Leute für ihren Plan. Indianer konnten sie dafür nicht einsetzen, denn das würde unausweichlich auf einen Indianerkrieg hinaus laufen. George konnte sich genauso wenig in Bedford sehen lassen, denn ihn würden Miller und Fullster, wenn sie ihn schon nicht sofort über den Haufen schossen, dann doch wenigstens arestieren und foltern. Clara konnte auch nicht ins Fort, denn Fullster würde sofort über sie her fallen. Cooper wäre zwar am Unauffälligsten, musste aber schon als Kontaktmann zu Sabine herhalten.
So sehr sie also hin und her überlegten, um so klarer wurde allen, dass sie mindestens noch zwei Mann brauchen würden, die hier nicht ganz so bekannt waren oder an die man sich im Fort nur vage und im Guten erinnerte.

Man müsste Michael Jagger und Paul Simon aus Chesterfield holen, am besten noch Joe Clark dazu. George wunderte sich ohnehin, wo sein alter Freund von der Sweet Revenge überhaupt so lange blieb. Die Frage war auch in diesem Falle: wer sollte die anderen drei Männer aus Virginia holen? Clara konnte weder allein reisen, noch konnte sie hier allein im Wald mit den Haustieren bleiben. George kannte den Weg genauso wenig, wie schneller Bogen, wobei die Reise von Indianern auf öffentlichen Landstraßen nicht ganz ungefährlich war. Blieb also nur Ray.

Der machte sich bereits am nächsten frühen Morgen auf den Weg. Während George sich in den nächsten drei Wochen um Clara kümmerte reiste Schneller Bogen in ihr Indianerdorf, um dort Morgentau zu unterrichten. Als Steht-mit-einer-Faust und Adlerschwinge davon erfuhren, dass es möglicherweise ein paar Skalps zu holen gäbe, schlossen sie sich Schneller Bogen an, nicht ohne die mahnenden Worte des Häuptlings Flinker Bär zu verpassen, der ihnen auftrug, dass wenn sie nun schon ein Fort der Weißen angriffen, doch bitte darauf zu achten, dass sie nicht direkt als Indianer von diesem Stamme erkennbar seien, denn Flinker Bär wollte keinen Krieg mit den Langen Messern riskieren, verstand aber gleichzeitig, dass die jungen Männer Kriegserfahrung suchten.
Nach nur zehn Tagen trafen sie auf George und Clara. Beide hatten es im übrigen in dieser Zeit genossen, mal wieder auf Deutsch miteinander reden zu können.

So einfach, wie Schneller Bogen seine Verstärkung bekam, so leicht hatte es Cooper in Virginia leider nicht.

***

Zwar war Ray ganz gut bis zur Summerfield-Pflanzung gelangt, aber dort gab es ein paar kleinere Schwierigkeiten. Michael und Paul hatten die nächsten vier Tage noch zu tun und Joe konnte oder wollte zunächst nicht mit in die Appalachen. Dafür hatte er gute Gründe. Sicherlich der Wichtigste von allen war, dass Shirley schwanger war. Weiterhin spielte in Joes Ablehnung eine Rolle, dass er niemanden wusste, der sich während seiner Abwesenheit um die Pflanzung würde kümmern können. An Pete Seeger, den Buchhalter, der ja schon zwischen Kauf und der Ankunft der Summerfields auf der Pflanzung über zwei Jahre hinweg die Farm geleitet hatte, wollte Joe nicht kommen. Auch waren seine Schwiegermutter und Shirley jetzt eigentlich in der Lage, auch mal für drei bis vier Wochen ohne ihn auskommen zu können, aber Joe gab sich der Illusion hin, er selbst sei für den Farmbetrieb unabkömmlich. Sicher spielte da mit hinein auch eine Rolle, dass er zu dem Irrglauben gekommen war, er selbst habe allein mit seiner eigenen Kraft den sozialen Aufstieg geschafft und da störte nur der alte Kumpel in den Appalachen und der Ort seiner eigenen Herkunft. Da störte aber auch der Trapper auf seinem Grundstück und so war Ray gezwungen, sich ein Biwak im Wald zu bauen, bis Michael und Paul für ihn und sein Problem Zeit hatten. Zwar war Joe noch so fair, dem Waldläufer Billy, das Maultier von George, mitzugeben, als Joe aber erfuhr, dass Ray in einem kleinen Hain der noch zur Summerfield-Pflanzung gehörte, sein Lager aufgeschlagen hatte, informierte er den Sherriff des nächsten Ortes und der nahm Ray dann für zwei Tage wegen „Landstreicherei" in Haft. Ray zog es nach seiner Freilassung dann vor, Paul zu bitten, in dessen Scheune zu übernachten, was dieser kommentarlos gewährte. Endlich konnten sich Ray und Michael, den Freunde nur Mick nannten, frei nehmen und Ray auf ihren privaten Gäulen, Ray benutzte jetzt den guten Billy als Reittier, begleiten.

***

So kam es, dass es gut drei Wochen dauerte, bis die lang ersehnte Verstärkung in den Appalachen, bei Clara, George, Schneller Bogen, Steht-mit-einer-Faust und Adlerschwinge eintraf. Nachdem man den Neuankömmlingen zwei Tage Erholungspause von ihrer langen Reise gewährt hatte, ging es an die Ausführung des Plans.

Als erstes wurden Ray, Mick und Paul zu Fuß im Fort bei Major Heyes vorstellig und fragten dort offiziell nach, ob sie die zwanzig Fass Sauerkraut aus dem einstigen Laden von George bekommen könnten. Ray brauche ja eigentlich nur die Fässer für sein Sommerlager, um im Sauerkraut Felle zu gerben, was angeblich eine völlig neue Methode aus Deutschland darstelle, von der Mick und Paul in Virginia gehört hätten. Allerdings habe man keinen Wagen und ob man ihnen im Fort einen Wagen für zwei Wochen, samt dem noch vorhandenen Muli, das ja eigentlich dem verschwundenen George gehöre, ausleihen könne im Tausch gegen zwei prachtvolle

Minkfelle, die allein schon die Kosten für einen komplett neuen Wagen einbrächten.

Nachdem die drei wundervollen die Felle vor ihm auf seinen Schreibtisch gelegen hatten, nickte der Major huldvoll und schickte Sabine zum Laden vor, weil die sich darin am besten auskannte. Lieutenant Miller war skeptisch wegen der ganzen Angelegenheit und wies deshalb die Wachen des Forts an, besonders aufmerksam zu sein. Während Ray Sabine zum Laden begleitete, gingen Mick und Paul in Begleitung von Phil Collins, dem Zahlmeister, zu den Ställen, wo man das Muli von George und Clara schlecht versorgt vorfand und Phil einen, zugegebener maßen doch recht herunter gekommenen Leiterwagen für sie organisierte.

Nach dem Anspannen des Mulis, begab man sich zum Laden, um die Fässer aufzuladen. Mit herum stehenden Soldaten unterhielt man sich und bekam dabei heraus, zu welchen Zeiten in den nächsten Tagen welche Wachmannschaft eingeteilt war. Trotz schärster Beobachtung durch die Soldaten des Sgt. Fullster, die jetzt ihre Freiwache hatten und die am Laden deshalb „mal gucken" sollten, erfuhr man alles Nötige und verließ nach einer Stunde harter Arbeit das Fort. Dass man unter dem Stroh des ehemaligen Stalles eine Flasche mit Leinöl, die durch einem gleichfalls mit diesem Öl getränktes Stück Lumpen verschlossen war, versteckt hatte, ahnte von den Soldaten niemand. Auch nichts davon, dass Ray das verschließende Moos in einer Ritze der Südwand das Raumes heraus gekratzt hatte und einen Teil einer Glasperle, die gern als Tinnef zum Tausch mit den Indianern genutzt wurden, dort eingesetzt hatte. Sollte morgen gegen Mittag die Sonne scheinen, würde ein eintreffender Lichtstrahl so gebündelt, dass er erst das Stroh und dieses dann den darin befindlichen, mit Leinöl getränkten Lumpen entzündete, wenn das in der Mittagsschwüle nicht schon von selbst geschah, da dieses Öl, fein zerstäubt, sich schon bei Zimmertemperatur von selbst entzünden kann.
Das dann in der Flasche enthaltene Leinöl würde sich darauf hin

schlagartig verbrennen. Was das anrichten würde, konnte man zu diesem Zeitpunkt nur erahnen. Man musste nur auf warmes, sonniges Wetter hoffen.

Kurz bevor sie mit dem beladenen Wagen aufbrachen, wurde insgeheim noch Sabine über ihre Pläne informiert.
Die Ausfahrt aus Bedford geschah mühselig und absichtlich etwas langsam. Für Willy das Maultier, war es wirklich eine schwere Fracht, so dass immer zwei der drei Männer mit schieben mussten, während einer vorn Willy führte. Als sie jedoch hinter einer Wegbiegung und außer Sichtweite des Forts waren, bekamen sie Verstärkung. George lauerte dort im Dickicht mit Billy. Der wurde schnurstracks mit vor den Wagen gespannt. Damit war die Ware nun eine so leichte Fracht, dass es auf der Straße von Bedford sehr schnell vorwärts ging. Allerdings war so ein Wagen im Wald auch ein Hinderniss, denn da, wo sich ein Hirsch oder ein Mensch gut durchschlängelte, war es für ein Pferd mit Reiter oder mit Ladung eigentlich schon viel zu eng. Für einen beladenen Wagen war dagegen ein Wildwechsel zum durchkommen ein Ding der Unmöglichkeit. Aber das hatten sie ja vorher gewusst. Nach einem viertel Tag sehr schneller Fortbewegung auf der Straße in Richtung Osten, warteten an einer weiteren Wegbiegung die drei Indianer mit den beiden Pferden von Paul und Mick.

In der stillen Hoffnung, dass ihnen hier nun nicht gerade jetzt ein Kurier der britischen Armee auf dem Weg nach Bedford begegnete, begannen sie mit vereinten Kräften sehr schnell mit der Entladung des Wagens. Sechzehn der zwanzig Fässer Sauerkraut verstauten sie im Unterholz. Nachdem sie die Mulis ausgespannt hatten, zerlegten die Männer den Wagen grob in seine Einzelteile und verbargen diese gleichfalls im Dickicht. Anschließend bekam jedes der Tiere ein Fass Kraut aufgeschnallt und ab ging es in Richtung des Lagers von Ray, wo Clara nach einem weiteren vierteltag Marsch sie schon sehnsüchtig erwartete.

Das erste, war George machte, nachdem die Fässer von den Mulis und Pferden abgeladen waren: er lobte den Verschluss der Fässer. Ray, Mick und Paul hatten diese noch im Laden mit den passenden Deckeln so gut abgedichtet, dass keine Flüssigkeit ausgetreten war. George öffnete das erste Fass.

„Mh, es sieht gut aus. …. Mehr als gut.", sagte er. Clara, die hinzutrat, meinte: „Es riecht auch höchst lecker. Wollen wir es mal kosten?" „Ja, das sollten wir.", antwortete George und schob auf deutsch nach, „Ich habe noch nie gehört, dass Sauerkraut, wenn man gar nichts damit macht, so lang haltbar ist." Clara schmunzelte ihn an und entgegnete gleichfalls auf deutsch: „Mir läuft jetzt schon das Wasser im Mund zusammen." Dann sahen beide vom geöffneten Fass auf und die Umstehenden an und kicherten. „Ich hole schnell einen Teller für uns alle, die Sauerkrautgabel und dann probieren wir.", gluckste sie voller Vorfreude und kehrte wie der Blitz mit den Utensilien von ihrer Baumhütte wieder zurück.
Die Sauerkrautgabel war etwa zwei Ellen lang, Dick wie ein Männerarm und hatte am Ende zwei fingerdicke Metallzinken die je eine Spanne lang waren. Diese Gabel stammte noch aus Berlin und war Teil der Sauerkrautladung nach Plymouth gewesen. Sie war ein Werkzeug zur Pflege des fertigen Krautes und obendrein wichtig bei seiner Herstellung, um den gehobelten Kohl nach einer ersten Verdichtung wieder ein wenig zu lockern, damit sich die Salzlake besser zwischen den Fasern verteilte. Es war ein pures Glück, dass Clara auch an diese Gabel bei ihrer Flucht aus Bedford gedacht hatte. George stocherte mit der Gabel im Fass herum und beförderte schließlich einen handlichen Brocken Sauerkraut damit auf den Teller. Erst dann nahm er für den Geschmackstest seine Hände und etwas davon in seinen Mund.

Er nickte, wiegte bedenklich seinen Kopf und bat: „Clara, probier du mal." Auch sie nickte etwas mit dem Kopf, bot aber den anderen ihrer Gruppe den Teller zum selber mal probieren mit an. Als sie alle gekostet hatten, fragte George in die Runde: „Na, was meint ihr dazu

… und gerade meine roten Brüder?" Sie mussten indes alle samt zugeben, dass sie noch nie in ihrem ganzen Leben Sauerkraut gegessen hätten, aber es sei, ja das sei es, sehr wohlschmeckend.
Dann ließ sich George wieder vernehmen: „Es ist sehr gut, aber es ist fast am umkippen. Ich muss mir in den nächsten Tagen unbedingt die anderen Fässer ansehen. Und vor allem brauche ich Salz. … viel Salz." Clara räusperte sich daraufhin: „Im Fort gibt es welches. Erik Idle, der Koch, hortet seine Zuteilungen, die er vom Zahlmeister erhält. Er würzt ja vor allem mit Kräutern. Ich weiß, dass beide mehrere Salzsäcke haben. Sie nutzen es zum Teil als Tauschgut gegen Lebensmittel bei den Siedlern des nächsten Dorfes."
Schneller Bogen meldete sich zu Wort: „Hinter dem Truthahnfuß, direkt am Bieberfluss, nur eine halbe Tagesreise Strohmauf, befindet sich eine salzhaltige Quelle. Sowohl wir Irokesen, als auch Lenape und Mohawk nutzen die regelmäßig zum Salzsieden. Leider gibt es dadurch in der Umgebung der Quelle immer relativ wenig trockenes Holz und der Bieberfluss ist ja schon am Fort selbst für unbeladene Kanues kaum noch befahrbar. Man braucht die metallenen Siedekessel der Weißen dafür oder extra ausgehölte Steine, wie unsere Vorfahren sie genutzt haben, aber das Problem dort ist eindeutig das fehlende, trockene Unterholz für die Siedefeuer. Nähmen wir lebendiges oder feuchtes Holz, könnte man das im Fort sehen und das wollen wir ja nicht." „Außerdem machts sehr viel Arbeit.", ergänzte Mick.
„Mh … ins Fort wollte ich eigentlich nicht eindringen, um unseren Plan, Fullster und Miller einen Denkzettel zu erteilen, auszuführen. … Hat jemand noch eine Idee?", fragte George.
Paul meldete sich zu Wort: „So, wie wir Clara aus dem Fort heraus geholt haben, so könnten wir auch an das Salz gelangen …. so in der Art." „Nein!", gab Ray zurück, „Bei Miss Clara hatten wir Schneetreiben, die Wachen hatten sich deshalb in ihren Winkeln verkrochen und es war lang genug dunkel. So eine Aktion können wir jetzt im Hochsommer nicht machen."
„Na gut, dann werden wir unseren bisherigen Plan halt ein wenig auf den Kopf stellen.", meinte George.

Ihre ursprüngliche Idee, um Sgt. Fullster und Lt.Miller eins auszuwischen, sah folgendermaßen aus: Durch die Leinöl-Explosion im ehemaligen Laden im Fort hatten die beiden aus dem Fort heraus gelockt werden sollen, wobei sie dann beim Löschen durch Ray, Mick und Paul, die in Vermummung auftauchten sollten, Fullster und Miller mehr oder weniger unauffällig gekidnappten. Dann sollten beide, geknebelt und gefesselt, auf genau die Lichtung gebracht werden, auf der sie George im Winter abgeladen hatten. George sollte dort in Lumpen gehüllt aber als er selbst erkennbar, auftauchen und sollte Miller und Fullster je einen Strick um den Hals legen und beide an Ästen je ein Stück weit ganz, ganz langsam nach oben ziehen. Wobei die sich garantiert einmachen würden. Im letzten Moment sollten Schneller Bogen, Steht-mit-einer-Faust und Adlerschwinge dort erscheinen und die beiden Übeltäter gewissermaßen „retten" und sie zurück ins Fort bringen. So war der eigentliche Plan.
Um nun aber an das benötigte Salz heran zu kommen, drehten sie diesen Plan quasi auf den Kopf.

George und Adlerschwinge legten sich am nächsten Morgen für andere unsichtbar im Wald in Sichtweite Bedfords auf die Lauer und beobachteten die Vorgänge. George, der Weiße Wolf, kannte viele der Soldaten und wusste daher einzuschätzen, wann welche Wachmannschaft ihren Dienst hatte. Der Tag war leider etwas trübe und relativ kühl.

In der folgenden Nacht regnete es ein wenig. Der nächste Tag begann indes schon mit brütender Hitze und so beschlossen sie, endlich ihren Plan durchzuführen. Schon am frühen Morgen tauchte deshalb Ray im Fort auf. Er ließ sich zu Major Heyes bringen und berichtete ganz aufgeregt, dass er im Wald auf einer Lichtung die Überreste zweier Menschen gefunden hätte. Sabine wolle er zur Identifizierung der sterblichen Überreste mitnehmen, falls es sich wirklich um George Hungerlund handeln sollte und auch gern noch den wohl gerade Freiwache habenden Sgt. Fielsch mit ein paar seiner Männer.

Nachdem Heyes alles nötige angewiesen hatte, beschwerte sich Lieutenant Miller, weil er dabei so schändlich übergangen worden sei und befahl nun seinerseits, das Sgt. Fielsch die Überreste Georges, so es sich tatsächlich um diese handeln sollte, mit ins Fort bringen sollte.

Ray führte Sabine, Sgt. Fielsch und sechs seiner Leute, alle zu Fuß, soweit auf der Straße in Richtung des nächsten Dorfes, bis er sicher sein konnte, reichlich außer Sichtweite Bedfords zu sein. Dann schlug er sich bei einem kleinen, unscheinbaren Wildwechsel mit ihnen nach links in die Büsche. Immer tiefer in die fast undurchdringlichen Wälder der Appalachen geleitete Ray die Scharr der ihm Anvertrauten. Natürlich führte der Waldläufer Ray Cooper die Soldaten ein wenig in die Irre. Es war gegen Mittag, als sie genau auf der Lichtung anlangten, auf der George und Morgentau vor einem knappen dreivierteljahr von Miller und Fullster abgekippt worden waren. Ray zeigte allen Anwesenden die Fetzen eines Hemdes, das George immer getragen hatte, auch das Bowiemesser von ihm „fand" er und Sabine bestätigte alles Ordnungsgemäß als George's Eigentum. Auf genau dem gleichen verschlungenen Weg, vermutlich war er noch verschlungener, als auf dem Hinweg, führte Ray dann wieder alle in Richtung Bedford.

Dort hatte sich indes an diesem Tag alles verändert.
Die Hitze flirrte über dem Staub trockenen Innenhof von Bedford. Es war schon gegen Mittag, als ein paar Indianer, Schneller Borgen, Steht-mit-einer-Faust und Adlerschwinge, gut beobachtet von Sgt. Fullsters Männern, das Fort betraten. Die Soldaten waren stink sauer, weil wegen der Suchmannschaft, die mit Sgt. Fielsch unterwegs war, nun noch mehr Männer bei den Wachen fehlten und andere nun deren Dienst zusätzlich schieben mussten. Und Gott allein wusste, wann Fielsch mit seinen Leuten zurück war. Entsprechend angespannt war die Stimmung bei den Wachen. Sogar Lieutenant Miller selbst und der neue Adjudant aus Major Heyes Vorzimmer, ein gewisser Steve Winwood, hatten sich mit zu den Diensten eingeteilt.

Die Indianer fragten im Fort nach Pulver und Blei, das sie gegen ein paar Biberpelze tauschen wollten, die sie jedoch erst noch aus ihrem eigenen Lager würden holen müssen, bissen beim Zahlmeister Phil Collins damit aber auf Granit. Vor dem ehemaligen Laden von George blieben die drei Rothäute stehen, schienen sich zu beratschlagen und angesichts der hohen Temperaturen eine kleine Pause einlegen zu wollen. Adlerschwinge holte seine Tabakspfeiffe für den Alltag aus den unergründlichen Tiefen seiner Leggins und stopfte sie genüsslich mit Kinnikinnick, einer Mischung aus verschiedenen Kräutern, Rinden und wildem Tabak. Beim entfachen der Pfeiffe mit Feuerstein und Zunder musste aber etwas schief gelaufen sein. Die drei Indianer standen ein paar Schritt entfernt von der Wand des einstigen Stalles des Ladens und rauchten, als es plötzlich im Stall selbst irgendetwas explodierte. Wie von George voraus gesagt, hatte sich in der Hitze, nun dort auch noch in dem dort abgeschlossenen Raum, das ohnehin sich teilweise schon bei Zimmertemperatur von selbst entzündende Leinöl in diesem Öl getränkten Lappen der quasi als Zündschnur diente, soweit zerstäubt, dass es nur noch eines winzigen Funkens brauchte, um die Leinölflasche wie einen Molotow-Cocktail explodieren zu lassen. Das ein wenig zu schnell und zu heiß gerauchte Kalumet, bzw. ein Funken aus dem aufsteigenen Rauch des Kinnikinnick reichten als Auslöser vollkommen aus. Die Leinölflasche detonierte und zerstäubte dadurch das Öl ein weiteres mal, was zu einer erneuten Explosion führte. Die Indianer wichen immer weiter zurück. Nun kamen die ersten Soldaten gerannt und genau darauf hatten George, Paul und Mick gewartet. Während immer mehr Schaulustige und Helfer dem Unglücksort zustrebten, legten sie am anderen Ende des Forts außen am Rand der Palisaden, weitere Feuer, bei denen sie erneut preussisches Leinöl als Brandbeschleuniger, nun allerdings in nicht zerstäubter Form, benutzten.

Schon brannte das Fort an mehreren Ecken gleichzeitig. Ein scheuendes und von dieser Wucht der überall aufflammenden Feuer verängstigtes Pferd, das der Schmied gerade neu beschlug, bockte derart, dass es diesem das Schienbein brach und er dabei versehentlich ein paar Latten umwarf, die eigentlich für eine neues Gatter der Pferde gedacht waren. Die Latten flogen in hohem Bogen direkt hinein ins Schmiedefeuer und zündeten beim wieder heraus schnellen durch einen unbeabsichtigen Fehltritt des sich vor Schmerz windenden Schmieds unbeabsichtigt das Dach des Vorbaus an, das nun seinerseits haushoch aufloderte.

Rauch, Verwüstung, Chaos!

Und da hinein gelangten George, Mick und Paul mit einem beherzten Sprung über die Palisade. Das Durcheinander ausnutzend, stürzten sich Mick und Paul mit den Indianern hinterrücks auf Miller und Fullster die etwas Abseits der ersten Löschversuche im dichten, grauen Qualm standen, knebelten und fesselten die beiden und schafften sie unbemerkt hinüber zur Latrine. Dort erwartete George sie.

„Mit mir hätten sie sicher nicht gerechnet, meine Herren!", raunzte er sie wütend an, nahm seine Lederkappe vom Kopf und gab sich den beiden zu erkennen. Deren Verblüffung war echt. „Wie sie sehen, hab ich ihren Mordversuch überlebt! Schmeißt die beiden erst einmal in die Latrine!", kommandierte George. In einem hohen Bogen wurden Miller und Fullster, genebelt und gefesselt, wie sie waren, in das Sammelbecken befördert, in dem Kot, Urin, Rattenkadaver und wer weiß was sonst noch alles darin herum schwammen. Dieses Sammelbecken befand sich unter den Kotlöchern. Paul und Mick hatten das Brett mit den Kotlöchern obenauf noch vorhin abgenommen, um Fullster und Miller gleich in das Becken, das nach unten und an den senkrechten Innenwänden durch eine Holzpalisadenartige Konstruktion abgestützt war, werfen zu können. Nun zappelten die beiden darin herum.
Als sie wieder in all dem Unrat auftauchten, sprach George erneut: „So, Fullster und Miller, bevor wir euch hier wieder heraus holen, möchten wir euch das heilige Versprechen abnehmen, euch nie mehr

an unschuldigen Frauen und auch nicht an Männern zu vergehen, sonst fliegt ihr hier wieder hinein!" Dann machte er ein Zeichen, dass man den beiden die Knebel aus den Mündern ziehen möge.
„Du Wichser!", giftete Fullster sofort. „Ich habe dein Weib gefickt! Weißt du das? Ja! Ich habe es ihr ordentlich besorgt! Und wenn sie mir mal wieder vor die Flinte läuft, fick ich sie wieder!" Bloß gut, dass das jetzt Ray nicht hörte. Miller fiel Fullster ins Wort: „Und du wirst hängen, Hungerlund! Jetzt, wo ich weiß, dass du lebst, wirst du hängen!"

George zuckte mit den Schultern und sagte eiskalt: „Knebelt die beiden wieder! Vielleicht überlegen sie es sich ja nochmal. Los, Mick und Paul, lasst uns das Salz holen, wir fallen jetzt dort draußen weniger auf, als die Irokesen. Und ihr", er nickte den drei Indianern zu, „macht mit den beiden, was ihr wollt. Wenn sie wieder anfangen, zu krakelen, nehmt ihre Skalps!"
Und damit verließen Mick, Paul und George die Latrine, um rasch das noch benötigte Salz zu stehlen.
Mittlerweile hatte wohl auch die Waffenkammer Feuer gefangen und das Chaos war noch größer, als zuvor. Schnell fanden die drei die Küche und das angrenzende Warenlager und auch das Lager der Army. Insgesamt transportierten sie bei drei Gängen fünf je ein Zentner schwere Säcke und nochmals drei große Holzfässer ab und beluden hinter der Palisade, hinter der die Gäule und Maulesel angebunden waren, diese.
In der Latrine trug sich unterdessen folgendes zu.
Fullster und Miller versuchten sich einander trotz der Anwesenheit der Indianer zu befreien. Als sie endlich ihre Hände frei hatten, sich die Knebel aus den Mündern gezogen hatten und sich daran machten, wieder aus der Latrine hinaus zu klettern, wurden sie von den Indianern erneut überwältigt, gefesselt, geknebelt, nun diesmal nur etwas fester und wieder in den Gärbehälter der Latrine hinein gestoßen.
Das Feuer hatte sich in der Zwischenzeit soweit im Fort ausgebreitet, dass auch das Gebäude direkt neben der Latrine, eine Scheune, Feuer

fing. Jedenfalls hörte man einstürzende Balken und als die Indianer mitbekamen, dass nun auch schon die ersten Schindeln des Daches der Latrine brannten, verschwanden sie so schnell es ging und überließen Miller und Fullster ihrem Schicksal.

Bei dem Staub trockenen Wetter der letzten Woche reichte meist schon ein einziger Funken, um das nächste Gebäude in Brand zu setzen. Im Hof trafen die drei Indianer auf George, Paul und Mick, die fassungslos wie zu Salzsäulen erstarrt dabei zuschauten, wie Major Heyes versuchte, seinen Schnapsvorrat im Offiziershaus, dessen Dach bereits lichterloh brannte, zu retten. Den Indianern war es zu verdanken, dass die anderen drei nicht noch den Major bei seinem sinnlosen Vorhaben unterstützen. Unerkannt flohen alle sechs über die bis dato noch nicht brennende Nordpalisade und dann mit ihren beladenen Huftieren ins kühlende Dickicht des Waldes.

Das Unterfangen des Majors war wirklich sinnlos, denn die in seiner Speisekammer gelagerten Whisky- und Rumflaschen wirkten unter der Hitzeeinwirkung wie Brandbeschleuniger. Sie zerbarsten in lauten Explosionen, als der Major ein zweites mal versuchte, zu retten, was noch zu retten ging. Feuer umhüllte ihn augenblicklich und scharfe Glassplitter bohrten sich in seinen Körper, bevor er bewusstlos in den Flammen zusammenbrach.

Das ganze Fort brannte.
George, Paul und Mick waren mit ihrer Ladung schon eine ganze Weile bei Ray's Baumhäusern, als Ray mit Sabine und Sgt. Fielsch und seinen Männern bei dem, was einmal Bedford gewesen war, ankamen. Sie hatten schon eine ganze Weile ein rötliches Glühen in der beginnenden Dämmerung bemerkt und hatten wohl auch schon den Brand gerochen. Was sie dort aber erwartete, war für alle ein Schock.

Auch Ray hatte nicht mit solchen Ausmaßen gerechnet. Sie hatten mit dem Feuer ein wenig Verwirrung stiften wollen, um sich unbemerkt an Lt. Miller und Sgt. Fullster heran machen zu können, um die ordentlich zu erschrecken. Mehr aber auch nicht. Ganz Bedford loderte aber lichterloh. Miller und Fullster waren verschwunden, aber niemand hatte sie wohin gehen sehen. Der Major war noch einmal aus dem Offiziershaus aufgetaucht, dann gleichfalls verschwunden. Kein befehligender Offizier mehr da, der irgendetwas vielleicht noch hätte koordinieren können. Der Adjudant und der Zahlmeister, die beide vom Befehlen keine Ahnung hatten, waren noch da und hatten versucht, zu ordnen, was nicht mehr zu ordnen war. Die Tiere, also vier Pferde, zwei Kühe, ein Bulle, acht Schweine und die zwei dutzend Hühner waren irgendwo im Wald verschwunden, genauso wie die zwei Katzen, die vergeblich versucht hatten, die Ratten in den Vorratsräumen im Fort im Zaum zu halten. Doc, Koch und Schmied beide schwer verletzt. Von den einst hier vorhandenen Soldaten waren einige in den Feuern umgekommen, andere waren offenbar desertiert, wieder andere hatten sich zum nächsten Dorf abgesetzt. So übernahm Sgt. Fielsch das Kommando über die verbliebenen zweiunddreißig Soldaten. Was sie jetzt allein noch machen konnten, war, Brandwachen zu stellen und das Feuer kontrolliert abbrennen zu lassen.

Sgt. Fielsch bat den Waldläufer um Rat: „Ray, was können wir jetzt tun? Was meinen sie?" Ray knurrte etwas von: „Am besten, sie bauen das ganze Fort neu auf." „Mr. Cooper, dafür sind wir zu wenige hier am Grillenbach. Bis das Feuer in den nächsten Tagen vollends verloschen ist, werden wir noch nach Verwertbarem suchen und uns dann in die nächste Stadt zurück ziehen. Wollen sie uns begleiten?" „So sehr, wie ich sie mag, Sergeant, ich habe hier in den Allegheny's noch einiges zu tun. Aber ich kann mich gern um Miss Sabine kümmern, wenn der das recht ist." Sie hatte daneben gestanden, zugehört und nickte eifrig. Der Sergeant tippte mit dem Finger an seine Mütze wie zum Gruße und sagte: „Mr. Cooper, ich kann sie verstehen. Freiwillig würde ich diese Wälder auch nicht verlassen." „Warum tun sie es dann?"
Sgt. Fielsch senkte den Kopf und überlegte. Dann grüßte er Ray

nochmals formlos, wandte sich ab, brummelte in sich hinein ein „Warum eigentlich nicht ...“, dann hob er nochmals seinen Kopf, sah Ray fest in die Augen und sagte: „Bitte bleiben sie noch über Nacht bei uns.“
Ray nickte.

Niemand kam in dieser Nacht wirklich zum schlafen. Sabine half den verwundeten Soldaten, so gut es ging, Ray sorgte mit dem Abschuss eines jungen Elches, der sich an den Grillenbach verirrt zu haben schien, für Abendessen. Immer wieder mussten über Nacht Glutnester in der noch immer schwelenden Ruine des Forts nachgelöscht werden. Am Morgen durchstöberte man alles noch einmal nach Verwertbarem. Viel war es nicht. Ein paar eiserne Werkzeuge und Töpfe, ein paar rußige Porzellanteller aus dem Offiziershaus und ansonsten nur noch Eisenteile, die mal zu Türscharnieren gehört hatten, Nägel und Fassreifen.

Es war gegen Mittag, als Sgt. Fielsch seine verbliebenen Leute Aufstellung nehmen ließ. Dann trat Fielsch an Ray Cooper heran und fragte: „Sir, würden sie mich und zwei meiner Leute unter Umständen bei sich aufnehmen?“ Ray nickte: „Wenn sie es sich zutrauen, sich mit uns durch die Wildnis schlagen zu wollen?“ Fielsch sah ihn an: „Mein Name ist Michael, Sir.“ Ray klopfte ihm auf die Schulter. Sgt. Fielsch stellte sich nun vor seine Leute: „Corporal Walton und Soldat Armstrong bitte wie gestern abgesprochen, raustreten und zu Mr. Cooper stellen!“ Die beiden taten, wie geheißen. „Corporal Paris, zu mir vortreten bitte.“ Der Angesprochene war zwar etwas verdutzt, befolgte aber den Befehl.

„Corporal, ich habe hier mein heute Nacht aufgesetztes Entlassungsgesuch an die Army für mich, Mr. Walton und Mr. Armstrong! Mein letzter Befehl lautet: sie übernehmen jetzt den Befehl über die Leute und führen sie in das Vorgebirge zurück bis zur nächsten Garnison. Bedford wird von mir aufgegeben. Sie haben ihre Befehle! Wegtreten!“ Damit salutierte Fielsch noch einmal und wandte sich ab. Der etwas verwirrte Corporal Paris tat, wie befohlen und marschierte mit den restlichen Männern, die Verletzten stützten sich auf die Gesunden, ab.

Sabine, Fielsch, Armstrong und Walton folgten dem Waldläufer in die dichten Wälder.
Ein winziges Stück des Kontinents war den Indianern für den Moment im Prinzip zurück gegeben worden. Aber wie lange das so bleiben sollte, wusste niemand. George, Clara, Sabine, Ray und Fielsch mit seinen Männern blieben im roten Land und stießen sogar noch weiter vor.

XXVI.   Der Handelsposten am Biberfluss

Fielsch und seine Leute waren einigermaßen überrascht, dass sie nach dem Abzug der Army nicht sofort aufbrachen. Cooper schmunzelte nur in sich hinein. Nachdem die Soldaten außer Sicht waren, fragte er: „Michael, Sir, wollen sie ihre roten Röcke anbehalten? Dabei kämen sie bei den Indianern nicht gut an." „Unserer Zivilklamotten sind hier verbrand, Mr. Cooper.", antwortete Fielsch. Sabine mit ihrem noch immer leicht französichen Akzent kicherte: „Ihre Unterwäsche können sie ja gern anbehalten." „Ihre weißen Hosen werden ohnehin bald nicht mehr weiß sein, aber ihre roten Jacken fallen hier nur auf und sind wirklich nicht sonderlich beliebt. Lassen sie uns noch einmal die Reste des einzigen Forts absuchen und uns danach auf den Weg machen." Die drei Angesprochenen nickten zustimmend.

Sie liefen nochmals durch die rauchgeschwärzten Ruinen des Forts, trafen aber nicht mehr auf etwas Verwertbares. Hingegen fanden sie jetzt, wo alles halbwegs abgekühlt war, Kiefernholz zerfiel ebend so schnell zu Asche, wie es bei Feuer mit hoher Temperatur niederbrannte, noch diverse verkohlte Leichen. Allein in der einstigen Jauchegrube, die sich unter der Latrine befunden hatte, waren die Überreste von mindestens fünf Leuten. Sie mussten sich in der irrigen Hoffnung, die Feuchtigkeit dieses unangenehmen Ortes würde sie vor der Feuersbrunst bewahren, hierher geflüchtet haben, aber auch die ganzen Fläkalien waren in der Hitze eingedampft und verbrand.

Gegen Mittag machten sie sich auf den Weg zu Ray's Lager. Die neuen Männer waren ganz verdutzt, dass es erst einmal auf der alten Straße vorwärts ging. „Was machen wir nun mit den Resten des Forts, Sir?", fragte Armstrong bei Ray nach und der antwortete: „Gar nichts, mein Junge. Der Wind und der nächste Regen werden die Asche auf der Lichtung verteilen und als Dünger in den Boden waschen. Im nächsten Frühjahr werden hier die ersten neuen Bäume sprießen und in spätestens zwei Jahren, wird man weder etwas von dieser Straße, noch etwas von Bedford wieder finden, wenn ich mich nicht irre." Er kicherte, sah sich nochmals um und führte dann ihren kleinen Zug bis zu der Stelle an der Straße, an der der Pfad zu seiner Hütte abzweigte. Dort verschwanden sie im Wald.

Die Freude bei den Indianern war eher gedämpft, George und Clara hingegen freuten sich um so mehr. Fielsch und seine Männer waren mehr, als nur verdutzt, die beiden wieder zu sehen. „Sergeant, sind sie etwa von der Armee desertiert oder wollen sie mich mit ihren beiden Männern festnehmen?", fragte George. Fielsch trat verlegen von einem Bein auf's andere: „Nein, Sir. Haben den Abschied von der Army schriftlich den Bestimmungen entsprechend eingereicht. Bin eh schon weit über die zehn Jahre, zu denen ich mich mal verpflichtet hatte, bei der Truppe. Und was die beiden Milchbärte hier angeht", er zeigte auf Walton und Armstrong, „so befolgen die nur meinen letzten Befehl und sind auch mit ausgetreten. Wären auf Dauer in der Army eh nicht glücklich geworden. Zu viele unsinnige Befehle und zu viel Ballerei. Und ständig den eigenen Kopf hin halten und das ausbaden, was unsere Regierung verzapft hat, ist schließlich auch nicht unser Ding."
„Darum bin ich schließlich nie in die Army eingetreten, wenn ich mich nicht irre.", kicherte Ray dazwischen. „Sergeant, dann darf ich

sie ja gar nicht mehr mit Sergeant anreden!", wisperte Clara. „Wollen sie ihre roten Armeemäntel nicht bald mal loswerden, Serge?", fragte George. Fielsch räusperte sich: „Laufe nicht gern halb nackt durch die Wildnis, Sir."

Plötzlich, als ob er eine Idee gehabt hätte, blitzte etwas in den Augen von George auf und verschmitzt fragte er: „Serge, haben sie schon irgend etwas vor, hier draußen, außer dass sie jetzt erstmal bei uns sind?" „Ich glaub, Mr. Fielsch weiß überhaupt nicht, wie schön Befehle auch sein können, denn sie nehmen einem das Denken ab. Ich glaube, der weiß noch nicht mal, bis wann er einen Hasen erlegt haben muss, damit ihm zum Mittag nicht vor Hunger die Schläuche in seinen Eingeweiden klappern, wenn ich mich nicht irre.", warf der Trapper ein, kicherte und schob nach, „Noch mehr Greenhorns, denen ich erst noch das Scheißen in der Wildnis beibringen muss, wenn ich mich nicht irre." „Na, Mr. Hungerlund, bis sie hier aufgetaucht sind, hatte ich noch vor, ein Trapper wie Old Cooper zu werden, aber ich denke, sie haben schon eine Idee. … und überhaupt, warum sind sie überhaupt noch am Leben, Sir?" „Mr. Fielsch, wie es mir seit dem Winter ergangen ist, das kann ich heute abend gern beim essen am Lagerfeuer berichten.", sagte George, „Und das andere ist eine Idee, die in meinem Kopf erst noch bis ins Detail reifen muss, wie ein Maishalm. In drei Worten gesagt, Clara, Sabine, Ray und ich hatten ohnehin vor, zum Irokesendorf am Biberfluss zu reisen, um dort einen kleinen Handelsposten zu errichten. Nicht so etwas Mächtiges, wie dieses bescheuerte Bedford, sondern nur eine kleine Erdhütte. Wollte dort an die Indianer Eisenwaren und Munition gegen wilden Kohl, wilden Tabak und vor allem Felle tauschen und hab mir schon ernsthaft Gedanken darüber gemacht, wie man das Zeugs dann in Richtung Pennsylvania transportieren kann … und vor allem, wer, denn Straßen gibt's ja hier keine. Müsste alles in Kanues und auf Pferderücken passieren. Und jetzt, wo sie drei da sind, weiß ich auch, wer dafür geeignet wäre. Sie können es sich ja mal überlegen. Übermorgen brechen wir hier auf."

An diesem Abend erzählten sie gemeinsam am Lagerfeuer ihre Geschichten und banden dabei natürlich auch die Indianer gut mit ein, indem George übersetzte.
Der nächste Morgen begann genauso friedlich, wie der gestrige Abend ausgeklungen war. Aus der Haut eines Wapiti fertigten Clara und Sabine insgesamt drei Oberteile auf die Schnelle für die drei Exsoldaten und machten aus deren Armeejacken ordentliche Pferdedecken.
Die Indianer versuchten, mit Erfolg, die vier Armeepferde, die drei Rinder und noch ein paar der Hühner einzufangen, wohl wissend, dass es sicher höchst schwierig werden dürfte, die großen Tiere über die Flüsse zu transportieren. Da würden sie wohl Flöße oder über Dschungelpfade gehen müssen.

Ursprünglich hatten ja Paul und Mick direkt von Rays Sommerlager aus nach Virginia aufbrechen wollen, sie stellten aber fest, dass sie sich dann wahrscheinlich nie mehr wieder sehen würden, wenn sie die anderen nicht bis zum Indianerdorf am Biberfluss begleiteten, denn Mick und Paul wussten ja nicht, wie sie in das Indianerdorf am Biberfluss gelangen sollten. Und so wurde am übernächsten Tag alles zum Aufbruch vorbereitet. Gepäck hatten sie ja reichlich. Die zwanzig Fass Sauerkraut waren nicht das einzige Problem. Die großen Tiere, beladen über die schmalen Wildpfade zu bringen, war keine leichte Aufgabe. Zwar waren die zwei Maultiere und sechs Pferde recht beweglich, aber im Gegensatz zu diesen waren die Rinder Last auf ihren Rücken nicht gewohnt und bockten erst einmal mächtig. Auch waren die alten indianischen Handelspfade und auch die Wildwechsel ja relativ schmal. Und so beschlossen sie, das Sauerkraut in je zwei Schüben bis zum Ohio-River zu transportieren und dann den Rest, Salz, Hühner, Munition, Werkzeug. Clara und Ray sollten dabei gewissermaßen die Nachhut bilden und derweil auf die Schweine und Rinder aufpassen, bis man auch die holte, währenddessen am Fluss dann schon die Indianer, die den Umgang mit den großen Haustieren nicht gewohnt waren, Flöße für das alles bauen sollten.

Wo der Krieger vielleicht drei Tage brauchte, benötigten sie mir ihren Lasten nun eine ganze Woche, nur für den Hinweg zum Ohio-River. Und so dauerte es einen ganzen Monat, bis sie all ihr „Gepäck" erst einmal bis an den Fluss transportiert war. Die Indianer erwiesen sich als wahre Goldstücke, denn sie zimmerten das Floß. Dabei musste bedacht werden, dass sie zwar Anfangs Stromab reisen würden, den Biberfluss mit seinen Nebenarmen ging es jedoch Stromauf, was hieß, sie müssten es mit ihren Kanues schleppen und das wiederum bedeutete, sie konnten das Floß auch immer nur mit einer bestimmten Menge beladen, sonst wurde es zu schwer.

Als das Floß nach ein paar Tagen fertig war, fuhren sie mit der ersten Ladung Fässer los. Hier gesellte sich nun George, der Weiße Wolf, zu den Indianern. Zwar hatte er nur wenig Erfahrung um Steuern und lenken so eines Bootes, die Reise in die andere Richtung, vom Biberfluss bis hierher war seine erste, aber immerhin hatte er mit seinen Künsten sogar noch dem Trapper etwas voraus, der, wie er einmal in einer schwachen Stunde gestanden hatte, zu Flussüberquerungen immer nur auf eigene Floße, Furten oder auf Treibgut setzte. Natürlich spielte für George, der Weiße Wolf, auch eine Rolle, dass er Sehnsucht nach Morgentau hatte und dass letztendlich auch er es war, der bisher das Vertrauen der Indianer genoß und er sich damit sicher sein konnte, seinen kleinen, geplanten Handelsposten wirklich am Rande des Dorfes bauen zu können.

Als sie mit ihrer ersten Fuhre schließlich im Irokesendorf anlangten, war die Freude bei Morgentau so groß, dass sie sich mit dem Weißen Wolf am liebsten für die nächsten Tage allein in ihrer Kammer eingesperrt hätten, aber George musste erst noch mit dem Häuptling und mit der Clanmutter über sein Vorhaben reden.

Aufgehende Sonne, die Clanmutter und Häuptling Flinker Bär waren erst skeptisch, ob dieser direkte Einfluss der Weißen überhaupt gut für das Dorf sei. Und so musste George all seine Überredungskunst aufbringen, damit beide seine Idee überhaupt in Erwägung zögen. Es dauerte zwei ganze Tage, bis eine kleine Ratsversammlung des ganzen Dorfes mit all seinen Clanmüttern und auch mit den Unterhäuptlingen zustande kam. George wurde dazu mit eingeladen und er erläuterte seine Idee der Handelsniederlassung bis ins Detail. Während der Beratung wurder er auch immer wieder nach der einen oder anderen Kleinigkeit gefragt. Wie sähe es zum Beispiel mit dem Verkauf von Feuerwasser aus? Würde es feste Handelswege geben? Müsste man mit viel mehr Weißen, auch mit Siedlern, rechnen? Und George beantwortete, dass er überhaupt nicht daran denke, Feuerwasser hier überhaupt zu lagern, was dann schon von sich aus verhindere, dass zu viele Weiße hierher kommen würden. Für den Transport seiner Waren hätte er schon zuverlässige, gute Leute arrangiert, die er darauf einschwören würde, niemand Fremdem die Lage seines Handelspostens zu verraten. Er hob auch die Vorzüge heraus. Es gebe gerade für die Indianer einfach kürzere Wege, weil er ihnen Munition und Eisenwaren gegen Pelze, wilden Kohl und Kinnikinnick verkaufen würde. Das würde sicher auch Indianer aus anderen Dörfern hierher ziehen, die dann nicht nur mit ihm, sondern sicher auch mit dem Dorf Handel treiben würden. Zum Schluss der Beratung wurde ihm erklärt, dass die Versammlung mit seinem Plan einverstanden sei, wenn er noch eine winzige Bedingung erfüllen würde, die da wäre, dass er sich in ihren Stamm aufnehmen lasse, wenn seine Handelsniederlassung fertig erbaut sei. Darauf ließ sich George schon deshalb freiwillig ein, weil er hoffte, dann Morgentau auch heiraten zu dürfen.

Nach Georges Zusage gab der Rat grünes Licht für sein Vorhaben. Sie wiesen ihm eine Stelle am unteren Rande des Dorfes zu, wo er sich einen kleinen Steg für sein Kanue anlegen und eine kleine Hütte errichten konnte. Bei deren Bau, im Stil der irokesischen Langhäuser, halt nur kürzer, waren ihm dann in den nächsten Tagen einige Indianer des Dorfes behilflich, worüber George sehr dankbar war. Ein Langhaus war wesentlich einfacher zu errichten, als ein Blockhaus. Man brauchte keine Bäume zu fällen und Stämme zu behauen. Der Boden bestand aus fest gestampftem Lehm, auf den eine dicke Reisigschicht kam, die mit Lehm abgedeckt wurde.

Lediglich da, wohin die Feuerstellte kam, wurden Wärme bindender, sehr grober Kies und Faust große Feldsteine hinein in den Boden gelassen. Das Reisig in der oberen Lehmschicht band relativ viel isolierende Luft und verrottete nur äußerst langsam. Wände und Decken des Hauses bestand aus einem leichten Weidengerüst. An dieses wurde innen und außen große Rindenstücken von Hickory- und Ahornbäumen mit Kiefernharz geklebt. Der etwa Finger breite Abstand zwischen der Aussen- und der Innenwand wirkte wieder isolierend. Das Bauwerk war so dicht, dass es keine Ritzen hatte, die noch mit Moos hätten abgedichtet werden müssen. Ihr Haus hatte nur eine Tür, die gleichfalls aus einem von beiden Seiten mit Rinde beklebten Weidenrahmen bestand. Da George dann im Haus seines Clans und bei seiner künftigen Frau leben würde, reichte es, wenn die Handelsniederlassung nur zwei Schlafkammern enthielt, eine für Ray und Clara und eine die man als Gästekammer nutzen konnte. Es wurde an ein paar Lager für alle möglichen Waren gedacht. Probleme bereiteten die Ställe, vor allem für die Rinder. Und so kam George auf die geniale Idee, die Rinder einfach nicht hierher mitzunehmen, sondern eine weitere kleine Niederlassung zu gründen und ein solches Haus, wie am Dorf noch einmal und zwar genau an der Stelle zu errichten, an der die anderen unten am Ohio-River gerade noch mit ihrem Gepäck warteten.
Während George und seine drei Indianerfreunde wieder mit dem Floß zum Ohio-River fuhren, vollendete Morgentau und ihr Clan hier im Dorf die kleine Handelsstation.

Dort, am Ohio-River, warteten schon seine Freunde. Georges Idee war im Grunde genommen recht simpel. Sie eröffneten nicht eine, sondern gleich zwei Handelsniederlassungen. Die eine, mit den Rindern, der Hälfte der Schweine und Hühner, direkt hier am Fluss, die andere, ihre, dann bei den Indianern. So konnte letztere, mehr oder weniger, geheim bleiben, diese hier dagegen wie eine Relaisstation wirken. Ray musste sich dafür aber noch ein Kanue bauen und sich in dessen Handhabung unterrichten lassen. Der alte Waldläufer hatte dann einen etwas ruhigeren Job, in dem er regelmäßig, etwa einmal pro Woche, zwischen beiden Stationen hin und her pendelte. Am Ohio-River sollte Mr. Fielsch gewissermaßen die Stellung halten und sich um Handel und die großen Tiere kümmern. John Walton und Tom Armstrong sollten derweil immer mit mindestens einem Pferd und einem Maultier den Kontakt zur nächsten Siedlung der Weißen halten. Nachdem Bedford ja nun nicht mehr existierte, war dieses kleine Nest, das nicht mal eine Garnison besaß etwa zwei Wochen von hier entfernt.

Mit Hilfe der Indianer waren sie auch hier innerhalb von vier Tagen mit dem Hausbau fertig. Das Gute war, dass sie nicht erst großartig neues Holz einschlagen mussten, sondern dass sie für die wenigen Stämme, die sie für den Steg und den Rinderstall brauchten, das Holz des Floßes, das sie jetzt im Grunde genommen nicht mehr brauchten, nehmen konnten.
Bald hatten sie auch endlich all ihr „Gepäck" vor Ort.

Nachdem das Gebäude und der Steg eingerichtet waren, zog der Weiße Wolf mit den Indianern wieder zum Biberfluss. Während Micha Fielsch am Ohio-River Rinder, Schweine und Hühner hütete, begleitete Ray noch Paul und Mick, John und Tom bis in Sichtweite der nächsten Siedlung und letztere dann auch wieder zurück zum Fluss. Dabei wies er sie immer wieder auf besondere Landmarken hin, auf Eigentümlichkeiten der Umgebung und auf alles andere, das ihnen zur Orientierung im Dschnungel der Appalachen nützlich sein konnte.
Nachdem sie wieder am Ohio-River zurück waren, die Indianer hatten ihm dort ein Kanue hinterlassen, musste er sich erst einmal mit dessen Handhabung vertraut machen. Darum fuhr er erst nach ein paar Tagen weiter zum Bieberfluss.

George hatte mittlerweile jegliches Gefühl für die christliche Zeiteinteilung verlassen. Er wusste keinen Wochentag mehr, er wusste keinen Monat und so richtete er sich mit dem Indianerkalender ein.

Am Ende des „Monats der gelben Blätter" hatte er sich mit Morgentau, Clara, Sabine und Ray soweit eingelebt, dass er die nächste Hürde seines Lebens nehmen konnte. Zwar lief die Handelstation noch nicht so gut, aber wenn er überlegte, dass er gerade mal vor einem Jahr auf diesen für ihn fremden Kontinent gekommen war und was er hier bereits alles erlebt hatte, dann erfüllte ihn dies mit einem gewissen Stolz.

Auf weiten Wegen, oft in Begleitung von Morgentau oder schneller Bogen, hatte er die nähere und weitere Umgebung des Dorfes allmählich kennen gelernt. Er sammelte wilden Kohl und Tabak, die er zu Sauerkraut oder Kinnikinnick verabreitete. Im Fluss fing er mit dem Speer Fische.

Falkenauge, ein alter, zäher Mann, zeigte ihm, wie man ein Kanue baute und Fallen stellte.

Von der Niederlassung am Ohio-River aus hatte man nun auch schon die ersten Handelsreisen in die nächsten Dörfer des Ostens gemacht und dabei nun endlich den größten Teil der Sauerkrautfässer zu Geld gemacht oder sie gegen leere eingetauscht, so dass Clara am Bieberfluss mit der Produktion neuen Krauts beginnen konnte. Einen Teil des frischen Kinnikinnick verkaufte man an arme Farmer aus der Nähe der nächsten Dörfer. Man verkaufte nun auch die ersten Felle.

Vieles tauschte man auch. Gegen Munition, gegen eiserne Kochtöpfe, gegen neue Fässer, aber vor allem gegen Salz. Am Ohio-River produzierter Käse, man musste ja irgendetwas mit der ganzen anfallenden Milch machen, investierte man in Stroh und auch wiederum in Salz.

Claras deutsche Hühner legten dagegen am Bieberfluss viele Eier, die man gegen frischen Mais und gegen Sonnenblumenöl eintauschte.

Wie gesagt, es lief allmählich alles an.

Immer häufiger brachten die Krieger des Dorfes ihm auch Felle, die sie beim Weißen Wolf gegen eiserne Pfeilspitzen, Salz oder auch gegen eiserne Töpfe tauschten. Und bald mochte niemand mehr im Dorf auf diese verzichten.

Der Weiße Wolf bewohnte dabei noch immer eine der Kammern im Handelsposten.

Es war an einem nebligen, recht kühlen Morgen im „Monat der haarlosen Kälber" (November), als George eines morgens unvermutet durch ein paar vermumte Indianer aus dem Schlaf gerissen und von seiner Koje gezerrt wurde.
Unter dem lauten Gejohle aller Dorfbewohner wurde vor die Versammlungshütte geschleift, wo ihm mittelgroße Knaben und Mädchen seine Kleidung vom Leib rissen. Als er nackt war, beschmierten ihn die noch unverheirateten Frauen mit Salben in verschiedenen Farben, dann zerrten ihn die jungen Männer des Dorfes zum Bieberfluss, wo sie ihn mehrfach und so lange im Wasser unterstukten, bis all die soeben aufgetragenen Farben wieder abgewaschen waren.

Schließlich ließen sie von ihm ab. Als er wieder vor dem Versammlungshaus stand, nackt wie er war, trat der Medizinmann, der heilige Mann der Siedlung, Weise Eiche, vor und sprach:
„Bruder! Durch diese zeremonielle Waschung wurde alles Blut eines Bleichgesichts, das du bisher in dir getragen hast, durch das Blut des roten Mannes ersetzt. Du bist jetzt Fleisch von unserem Fleisch und Blut von unserem Blut. Du hast bisher zwar wenig getan für unsere Gemeinschaft, aber wir alle sind uns im Dorf darüber einig, dass du ein guter Mensch bist, der für den Ausgleich und die Koexistenz zwischen den roten Völkern und dem Weißen Mann steht. Ich weiß, du wirst in Zukunft eine Stütze unseres Stammes werden. Darum nehmen wir dich bei uns auf." Zwei ältere Indianerinnen, die neue Leggins, Hemden und Mokassins vor sich her trugen, traten vor, während Weise Eiche weiter sprach: „Mit dem öffentlichen Anlegen dieser historischen Gewänder bist du in unseren Stamm aufgenommen und wir werden dich beschützen und für dich einstehen, so wie du uns beschützen und für uns einstehen wirst."
Unter dem Gejohle des ganzen Dorfes und mit Hilfe der Hände vieler junger Indianerinnen schlüpfte der Weiße Wolf, wie er ja hier

hieß, in seine neuen Sachen.

Als er fertig angezogen war, sprach Weise Eiche weiter: „Wir haben erfahren, dass unser Bruder Weißer Wolf die Hand unserer Tochter Morgentau begehrt. Er bringe seine Mitgift und seine anderen Habseligkeiten bis zum Sonnenuntergang vor die Schwelle des Clans der Falken und komme dann in das Versammlungshaus zum Powwow. Unsere Clanmutter, Aufgehende Sonne, wird dort dann mit dem gsamten Dorf öffentlich über deinen Heiratsantrag beraten. Ich habe gesprochen."

Etwas ratlos stiefelte er darauf hin zu Clara, Sabine und Ray, die dem Treiben aus einiger Entfernung zu geschaut hatten. Hatten sie auch verstanden, um was es für ihn ging?

Da war aber auch schon Schneller Pfeil bei ihm, haute ihm freundschaftlich mit seiner rechten Pranke auf die Schulter und fragte: „Du hast keine Ahnung, was du jetzt machen sollst. Stimmts?" Weißer Wolf nickte. „Ich werde dir helfen.", sagte der Indianer.

Auf dem Weg zur Handelsniederlassung nahmen sie auch Ray und Clara mit, denn die mussten nun helfen.

„Kann ich nicht einfach alles, was bisher hier in meiner Kammer ist, hinüber schaffen?", fragte Weißer Wolf. „Du hast zu viel Medizin in deinem Hab und Gut, mein Freund.", sagte Schneller Pfeil. „Wieso?", fragte George zurück. „Du heißt schon >Weißer Wolf< … das ist eigentlich schon genug an Medizin. Du hast aber noch dein weißes Wolfsfell. Schon das allein wäre für den Heiligen Mann zu viel an Medizin. Aber wie wäre es, wenn ihr ein Huhn opfert? Der Medizinmann isst nur weißes Fleisch. Für die Clanmutter würde auch noch ein halbes Fass von eurem hellen Kohl passen." Clara schaute etwas verständnislos, darum erklärte Schneller Pfeil: „Man muss sich mit dem Medizinmann gut stellen, denn der ist Einflussreich. Darum muss mein Bruder etwas Weißes mit zum Powwow bringen. Dann muss er sich mit der Clanmutter gut stehen. Auch hier ist ein bischen Medizin ganz gut, darum Euer komischer, heller Kohl, denn etwas anderes hat er ja nicht. Und schließlich

müssen wir etwas für den Häuptling und für den Dorfältesten finden. Dass du all dein Habe nach der Hochzeit zu euch rüber ins Langhaus der Falken bringt, dürfte doch ohnehin klar sein. Weil bei den Irokesen die Frauen das letzte Sagen in allen Belangen des Dorfes haben, ziehen bei uns auch immer die Männer zu ihren Frauen in die Clanhäuser. Sonst wäre es ja umgekehrt."
Weißer Wolf George versuchte zu verstehen.
„Dann schenke ich dem Häuptling meine Flinte.", sagte er. Schneller Bogen verneinte: „Keine Squaw ist eine ganze Flinte wert, aber da du nichts anderes für Flinker Bär hast, wie wäre es da mit einem kleinen Säckchen Pulver und Blei?" George nickte und Clara fragte: „Was können wir denn aber dem Dorfältesten geben? Georges Wolfsfell?" „Nein! Bloß nicht, liebe Clara. Das ist so viel Medizin, davon könnte Weißer Wolf sich ja gleich eine ganze Hand voll Squaws nehmen." Clara wurde rot: „Und wie ist es mit etwas Geld?" Schneller Pfeil schaute etwas skeptisch, dann schien er sich an das Geld, das George ihm in Ray's Sommerlager gezeigt hatte, zu erinnern: „Meine Schwester meint das goldene Metall und die bunten Blätter?" Clara nickte und der Indianer fuhr fort: „Das Metall ist zu weich, um es als Teil einer Speerspitze, Axt oder Tomahawks zu verwenden. Für uns ist es nichts wert. Und die bunten Blätter wärmen im Winter an einem Feuer nicht länger als ein Wimpernschlag." Weißer Wolf hatte eine Idee: „Wie wäre es denn dann mit einem unserer kleinen Ferkel?"
Schneller Pfeil nickte anerkennend: „Mein Bruder hat begriffen."

Das Schlachten des Huhnes war schnell erledigt, das Rupfen dauerte eine Weile, weil man ja dafür heißes Wasser zum abbrühen brauchte. Clara erledigte dies. Um alles andere kümmerten sich die Männer.

Es war noch nicht ganz Mittag, als alles beisammen war. Ab hier musste der Weiße Wolf allein weiter machen. Er transportierte alles vor die Südtür des Festhauses und band dort auch das Ferkel an. Dann betrat er den Raum.

Durch das Halbdunkel wurde er nach vorn in den äußersten Kreis direkt ans Feuer geschoben. Die Irokesen erhoben sich und die Wasserpauken setzten ein.
Hej-ya hej-ya, Hej-ya hej-ya, Hej-ya hej-ya, … Hej-ya hej-ya, … … …
Er wurde gefasst und in den Kreis gezogen. Seine Beine bewegten sich wie von selbst. Der Tanz wurde schneller und so auch er. Weiße Eiche warf beim Tanz immer wieder wohlriechende Kräuter ins Feuer, die einem das Atmen in der schwitzigen Athmosphäre erleichterten. Immer höher warf George seine Beine. Der Duft der Kräuter, die wohlriechend gesalbten Frauen, dazu die Stimmung der Tanzenden und aller anderen Anwesenden versprühten eine Erotik in diesem Raum, wie er sie noch nie erlebt hatte. Als George, der Weiße Wolf, glaubte, er sei jetzt körperlich ausgepumpt, endete der Tanz und er fand sich Hand in Hand mit Morgentau vor dem Häuptling und der Obersten Clanmutter wieder. Beide redeten, sich gegenseitig abwechselnd und ergänzend, von der heiligen Institution der Ehe und davon, dass der Große Geist sie alle nun mit seinem Glück erfüllen werde.

Flinker Bär und Aufgehende Sonne sprachen auch von den Pflichten, die es in der Ehe gab, davon, dass sich Frau und Mann gegenseitig zu unterstützen hätten bei der Zeugung ihrer Kinder, deren groß ziehen, dass sie sich einander auch im Krankheitsfalle zugetan sein müssten und welche konkreten Aufgaben Frau und Mann in ihrer Ehe, ihrem Clan und in der Dorfgemeinschaft erwarteten.
All diese Worte rauschten an Weißem Wolf nur wie das Wasser in einem strudeligen Strom vorbei. Er fühlte nur die Wärme ihrer kleinen Hand, sah das Glitzern in ihren Augen und ihre wohl geformten Lippen. Als die Ansprachen des Häuptlings und der Clanmutter beendet waren, bespritzte Weiße Eiche die beiden jung Vermählten mit dem Wasser aus einer heiligen Quelle, das der Medizinmann mit einer Birkenrute verteilte.

Unter dem lauten Gejohle aller Dorfbewohner zog sie ihn danach aus dem Versammlungshaus hinaus ins Freie. Aus seinen Augenwinkeln sah George, dass seine Mitgift schon fortgeräumt war. Er folgte Morgentau widerstandslos in ihre Kammer bei den Falken.
Auf einem prächtigen Bärenfell ließen sie sich nieder.
Niemand war da, der sie hätte stören können.

Ihre Augen sprachen so zart zu ihm in der Dunkelheit.
Er spürte ihre Wärme, ihre weiche Haut, rieb sich an ihr, bedeckte sie mit heißen Küssen. Ihre Finger krallten sich in seine Arme. Ihrer beider Atem wurde heiß und schließlich erging und erging er sich in ihr, immer und immer wieder.
Wenn dies das Glück war, das man ihnen vom Große Geist beiden versprochen hatte, dann war der Große Geist äußerst liebenswert, dachte er einmal zwischendurch, als er erneut in ihr zerfloss.

Typisches Langhaus der Irokesen (Bild gemeinfrei)

Amerikanischer Dschungel in den Allegheny's (Bild gemeinfrei)

Irokesen in den Allegheny's (Bild gemeinfrei)

Rindenboote für den Transport größerer Dinge (Bild gemeinfrei)

Wandertaube (Bild gemeinfrei)

Bild von Max Wulff aus „Coopers Lederstrumpf" überarbeitete und stark gekürzte Bearbeitung von Karl Treumund
Meidinger's Jugendschriften Verlag GmbH Berlin 1929

Worterklärungen

Pemmikan (aus der Sprache der Cree pimikan, zu pimii „Fett") ist eine nahrhafte und haltbare Mischung aus zerstoßenem Dörrfleisch und Fett, die die Indianer Nordamerikas als Reiseproviant und Notration mit sich führten.
Hergestellt wird Pemmikan auf traditionelle Art aus Bison- oder anderem dunklen Fleisch, das zuerst in dünne Scheiben geschnitten und vollständig getrocknet und danach angeröstet und zerstoßen wird. Anschließend wird es etwa im Verhältnis drei zu eins mit Talg und Knochenmarksfett zu einer Paste verknetet, die über lange Zeit aufbewahrt werden kann. Als Variante werden getrocknete Beeren, insbesondere als Mokakin bei den Stämmen der Ostküste, wie bei den Irokesen, untergemischt. - so wikipedia

Kinnickinick ist eine Kräuterrauchermischung der amerikanischen Ureinwohner und der First Nations, die aus einer traditionellen Kombination von Blättern, Rinden, vor allem aber wildem Tabak, später auch angepflanztem, kultiviertem Tabak hergestellt wird. Die Rezepte für die Mischung variieren ebenso wie die Verwendungszwecke von sozial über spirituell bis medizinisch. Kinickinick rauchte man typischerweise zum Beispiel im Calumet, der sogenannten „Friedenspfeiffe", vor allem aber in Pfeiffen im Alltag. Die Zigarre, eine Erfindung der Maya, gelangte erst ab Ende des 18. Jahrhunderts nach Nordamerika, die Zigarette kam ab 1850 aus Frankreich. Zur Zeit des Geschehens dieser Story war Kautabak, Prien, bereits durch Columbus nach Europa mitgebracht, in Gebrauch. Die Menschen rauchten aber noch überwiegend Pfeiffe.

Plymouth im südwesten Englands ist bis heute der größte und bedeutenste Seekriegshafen Großbrittaniens. Von hier startete 1577 Sir Francis Drake die erste Weltumseglung der Geschichte, hier begannen ab 1768 die Fahrten des Entdeckers James Cook und der Wissenschaftler Charles Darwin startete 1831 auf der Beagle seine erste Expedition.

Daten Geschrieben am
7./8./9./10./11./12./13./14./15./16./17./18./19./20./21./22./23./24./25./
26./27./28./29.8./30./31.8./1./2./3./4./5./6./7./8./9./10./11./12./13./14./
15./16./17./18./19./20./21./22./23./24./25./26./27./28./29.9./1./2./3./4./
5./6./7./8./9./10./11./12./13./14./15./16./17./18./19./20./21./22.//23./24
./25./26./27./28./29./30./31.10./1./2./3.11./4./5./6./7./8./9./10./11./12./
13./14./15./16./17./18./19./20./21./22./23./24./25./26./27./28./29./30.1
1./1./2./4./5./6./7./8./10./11./12./13./14./15./16./17./19./20./21./22./23.
/24./27./29.12.2014/8./9./10./11./12./13./14./15./16./19.9.2015   −
Abtrennung in Teil 2 von Teil 1 (da waren schon ca. 45 Seiten = 5
Kapitel, die danach zum Anfang des Teil 2 wurden, geschrieben) am
7.2.2016 / 15./23./28.4.2020

Überarbeitung Teil 1
29./30./31.3./1./2./3. - 10.4.2020

In Buchform gebracht und Bilder eingefügt
23./24./25./29.4.2020

Besonderer Dank an die Schach-Ikone Antje Göhler, die mich durch
ihr eigenes Buch, das sie mir 2013 bei einer meiner Stadtführungen
zusteckte, dazu animierte, fiktive Geschichten zu erfinden und zu
veröffentlichen.

EVP 9,99 €